SARAH NOFFKE
MICHAEL ANDERLE

MUTIG GEREGELT

DIE EINZIGARTIGE S. BEAUFONT
BUCH 19

Mal wieder und auch die nächsten tausend Male, für Lydia.
- Sarah

Für meine Familie, Freunde und alle
diejenigen, die es lieben zu lesen.
Mögen wir alle das Glück haben das Leben
zu leben für das wir bestimmt sind.
-Michael

Impressum

Mutig geregelt (dieses Buch) ist ein fiktives Werk.
Alle Charaktere, Organisationen, und Ereignisse, die in diesem Roman geschildert werden, sind entweder das Produkt der Fantasie des Autors oder frei erfunden. Manchmal beides.

Copyright der englischen Fassung: © 2020 LMBPN® Publishing
Copyright der deutschen Fassung: © 2022 LMBPN® International
Titelbild Copyright © LMBPN® Publishing
Eine Produktion von Michael Anderle

LMBPN Publishing unterstützt das Recht zur freien Rede und den Wert des Copyrights. Der Zweck des Copyrights ist es Autoren und Künstlern zu ermutigen die kreativen Werke zu produzieren, die unsere Kultur bereichern.

Die Verteilung von diesem Buch ohne Erlaubnis ist ein Diebstahl der intellektuellen Rechte des Autors. Wenn Du die Einwilligung suchst, um Material von diesem Buch zu verwenden (außer zu Prüfungszwecken), dann kontaktiere bitte international@lmbpn.com Vielen Dank für Deine Unterstützung der Rechte der Autoren.

LMBPN® International ist ein Imprint von
LMBPN® International FZC
Business Center, Sharjah,
Publishing City Free Zone,
Sharjah, Vereinigte Arabische Emirate

Version 1.01 (basierend auf der englischen Version 1.01), Oktober 2022
Deutsche Erstveröffentlichung als e-Book: Oktober 2022
Deutsche Erstveröffentlichung als Paperback: Oktober 2022

Übersetzung des Originals Rules by Courage
(The Exceptional Sophia Beaufont Book 19) ins Deutsche, Lektorat und Satz der deutschen Version:
4media Verlag GmbH,
Hangweg 12, 34549 Edertal,
Deutschland

ISBN der Taschenbuch-Version:
978-1-64971-516-6

DE22-0083-00218

Übersetzungsteam

Primäres Lektorat
Astrid Handvest

Sekundäres Lektorat
Anna Hunger

Betaleser-Team
Claudia Meurers

Kapitel 1

Das mörderische Brüllen des wütenden Drachen ließ den rissigen Wüstenboden unter den Stiefeln des Reiters erbeben. Nathaniel Ace holte mit der Peitsche aus und schlug damit auf die beiden kämpfenden Drachen ein, sodass sie sich trennten. Sein grüner Drache Bolt neigte den Kopf zur Seite und warf ihm einen warnenden Blick zu. Überraschenderweise war es Coal, der kleinere schwarze Drache, der mit einer tiefen Risswunde an einer Halsseite zurückschreckte.

»Heb dir das für einen richtigen Kampf auf«, riet Nathaniel Ace, während er die lange Peitsche zurückzog und Bolt mit drohendem Blick fixierte, als wollte er den Drachen dazu verleiten, sich auf ihn zu stürzen. Beim letzten Mal hatte Nathaniel fast eine Hand verloren, weil er dem Drachen seine Faust ins Gesicht schlug und Bolt versuchte, sie abzubeißen. Der noch nicht vollständig ausgewachsene Drache wich normalerweise nicht zurück, wenn er herausgefordert wurde, was zwar ein Risiko war, aber wie hätte Nathaniel sonst seine Dominanz über ihn ausüben sollen? Er musste Risiken eingehen, von denen er hoffte, dass sie sich auszahlen sollten.

Bolt öffnete sein Maul und wollte zweifellos Feuer auf Nathaniel spucken – wieder einmal. Der Mann hielt die Peitsche in der Hand und kniff die Augen zusammen. »Das solltest du dir gut überlegen, wenn du die Grube nicht noch einmal überstehen willst.«

Die Augen des grünen Drachen glitten in die Richtung des großen überdachten Lochs, das die anderen in den Wüstenboden gegraben hatten. Das magisch verstärkte Netz darüber schloss nicht gefügige Drachen ein und sperrte sie für lange Zeit in die Isolation. Einen Drachen in die Grube zu bekommen, war die eigentliche Aufgabe, aber nichts, was die Reiter nicht gemeinsam mit ein wenig kollektiver Magie zustandebringen konnten.

Einen Drachen dort drinnen zu halten war einfach, solange man den ständigen Beschwerdelärm ertragen konnte. Bolt hatte beeindruckende Lungen, aber zum Glück waren seine Protestschreie alles, was er in dem Loch vorbringen konnte. Ansonsten hätte der Drache mit seinem Element, dem Blitz, wahrscheinlich versucht, alle im Lager durch einen Stromschlag zu töten – wie schon erlebt. Nathaniel musste also zu solchen Mitteln der Bestrafung greifen. *Wenn er doch nur lernen könnte, sich zu benehmen und sich vor seinem Herrn zu verbeugen, wie es die anderen Drachen bei ihren Reitern taten.*

Schließlich drehte sich Bolt nach langem Hin und Her um. Der lange Stachelschwanz des Drachen erwischte Nathaniel fast am Kopf, aber er konnte sich noch rechtzeitig ducken. Sein Blick glühte, als er sich wieder zu seiner vollen Größe aufrichtete, aber er beschloss, diesen kühnen Akt der Rebellion ungesühnt zu lassen. Es ging darum, seine künftigen Kämpfe mit Bolt zu überstehen. Sonst würden sie immer im Zwiespalt liegen.

»Du solltest dir die Wunde deines Drachen ansehen«, meinte Nathaniel zu Tanner, als er sich ihm näherte und zeigte dann auf Coal, die sich so weit wie möglich von Bolt entfernt hatte, aber ohne das Lager zu verlassen.

Tanner kam aus seinem Zelt, während er seine Hose hochzog, als ob er sie gerade gekauft hätte. In Wahrheit hatte der kleinere Reiter die Designerjeans von einem Typen gestohlen, der viel größer war als er, ungefähr so groß wie Nathaniel.

Tanner Sage nickte, aber der Blick in seinen Augen widersprach dieser Reaktion. »Ich lasse sie sich erst ein bisschen beruhigen.«

»Ja, wie auch immer«, antwortete Nathaniel. Sein rotes Haar reflektierte das helle Sonnenlicht über ihm und seine Sommersprossen waren seit ihrer Ankunft in der Wüste geradezu explodiert. Ihm ging es in diesem Terrain nicht gut. Tanner auch nicht, aber nur, weil er noch lernte, härter zu werden. Als einer der Jüngsten und Kleinsten der neuen Generation von Drachenreitern wurde er oft gehänselt, aber er stand immer wieder auf. Das war wahrscheinlich der Grund, warum der Boss ihn auf den dritten Stellvertreterposten gewählt hatte, während Nathaniel der zweite Stellvertreter des Chefs war.

»Sie kämpfen in letzter Zeit viel mehr«, stellte Tanner fest und deutete auf das halbe Dutzend Dämonendrachen, die sich in verschiedenen Stadien des Kampfes befanden. Einige knurrten sich nur an, andere gingen mit ihren Klauen aufeinander los, wiederum andere jagten sich gegenseitig durch die Luft.

»Das sind Dämonendrachen«, merkte Nathaniel an. »So machen sie das einfach. Sie kämpfen. Sie sind keine Weicheier wie die Drachenelite, die herumtanzen und friedliche Lösungen für dumme Probleme der Sterblichen finden.«

Tanner schob seine Hände in die Taschen seiner zu großen Jeans und zuckte mit den Schultern. »Ja, das kann sein. Sie wirken in letzter Zeit etwas aufgedrehter.« Seine Worte gingen im Gebrüll eines der Drachen beinahe unter, der um die Vorherrschaft kämpfte. Die ersten drei Ränge standen fest, aber die anderen Positionen waren noch zu vergeben. Die Drachen wussten das und waren damit beschäftigt, eine Hackordnung festzulegen.

»Es ist diese verdammte Hitze«, beschwerte sich Nathaniel und strich sich mit seinen langen Fingern über die Stirn, um den Schweiß abzuwischen. »Das ist nicht normal für uns, selbst für die Drachen nicht, die es aushalten.«

»Vielleicht lebt die Drachenelite deshalb im Norden«, überlegte Tanner und schüttelte sein kurzes, braunes Haar, aus dem Sand herausflog. »Ich habe gehört, dass sie in Schottland leben.«

»In Schottland wäre es mir zu kalt«, murmelte Nathaniel verbittert. Tanner und alle anderen wussten das nur, weil die Drachen dort geschlüpft waren, bevor sie aus Gullington flohen. Sie konnten nicht mehr zurück, weil sie nicht mehr zur Drachenelite gehörten, aber das wollten sie auch gar nicht. Doch was die Drachen während ihrer Zeit in Gullington erfahren hatten, war von unschätzbarem Wert. Jetzt waren sie und ihre dämonischen Drachenreiter der Verwirklichung des Plans ihres Bosses ein großes Stück nähergekommen.

»Eine Wüste ist aber auch ein mieser Ort«, beschwerte sich Tanner.

Dem konnte Nathaniel nicht widersprechen. »Wir werden einen neuen Platz für das Lager finden. Dann wird es besser.«

Tanner lachte, warf dem anderen Mann aber einen unsicheren Blick zu. »Ja, ich freue mich schon auf den Strand. Surfen und heiße Mädels in Bikinis.«

»Wenn wir das Land gesäubert haben, wird es keine Mädels mehr geben«, entgegnete Nathaniel. »Nur Dämonendrachen und wir in unserem neuen Gebiet. So hat es der Boss geplant.«

Tanner konnte sich ein Grinsen nicht verkneifen, aber der jüngere Mann war offensichtlich von seinem Stellvertreter doch eingeschüchtert. »Ja, das ist ein guter Plan. Ich glaube, er wird funktionieren. Dann stell dir vor, wie viel wir beherrschen werden.«

Nathaniel schüttelte den Kopf. »Ich werde das Sagen haben. Der Chef wird auf jeden Fall regieren, aber wenn du dir nicht eine andere Hose besorgst, wird dich niemand ernst nehmen.«

»Ich mag diese Jeans«, beschwerte sich Tanner und blickte auf die Stone-Washed-Hose hinunter, die an den Knöcheln dreimal umgeschlagen war.

»Ja, die ist in Ordnung, aber zieh sie das nächste Mal einem Typen deiner Größe herunter«, meinte Nathaniel und klappte den Kragen des Hemdes hoch, das er aus dem Haus des Sterblichen gestohlen hatte, den sie gestern überfallen hatten. Er freute sich auf den Tag, an dem er nicht mehr selbst stehlen musste. Sobald alles vorbereitet war, war es so weit. Zuerst mussten sie sich einen neuen Stützpunkt sichern und dazu brauchten sie etwas mehr Überzeugungskraft ... nun ja, eine ganze Menge mehr.

Doch wenn die Elfen erst einmal aus ihrem Land vertrieben waren, dürfte sich die Mühe lohnen.

Kapitel 2

Hiker, würdest du mir bitte die Marmelade reichen?« Ainsley deutete auf die andere Seite des Esstisches im Speisesaal der Burg.

Er nickte, während er immer noch auf seinem Toast kaute, mit Krümel im Bart, nahm dann die Schale mit der Erdbeerkonfitüre und reichte sie weiter.

»Hier bitte.« Hiker hielt sein Kinn gesenkt, während seine Augen kurz Ainsley anblickten und scheinbar tausend verborgene Gefühle an die Oberfläche kamen.

Sie wurde rot und nahm das Schälchen. »Vielen Dank.«

»Liebster Wilder«, säuselte Evan. »Würdest du mir bitte den Gefallen tun und mir die Bohnen reichen? Ich werde dir ewig dankbar sein und stehe unendlich in deiner Schuld.«

Wilder klimperte mit den Wimpern und riskierte ein schiefes Lächeln. »Natürlich und das Vergnügen ist ganz meinerseits.« Er nahm die Schüssel mit den dampfenden, heißen Bohnen und reichte sie Evan.

Sophia, die neben ihrem Freund saß, kicherte, bis sie den genervten Gesichtsausdruck von Hiker bemerkte. Sie stopfte sich einen Muffin in den Mund, um ihre Reaktion zu unterdrücken.

Hiker rollte mit den Augen und schaute Ainsley an. »Es hat sich nichts geändert, seit du weg warst. Ich führe immer noch einen Haufen unreifer, ein paar hundert Jahre alter Drachenreiter an und habe wenig Hoffnung, dass sie jemals erwachsen werden.«

MUTIG GEREGELT

»Sir, Ainsley war ganze sechs Stunden weg«, verbarg Evan sein Lachen.

Der Seufzer, der aus Hikers Mund kam, ließ seinen Bart flattern. »Es war länger als das und das weißt du.«

»Ich bitte um Entschuldigung.« Evan wischte sich die Mundwinkel ab. »Acht Stunden, Sir.«

Mama Jamba schürzte die Lippen und warf einen Blick auf die Männer, bevor ihre Augen auf Hiker fielen. »Ich glaube, Evan und Wilder wollen damit sagen, dass sie sich sehr für dich freuen.«

Hiker tunkte ein Stück Toastbrot in das flüssige Eigelb. »Warum ist das so? Weil sie nicht länger meine Geduld strapazieren wollen, indem sie sich wie zehnjährige Jungen aufführen?«

Mutter Natur grinste höflich und zwinkerte dem Wikinger zu, während sie ihre Pfannkuchen anschnitt.

Sophia wusste, dass er und Ainsley noch nicht bereit waren, zu sagen, was Sache war. Es war zu neu und die Spannung zwischen ihnen noch spürbar. Als sie an diesem Morgen aufstanden, saß Ainsley schon am Frühstückstisch, mit Hiker an ihrer Seite, der viel pünktlicher zum Essen kam als sonst. Die beiden verhielten sich ganz locker, aber es war offensichtlich, dass sich etwas zwischen ihnen verändert hatte und sie verrieten den anderen nicht, was es war – nicht, dass irgendjemand eine wirkliche Erklärung gebraucht hätte.

Die Jungs tauschten immer wieder alberne Blicke aus und unterdrückten Lacher. Mama Jamba wirkte leicht genervt von der Unreife der Jungs, was Hikers Verhalten beeinträchtigen könnte. Nur Quiet schien in bester Stimmung zu sein, der von seinem üblichen Platz am Tisch aus hörbar pfiff, während er ein Brot mit Butter bestrich.

Sophia merkte, dass sie Evan oder Wilder nicht ansehen konnte, ohne selbst in Tränen auszubrechen, also warf sie Mahkah – dem einzigen tatsächlich erwachsenen Drachenreiter am Tisch – einfach einen mitfühlenden Blick zu.

»Wenn ihr zwei Kinder euch einen Moment konzentrieren könnt«, begann Hiker, »ich habe noch ein paar Dinge zu erledigen.«

»Brauchst du meine Kiltgröße für die Hochzeit, Hiker?«, fragte Evan. »Autsch!«, stieß er aus. »Um der Liebe der Engel willen!« Er duckte sich und griff nach seinem Bein unter dem Tisch, während sein Blick zu Mama Jamba neben ihm wanderte.

Die alte Frau lächelte ihn liebevoll an. »Oh, Schatz, es tut mir leid. Habe ich dich getreten? Ich bin auf meine alten Tage so ungeschickt. Ich schiebe es auf mein Restless-Legs-Syndrom.«

»Alter?« Wilder legte den Kopf schief und warf Mutter Natur einen koketten Blick zu. »Du kannst nicht einen Tag älter als vier Milliarden sein.«

Sie zog die Schultern hoch und warf ihm einen spitzen Blick zu. »Viereinhalb, wenn du es dir vorstellen kannst.«

»Kann ich nicht.« Wilder schüttelte den Kopf. »Was machst du eigentlich, um so jung zu bleiben? Ich will das Rezept.«

»Iss, was dir guttut und schlaf immer genug«, riet Mama Jamba. »Das ist das Geheimnis des Alterns.«

»Oh und auch der Schöpfer allen Lebens«, fügte Evan verschmitzt hinzu, bevor er sich Mama Jamba zuwandte. »Und wie kommt es, dass die allmächtige Mutter Natur plötzlich unter einem Restless-Legs-Syndrom leidet? Ich hätte nicht gedacht, dass das bei Leuten wie dir der Fall sein kann.«

MUTIG GEREGELT

Sie schob ihren Teller zur Seite. »Ich schätze, etwas macht mich unruhig. Etwas, das die Dinge ruinieren könnte, wenn jemand nicht aufpasst und weiterhin eine echte Nervensäge bleibt.«

Evans Blick fiel auf den Tisch, als wäre er plötzlich ratlos. »Ich habe keine Ahnung, wer dieser Jemand sein könnte, aber wenn es dir einfällt, lass es mich bitte wissen. In der Zwischenzeit kann Hiker erzählen, wie er …«

»Er will, dass du den Mund hältst, damit wir die nächsten Pläne hören können«, mischte sich Sophia ein.

»Ich glaube, das wollte er nicht sagen«, fauchte Evan und streckte ihr die Zunge heraus.

»Was ich sagen wollte, ist, dass wir anfangen müssen, die Dämonendrachen aufzuspüren«, begann Hiker. »Mama hat uns eine Karte gegeben, auf der wir sie finden können.« Er deutete auf den Zettel, der neben den Scones und der Marmelade lag.

Evan beugte sich vor. »Das sieht aus wie etwas, das ich gezeichnet habe, als ich sechs Jahre alt war.«

Die Karte hatte Ähnlichkeit mit einem Bild, das ein Kind mit Buntstiften gemalt hatte. Die Skizze zeigte die Ozeane und die großen Kontinente, alle in Grün- und Blautönen schattiert. Was überhaupt nicht an eine Kinderzeichnung erinnerte, waren die Kreuze und Sterne, die sich auf dem Blatt Papier hin und her bewegten. X stand für die Dämonendrachen und der Stern für den Reiter, an den sie sich gebunden hatten.

»So etwas könntest du momentan nicht zeichnen«, schmunzelte Wilder.

»Die Qualität ist nicht das Wichtigste«, schaltete sich Hiker ein. »Wir müssen uns darauf konzentrieren, wo die Dämonendrachen sind. Ich will, dass ihr zuerst die verfolgt, die sich mit den Reitern verbunden haben.«

»Hiker«, räusperte sich Evan. »Wenn die Dämonendrachen sich an Reiter gebunden haben, warum sind sie dann nicht auf dem Elite-Globus zu sehen?«

Sophia dachte, sie wüsste die Antwort, bevor Hiker etwas sagte, aber es war Mahkah, der die Information lieferte.

»Die Dämonendrachen sind in Gullington geschlüpft und haben sich dann verabschiedet«, erklärte er. »Sie wissen, worum es bei uns geht und haben sich entschieden, nicht mitzumachen.«

»Das stimmt«, bekräftigte Hiker. »Wenn ein Reiter sich in der Vergangenheit mit einem Dämonendrachen verbunden hat, tauchten sie auf dem Elite-Globus auf und ich brachte sie nach Gullington. Wenn sie sich entschieden, sich uns nicht anzuschließen, verschwanden sie von der Weltkugel, sobald sie hier weggingen.«

»Und kein dämonischer Drachenreiter ist jemals der Elite beigetreten«, wusste Ainsley.

Es war seltsam für Sophia zu sehen, wie die frühere Haushälterin an der Versammlung teilnahm, als wäre sie ein Teil des Ganzen, anstatt der Drachenelite zu dienen. Genau so sollte es auch sein und dass Ainsley dabei war, ergab Sinn. Sie war die Außenseiterin mit Insider-Perspektive. Sie brachte aufgrund ihres Intellekts, ihres Hintergrunds und ihrer Eigenschaft als elfische Gestaltwandlerin etwas anderes ein.

»Richtig.« Hiker achtete darauf, Ainsley nicht direkt anzuschauen. »Ich habe nicht die Hoffnung, dass sich das ändert, aber als Anführer der Drachenelite ist es meine Pflicht, zumindest eine Einführung zu geben, auf die auch immer eine Warnung folgt.«

»Die da lautet?«, fragte Evan.

»Bleib uns aus dem Weg oder du wirst den Tag deiner Geburt bereuen«, erwiderte Wilder.

Hiker warf ihm einen genervten Blick zu. »Das ist nicht das, was ich ihnen sage, aber es trifft den Kern, denke ich.« Er warf einen Blick auf Evan. »Ich weise sie darauf hin, dass wir die oberste Autorität besitzen und sie uns nicht in unserer Mission behindern oder uns einen schlechten Ruf als Drachenreiter einbringen sollten. Sie müssen nicht bei uns sein, aber ich will nicht, dass sie uns die Arbeit erschweren.«

»Meistens sind diese Reiter allein losgezogen und irgendwann ganz verschwunden«, teilte Mahkah mit. »Dämonische Drachenreiter sind normalerweise Einzelgänger.«

»Das liegt daran, dass sie egoistisch sind, was nicht gut für die Teammentalität ist«, erläuterte Hiker.

Sophia erinnerte sich an Gordon Burgress, einen einsamen Drachenreiter, dem sie und Lunis in Colorado begegnet waren. Er war von Thad Reinhart einer Gehirnwäsche unterzogen worden, um bei der Vernichtung der Drachenelite zu helfen. Er setzte Magitech ein, um die Verbindung zwischen einem Drachen und seinem Reiter zu trennen. Sowohl für Lunis als auch für Sophia war das eine bittere traumatische Erfahrung.

»Thad Reinhart hatte ein Team und sie alle waren Dämonendrachenreiter«, meinte Ainsley und plötzlich stieg neuer Ärger in ihr auf.

»Ja, aber Thad war ein Anführer, der Menschen zusammenhalten konnte.« Hiker sah ihr bei seiner Antwort nicht in die Augen.

»Leider nur zum Nachteil meines Planeten«, erklärte Mama Jamba und schüttelte den Kopf.

»Leider«, wiederholte Hiker. »Aber es ist immer noch meine Aufgabe, sie einzuführen und zu warnen. Sie sind völlig neu in dieser Welt und ich hoffe, dass sie etwas zu ihrer Zukunft beitragen wollen, anstatt sie nur zu belasten. Die meisten dämonischen Drachenreiter, mit Ausnahme von Thad und seiner Bande, wollten einfach nur für sich sein und ein ruhiges Leben führen, was auch in Ordnung ist. Aber dies ist eine neue Generation, also denke ich, man darf hoffen, neue Dinge von ihnen zu erwarten.«

»Das sind große Hoffnungen, mein Sohn«, wandte Mama Jamba ein.

»Du bist diejenige, die neulich erst behauptet hat, dass das Böse keine Grenzen kennt, aber dass, wenn es mit dem Guten gepaart wird, große Dinge passieren können«, merkte Hiker an.

»Das ist hundertprozentig wahr und genau das, was ich gesagt habe«, konterte Mutter Natur. »Aber ich warne dich nur davor, deine Erwartungen zu hoch zu schrauben. Dies ist eine neue Generation, also solltest du neue Dinge erwarten. Es könnte gut, aber auch schlecht sein.«

»Selbstsüchtig zu sein, ist nicht immer etwas Schlechtes«, überlegte Sophia, die gedankenverloren auf ihren Teller schaute.

»Es ist typisch für das verwöhnte Mädchen aus LA«, stichelte Evan.

Sie warf ihm einen abweisenden Blick zu. »Wenn du mich ausreden lassen könntest, würdest du erfahren, dass Egoismus nicht von Natur aus böse ist. Es kann auch Gutes dabei herauskommen.«

Evan stützte beide Ellbogen auf den Tisch und lehnte sich in ihre Richtung. »Dann lass mal hören, Prinzessin Pink.«

Sophia dachte einen Moment lang nach. »Denk doch mal an die Eisenbahn in den Vereinigten Staaten. Sie wurde von denen gebaut, die Profit machen wollten, zum Nachteil derer, die gezwungen waren, sie zu bauen. Sie waren eigennützig, aber sieh dir an, was das Eisenbahnsystem gebracht hat.«

»Du wirbst also für Sklaverei?«, forderte Evan sie mit einem verschmitzten Grinsen heraus.

Sophias Augen weiteten sich. »Bist du wahnsinnig? Natürlich tue ich das nicht. Ich zeige nur, dass selbstsüchtige Menschen einen Beitrag leisten können, welcher der Gesellschaft nützt. Wie Mama Jamba schon sagte: ›Wenn Gut und Böse zusammenkommen, können große Dinge geschehen.‹ Es ist nur so, dass die dämonischen Drachenreiter kontrolliert werden müssen, damit sie das System nicht missbrauchen.«

Wilder nickte. »Ja, wenn das mit der Eisenbahn richtig gemacht worden wäre und damit meine ich moralisch, dann hättest du nur die Vorteile, ohne die ganzen Probleme, die sie mit sich brachte.«

»Du sagst also, dass die Ziele eines Dämonendrachenreiters als eigennützige Person gut sein und eine Richtung vorgeben können«, meinte Mahkah vorsichtig, als hätte er es beim Sprechen ausgearbeitet, »aber dafür bräuchten sie den moralischen Kompass eines Engelsdrachenreiters.«

Mama Jamba lächelte ihn an. »Gut gesagt. Das war immer die Absicht bei der Erschaffung von Engels- und Dämonendrachen. Es geht darum, das Gleichgewicht zu halten. Es ist nur so, dass dieses Gleichgewicht nie ganz erreicht wurde. Viele Dämonendrachenreiter galten als böse und wurden vom Haus der Vierzehn gejagt, wodurch ihre Zahl immer weiter zurückging. Dann kam Thad Reinhart und sorgte mit seiner Armee für weitere Probleme. Schließlich gab es natürlich den Großen Krieg, der euch alle für Jahrhunderte außer Gefecht gesetzt hat. Was wir jetzt mit der neuen Generation haben, ist eine große Chance.«

Als sie zu Ende gesprochen hatte, sagte lange Zeit niemand etwas, alle schienen inspiriert und überwältigt von den Möglichkeiten, die vor ihnen lagen.

Schließlich war es Hiker, der das Schweigen brach. »Ihr geht also alle zu den neuen Dämonendrachenreitern da draußen. Reicht ihnen die Hand. Ladet sie hierher ein und wir werden sehen, ob wir in dieser Welt endlich ein Gleichgewicht zwischen den Engels- und Dämonendrachenreitern schaffen können.«

Alle nickten, als Trin mit einem leeren Tablett aus der Küche hereinkam, um das Geschirr abzuräumen.

Ainsley blickte zu der Cyborg auf und lächelte. »Das Frühstück war lecker, Trin. Du machst einen guten Job.«

Das verzogene, halb-mechanische Lächeln, das Trin aufblitzen ließ, war voller Nervosität. »Danke, Miss Ainsley. Ich hatte eine gute Lehrerin.«

Evan knüllte seine Serviette zusammen und warf sie auf den Tisch, während er den Kopf schüttelte. »Werden von nun an alle in der Burg nett zueinander sein?« Er steckte seine Nase in die Luft und ahmte Ainsley nach. »Hiker, gibst du mir bitte die Marmelade? Trin, du leistest gute Arbeit. Sophia, du bist keine lästige Nervensäge.«

Quiet murmelte etwas von der anderen Seite des Tisches und Trin lachte daraufhin. »Finde ich auch. Wir sollten alle nett zueinander sein und den hier ausschließen.« Sie zeigte in Evans Richtung.

Evan verdrehte die Augen. »Das ist in Ordnung. Als ich versucht habe, nett zu ihm zu sein, hat er mir das Leben zur Hölle gemacht.« Er deutete mit dem Daumen in Quiets Richtung.

Der Gnom murmelte und alle am Tisch, außer Evan, nickten zustimmend.

Er riss die Augen auf und sah Wilder an. »Warte, du hast verstanden, was er gesagt hat?«

Wilder nickte. »Natürlich, Kumpel. Das war ja sonnenklar.«

Evan schüttelte den Kopf und schaute Hiker an. »Du hast nicht wirklich verstanden, was Quiet gesagt hat, oder?«

Ohne es zu planen, machten sie alle bei dem Scherz mit – überraschenderweise sogar Hiker. Der Anführer der Drachenelite nickte und fuhr sich mit der Hand durch seinen Bart. »Das habe ich.«

Evan stand sofort auf und blickte auf sie alle hinunter. »Das glaube ich nicht. Ihr könnt doch nicht alle verstehen, was der Gnom sagt.«

Wie aufs Stichwort murmelte Quiet noch etwas Unverständliches. Der ganze Tisch lachte unisono, als hätten sie verstanden, was er sagte.

»Oh, um der Liebe der Engel willen«, stieß Evan hervor, warf seine Arme hoch und marschierte aus dem Speisesaal. »Ich bin fertig mit euch.«

»Mit dir waren wir zuerst fertig«, rief Trin ihm hinterher und zwinkerte Ainsley erfreut zu. Sie machte sich immer besser als Haushälterin und das kam allen zugute, sogar Evan, der insgeheim die Aufmerksamkeit liebte. Es gab viele Möglichkeiten, wie der Drachenreiter von den Veränderungen auf der Burg profitieren konnte, aber er war noch nicht bereit dafür.

Kapitel 3

Das Grün des Hochlands schien heller zu sein, als Sophia nach dem Frühstück in Richtung der Höhle aufbrach. Hiker hatte die Drachenreiter fast aus der Burg gejagt, weil er meinte, sie sollten die Aufgaben, die er ihnen aufgetragen hatte, nicht aufschieben. Normalerweise war er schon ungeduldig, aber jetzt war er etwas drüber und Sophia dachte, sie wüsste warum.

Obwohl Hiker die Reiter aus der Burg befördern konnte, ging Mama Jamba nirgendwo hin. Wahrscheinlich hockte sie wie immer auf dem Sofa des Wikingers in seinem Büro und ließ ihm und Ainsley keinerlei Privatsphäre. Wozu denn auch, Mutter Natur war in so ziemlich alles eingeweiht.

Sophia genoss den kühlen Wind, der über ihr Gesicht strich. Es war ein klarer Morgen und die jungen Drachen ›spielten‹ auf dem Gelände der Gullington, rangen oder versuchten zu fliegen. Auf der anderen Seite des Geländes entdeckte Sophia die ›erwachsenen‹ Drachen: Bell, Coral, Simi und Tala.

Ihr Drache Lunis befand sich irgendwo zwischen den versammelten Drachenkindern und den älteren Drachen. Es war fast so, als sprachen die Aufenthaltsorte der verschiedenen Gruppen Bände. Die älteren Drachen distanzierten sich von der neuen Generation und waren nicht bereit, ihre lockere Art zu akzeptieren, die ganz anders war als die, mit der sie groß geworden waren. Früher war es für Drachen nicht akzeptabel zu spielen. Dann war da noch Lunis, der irgendwo zwischen den beiden Generationen stand und sie scheinbar verband. Die älteren Drachen hatten ihn von Anfang an akzeptiert. Die neue Generation folgte ihm, imitierte alles, was er tat und vergötterte ihn.

Sophia achtete darauf, einen großen Bogen um die Drachenkinder zu machen, wenn sie an ihnen vorbeiging. Viele von ihnen übten ihre Feuerkunst, die eine Weile brauchte, um sich zu entwickeln, aber was noch wichtiger war, sie mussten ihre Zielgenauigkeit verbessern. Die meisten jungen Drachen hatten das noch nicht gemeistert und das Ergebnis war, dass das Feuer wie aus einem unkontrollierten Schlauch herumspritzte.

»Hast du dein Handy dabei?«, fragte Lunis sie, als sie nahe genug war, um ihn über das Gebrüll der Engelsdrachen hinter ihr hinweg zu hören.

Sophia holte das Handy aus ihrer Tasche, hielt es in die Luft und wedelte damit hin und her. »Warum?«

»Ich habe Freunde, mit denen ich reden muss.« Der blaue Drache verbarg ein Lächeln.

Sie zog das Telefon zurück. »Meinst du mit Freunden einen Hahn namens Goat und einen Pinguin namens Tex?«

»Hey, verurteile mich nicht, wenn meine besten Freunde alle Camper in Animal Crossing sind.« Lunis tat so, als wäre er beleidigt.

Sophia lachte. Evan hatte seine Animal-Crossing-Sucht auf den blauen Drachen übertragen – ein naturnahes Spiel, bei dem sie den Obstgarten ernteten, fischten und Aufträge für die verschiedenen Figuren erfüllten. Es war ein intelligentes Spiel, das immer wieder Belohnungen bot.

»Hast du es nicht auf deinem iPad?« Sophia schüttelte dann den Kopf, als sie die Frage laut gestellt hatte … ihrem Drachen gegenüber.

»Eines der Drachenkinder hat es kaputt gemacht«, gab er zu. Verärgerung flackerte in seinen Augen auf, als er einen Blick auf die Gruppe warf, die in der Ferne rang.

Sophia nickte. »Die Jugend von heute weiß nicht, wie man mit den Dingen umgeht.«

»Das war auch das letzte Mal, dass ich versucht habe, ihnen etwas über Technik beizubringen«, beschwerte sich Lunis. »Wie auch immer, meine Freunde vermissen mich sicher und ich muss am Angelturnier teilnehmen. Gib mir mal das Handy.«

»Ein ›Bitte‹ würde nicht schaden.«

»Vielleicht«, konterte er und zwinkerte ihr zu. Er wickelte das Ende seines Schwanzes um das Telefon in ihrer Hand und riss es heraus, dann tippte er mit der Klaue seines gesunden Fußes auf den Bildschirm. »Ooooh, sieh dir das an. Ich kann ein paar von meinen Freunden neu einkleiden, weil ich unser Freundschaftslevel aufgewertet habe.«

Sophia lachte. »Ja, so funktionieren Freundschaften nun mal. Wenn man ein gewisses Niveau erreicht hat, kann man seinen Freunden sagen, was sie anziehen sollen.«

Lunis warf einen Blick über das Telefon und hob eine Augenbraue. »Sind wir schon so weit?«

Sie rollte mit den Augen und lenkte ihre Aufmerksamkeit auf sein verletztes Bein. Lunis hatte sich im Kampf gegen die Tarasque verletzt. Sophia wusste aufgrund ihrer telepathischen Verbindung, dass er sich nicht anmerken ließ, wie sehr ihn das behinderte. Sie war dankbar, als sie Lunis nach dem Kampf auf dem Hochland sah und glaubte, dass er sich erholt hatte. Doch dann verbrachte er die ganze Zeit auf dem Rasen und konnte nicht mehr zur Höhle fliegen, da er mit dem verletzten Bein nicht abspringen konnte.

MUTIG GEREGELT

Mahkah, der nicht zu Optimismus, sondern eher zu realistischen Erwartungen neigte, hatte jedoch erklärt, er glaube, dass Lunis sich vollständig erholen könnte. Er brauchte Zeit in Gullington, wo Quiets Kräfte ihn heilen konnten. Trotzdem war es schwer für Sophia zu wissen, dass ihr Drache litt und sie nichts dagegen tun konnte. Sie beschloss, ihn in diesem Moment nicht damit zu behelligen. Er spielte herunter, wie schlimm es war, weil er sie nicht beunruhigen wollte. Sie verstand das und würde an seiner Stelle dasselbe tun.

»Und wie läuft es mit deinen realen Freunden?« Sophia deutete auf die älteren Drachen, die auf einer Wiese bei der Schafherde faulenzten. Zum Glück hatte Lees Wasseraufbereitung die Schafe in ganz Schottland geheilt und sie explodierten nicht mehr, sodass sie nun wieder das Hauptnahrungsmittel der Drachen darstellten.

»Sie sind mürrischer denn je.« Lunis' Blick hob sich kurz, um die vier großen Drachen zu betrachten, bevor er sich wieder dem Handy zuwandte, das er in seinem Schwanz hielt. »Oh, ich habe ein neues T-Shirt!«

Sophia wollte das gerade infrage stellen, als sie bemerkte, dass er sich auf das Spiel bezog, das er spielte. »Die alten Drachen werden einige Zeit brauchen, um sich daran zu gewöhnen, dass die Drachenkinder in Gullington sind. Sie hatten das Gebiet jahrhundertelang ganz für sich allein. Das muss doch komisch sein.«

»Für die alten Leute ist alles komisch«, murmelte Lunis. »Sie können mit Veränderungen nicht gut umgehen.«

»Das ist etwas, das ich bei der neuen Generation gerne anders sehen würde.« Sophia betrachtete die großen Drachen, die königlich im Sonnenlicht badeten.

»Ich denke, sie werden dich als Maßstab ansehen, weil deinetwegen die neuen Eier geschaffen wurden. Interessant wird es, wenn die ersten neuen Reiterinnen und Reiter nach Gullington kommen. Neue Persönlichkeiten und möglicherweise musst du dir das Bad mit einer anderen Reiterin teilen.«

Sophia schmunzelte. »Ich teile mein Bad nicht. Ich hatte mir noch keine Gedanken über eine andere Mitreiterin gemacht, aber es ergibt Sinn, dass dieses Mal welche dabei sind.«

»Dann wirst du nicht die einzige Reiterin bleiben«, stichelte Lunis. »Du wirst die Aufmerksamkeit teilen müssen.«

»Als einziges Mädchen unter vier uralten Kerlen ist das für mich in Ordnung«, meinte Sophia. »Nun, Hiker schickt uns auf die Jagd nach den Dämonendrachenreitern, also bringe ich vielleicht ein paar neue Freunde mit.«

Lunis schüttelte den Kopf. »Dämonische Drachenreiter werden nicht hierherkommen.«

»Das nehmen die meisten an, aber es gibt Hoffnung, dass sie anders sind – weil sie zur neuen Generation gehören.«

»Das ist keine Hoffnung. Das ist unrealistisch.« Lunis hing die Zunge aus dem Maul, während er sein Spiel spielte und sich eine Strategie ausdachte, wie er die Ressourcen maximieren konnte, um den Lagerplatz zu verbessern. »Ich sprach davon, dass die Engelsdrachen mit ihren Reitern zurückkehren.«

Sophias Augen weiteten sich. »Warte, einige Engelsdrachen haben Gullington verlassen? Das hast du mir bisher nicht erzählt.«

»Du hast nicht gefragt«, maulte er und verzog das Gesicht, während er spielte.

»Glaubst du, dass sie sich zu den Reitern hingezogen fühlen?«

»Wenn sie es tun, wird es auf dem Elite-Globus auftauchen und du wirst es wissen«, antwortete Lunis. »Es ist schwer zu sagen. Nicht alle Drachen entscheiden sich für einen Reiter. Sie tun es auch nicht sofort. Manchmal entscheidet sich ein Drache dafür, ein paar hundert Jahre zu leben, bevor er sich verbindet. Ich war abhängig, also habe ich mich sofort zu dir hingezogen gefühlt.«

Sophia lachte. »Ja, als du noch in der Schale warst.«

Er schaute sie mit einem liebevollen Gesichtsausdruck an. »Ich wusste es. Warum sollte ich noch warten?«

»Es gab keinen Grund.« Sie lächelte ihn an. »Jetzt haben wir mehr Zeit zusammen und keine wurde verschwendet.«

Lunis stimmte mit einem Nicken zu, bevor er sich wieder dem Handy zuwandte. »Aber ja, wenn die alten Säcke schon mürrisch wegen der Drachenkinder sind, dann stell dir mal vor, wie es ist, wenn Reiter hier sind. Die Dynamik wird sich ändern.«

Sophia dachte einen Moment lang darüber nach. Es war aufregend, sich die Burg noch einmal voller Reiter vorzustellen, so wie sie die Festung am Speicherzeitpunkt gesehen hatte, während ihrer Zeitreise in die Vergangenheit. Aber die Vorstellung, dass ein Haufen neuer Reiter die Gullington betreten würde, war auch ein wenig einschüchternd. Sie hatte die Gelegenheit gehabt, die erste seit langer Zeit zu sein und das hatte sie und die Jungs zusammengeschweißt.

Sie hatten sich die ganze Zeit über nur gegenseitig. *Wie würden sich die Dinge für alle ändern, wenn der Speisesaal beim Essen voll ist und alle Zimmer belegt sind?* Sophia versuchte, sich darüber keine Gedanken zu machen, aber Veränderungen waren für jeden, auch für sie, unweigerlich mit am unheimlichsten. Um die Dinge noch einschüchternder zu machen, sollte sie die Anführerin dieser neuen Drachenreiter werden. Die Jungs hatten das von Anfang an akzeptiert, weil Sophia Hiker die Stirn bot, wenn es nötig war.

Sie befolgte nicht blindlings Befehle wie die Männer. Aber diese Dominanz über die neuen Drachenreiter auszuüben, das könnte eine Herausforderung werden. Wenn sie herausfanden, dass sie fast so ›frisch‹ war wie sie, würden sie ihr dann noch folgen? Es gab so viele Fragen, die sich aus der Veränderung ergaben, die unweigerlich eintreten würde. Sophia wusste, dass sie Zeit brauchte, um sich anzupassen. Es würde schlaflose Nächte bedeuten, wenn die Gedanken in ihrem Kopf kreisten. Es würde viele nächtliche Diskussionen mit Wilder über die Angelegenheit geben. Im Moment wollte Sophia ihre Zeit so klug wie möglich verbringen.

Als ob er ihre Idee gespürt hätte, kniete Lunis nieder und legte sich auf den Bauch, damit sie das Spiel auch sehen konnte. »Meinst du, ich sollte meinem Avatar den Piratenhut aufsetzen oder die Baskenmütze?«

Sophia grinste ihren Drachen an und beugte sich vor. »Auf jeden Fall den Piratenhut.«

Kapitel 4

Die Portaltür, die zur *Großen Bibliothek* führte, war versiegelt, seit auf der Gullington aufgrund des Umzugs seltsame Dinge passiert waren. Doch jetzt, wo der Große Bibliothekar Paul an seinem Platz war und die Bibliothek einen festen Standort hatte, konnte sie wieder geöffnet werden.

Sophia stand mit Quiet vor der Tür und warf einen vorsichtigen Blick darauf. »Ich denke, wir können sie sicher öffnen, aber nur für den Fall.« Sie zog ihr Schwert aus der Scheide und machte sich auf alles gefasst, was durch die Tür kam, sobald sie diese aufgeschlossen hatten.

Quiet nickte kurz und ein *leichtes metallisches Schnarren*, als würde sich ein Schlüssel im Schloss drehen, kam von der Tür.

Sophia glitt zur Seite und machte sich bereit, die Tür zu öffnen und das zu bekämpfen, was hindurchkam. »Bereit?«, fragte sie den Gnom.

Er murmelte das Wort »Ja.«

Sie schwang die Tür mit einer fließenden Bewegung auf, brachte Inexorabilis in Stellung und suchte die vertraute Umgebung nach Gefahren ab. Der vordere Bereich der *Großen Bibliothek* sah aus wie immer: Regalreihen über Regalreihen, so weit das Auge reichte. Allerdings stand eine schwarz-weiße Katze lässig vor der ersten Reihe von Regalen und leckte sich die Pfote.

Plato blickte auf, als er Sophia entdeckte und schien nicht überrascht, dass sie ihr Schwert in der Hand hielt und bereit war, jedes Monster zu töten, das sie vorfand.

»Da bist du ja«, bemerkte Plato sachlich. »Wenn du damit fertig bist, dich wie eine Heldin aufzuführen, kannst du hineinkommen. Ich habe Arbeit für dich.«

Sophia sah Quiet an und nickte. »Sieht so aus, als ob alles klar ist. Danke, dass du das Portal entsiegelt hast.«

Der Geländewart sagte kein weiteres Wort, sondern drehte sich einfach um und stapfte pfeifend den Korridor der Burg hinunter.

»Ich mag den Kerl«, meinte Plato, als Sophia die *Große Bibliothek* betrat. »Liv könnte sich eine Scheibe von ihm abschneiden.«

»Und quiet, also leise, sein«, ergänzte Sophia.

»Das hast du gesagt, nicht ich.«

Sophia betrat die größte Bibliothek der Welt und bemerkte, dass sie noch genauso aussah wie vorher und doch auf ihre Art anders. Sie konnte jedoch nicht genau sagen, weshalb.

»Es ist das Licht«, stellte Plato fest.

»Was ist mit dem Licht?«

»Der Unterschied, den du feststellst«, antwortete er.

Sophia hob eine Augenbraue. »Halt dich aus meinem Kopf fern, Lynx.«

»Das ist unmöglich«, erwiderte er. »Wenn du damit fertig bist, Ninja zu spielen, dann wirst du sehen, warum das Licht anders ist. Komm herein.«

Immer noch zögerlich, weil sie wusste, dass die Änderung des Standorts der *Großen Bibliothek* weltweit und mit den Portalen alle möglichen Probleme verursacht hatte, machte Sophia jeden Schritt mit Bedacht. Sie lugte um die Ecke und schaute in Richtung des Haupteingangs.

Zuvor konnte man von der Vorderseite der *Großen Bibliothek* auf Sansibar hinausblicken. Die Fensterfronten, die sich auf beiden Seiten des Gebäudes erstreckten, boten den perfekten Blick auf den Ozean. Doch was sie am neuen Standort der *Großen Bibliothek* sah, war das genaue Gegenteil von Meer und bunter Stadt.

Denn soweit sie durch die Fensterbänke sehen konnte, war alles braun. Die Stadt, die sich um die *Große Bibliothek* herum erstreckte, war so eintönig, dass es Sophia in den Augen weh tat. Zuerst dachte sie, sie wäre in die Vergangenheit gereist, weil die Straßen der Stadt nicht von Autos und Ampeln, sondern von Eseln und Karren bevölkert waren.

»Wo sind wir?« Sophia betrachtete das große Steingebäude in der Ferne, das sich höher als alle anderen Bauwerke erhob.

»Du kennst diese Gegend als Timbuktu«, antwortete Plato mit einem Gähnen, als ob ihn diese Enthüllung langweilen würde.

Sophia wirbelte herum. »Wie das Mali-Reich? Hast du dort die *Große Bibliothek* untergebracht?«

»Es entsprach den Anforderungen«, erwiderte Plato.

»Was sind das für Anforderungen?«

Er zuckte mit den Schultern. »Da gibt es einige, aber zum Beispiel muss der Standort der *Großen Bibliothek* eine gewisse Grundkraft haben. Das Gebäude in der Ferne ist die Große Moschee von Djenné.«

Plato verwies auf den großen Lehmziegelbau, der sich hoch über alle anderen erhob.

»Das ist hier die Erdkraft«, vermutete Sophia.

»In Sansibar war es der Ozean«, merkte Plato an. »Dieses Mal wollte ich kein Risiko eingehen, nachdem die *Große Bibliothek* gefunden und fast zerstört wurde.«

Sophia nickte, denn sie wollte nicht riskieren, dass dem unglaublichen Ort etwas zustieß, an dem jedes einzelne Buch, das je geschrieben wurde, aufbewahrt war – natürlich mit Ausnahme von zwei, die sich in ihrem Besitz befanden.

Sie verstand, was Plato mit dem Licht meinte. Die Wüste von Timbuktu warf ein gelbliches Licht hinein, das einen unheimlichen Schein erzeugte. »Wie sieht die *Große Bibliothek* von außen aus?«

»Wie eine bescheidene Behausung«, antwortete Plato.

»Das könnte richtig sein.« Sophia erinnerte sich daran, dass die *Große Bibliothek* in Sansibar wie eine Hütte auf einem Felsen ausgesehen hatte, als sie dort stand. Sie liebte die Ironie, dass der mächtigste Ort der Welt alles andere als eine Hütte war.

»Soll ich etwas für dich tun?« Sie erinnerte sich daran, was er gesagt hatte, dass er einen Job für sie hätte.

»Vor allem meine Steuer machen«, antwortete er trocken.

Sophia lachte. »Rory kann dir dabei helfen, wenn er nicht gerade an seinem Roman arbeitet.«

»Das tut er«, bestätigte Plato. »Und er weiß nicht, wie er bestimmte Dinge unter den Tisch fallen lassen soll. Er ist moralisch zu streng.«

»Warum in aller Welt muss ein Lynx überhaupt Steuern zahlen? Gibt es dich überhaupt für die Regierung der Vereinigten Staaten?«

Er sah sie finster an. »Ich existiere und ich habe Gefühle. Wenn du Geld verdienst, weiß das Finanzamt davon.«

Sophia schüttelte den Kopf über die rätselhafte, magische Kreatur. »Du bist sehr eigenartig.«

»Stimmt«, zwitscherte er. »Wie auch immer, ich werde meine Steuererklärung selbst machen, da ich vermute, dass du die falsche Person für diesen Job bist.«

»Gute Entscheidung.«

»Aber du musst zum Happily-Ever-After-College und das Portal zur *Großen Bibliothek* wieder öffnen, denn du hast es versiegelt.«

Sophia nickte. »Ja und ich schätze, man kann es von dieser Seite aus nicht öffnen.«

»Ich kann alles Mögliche tun«, erwiderte Plato süffisant. »Ich tue es nur nicht. Warum etwas tun, wenn ich es von dir verlangen kann?«

»Wie liebenswert von dir«, scherzte Sophia.

»Nun, du musst auch aus anderen Gründen dorthin gehen.«

Sophia dachte einen Moment lang nach und versuchte sich daran zu erinnern, ob es eine Aufgabe gab, bei der sie die Hilfe von Mae Ling, ihrer guten Fee, brauchte. Im Moment fiel ihr nichts ein. »Was sind die anderen Gründe?«

»Ich bin mir nicht sicher, wie deine Frage lautet«, antwortete eine Stimme, die nicht von Plato stammte. »Aber wenn du nach Antworten suchst, bist du hier richtig.«

Kapitel 5

Sophia drehte sich um und entdeckte Paul, den Mann, den sie und Liv auf Platos Anweisung hin für die Rolle des Bibliothekars angeworben hatten. Er trug ein langes, weinrotes Gewand und sah sehr vornehm aus, wie er dort stand, die Handflächen wie zum Gebet zusammengepresst und mit einem ruhigen Gesichtsausdruck.

»Oh«, seufzte Sophia und sah sich nach Plato um. Er war wie aufs Stichwort verschwunden, als Paul auftauchte. »Ich habe mit Plato geredet.«

Paul nickte und schritt voran. Sein Gewand floss elegant um ihn herum. »Ich spreche oft mit den großen Philosophen. Ob sie mich hören können, ist nicht das Wichtigste. Es geht mehr darum, mich zu amüsieren und zu ermutigen. Manchmal …« Er hob einen einzelnen Finger und lächelte mit einem Augenzwinkern. »Ich schwöre, ich kann hören, wie sie antworten.«

Sophia erwiderte das Lächeln. »In gewisser Weise vielleicht schon, aber ich habe mit Plato gesprochen – dem Lynx, der Liv und mich veranlasst hat, dich für den Posten des Bibliothekars zu rekrutieren.«

Paul strich sich mit der Hand über seinen Bart. »Ich habe diesen Lynx, der nach dem großen Philosophen benannt ist, noch nicht kennengelernt.«

Ein lautes Lachen drang aus Sophias Mund und hallte in dem großen Raum wider. Sie bedeckte ihre Lippen, weil es ihr peinlich war, in einer Bibliothek so laut zu sein. »Tut mir leid, ich werde leise sein.«

Paul schüttelte den Kopf. »Ich bin mir nicht sicher, warum das überhaupt notwendig ist. Im Moment ist niemand außer dir und mir hier. Wenn du willst, kannst du durch die Gänge rennen und schreien.« Er beugte sich mit einem verschwörerischen Gesichtsausdruck vor. »Das mache ich nachts, nur so zum Spaß.«

Sophia kicherte weiter. »Das hört sich wirklich lustig an. Der Philosoph wurde nach Plato, dem Lynx, benannt. Das war der Grund für mein plötzliches Lachen.«

Paul nickte, als ob das einfach zu akzeptieren wäre – ein antiker Philosoph, der nach einer Katze benannt wurde. »Vielleicht finde ich ein Buch über diesen Plato und kann mehr herausfinden.« Er drehte sich mit vorgestrecktem Kinn. »Wenn es ein Buch zu diesem oder einem anderen Thema gibt, muss es hier irgendwo sein.«

Sophia warf einen Blick auf die zweistöckige Bibliothek, in der das gesamte große Wissen der Welt aufbewahrt wurde. Sie war wirklich der magischste Ort, den es gab. Wenn Bücher bearbeitet oder geändert wurden, wurden sie auch in der *Großen Bibliothek* aktualisiert.

»Du genießt also deine Rolle als Großer Bibliothekar?« Sophia fühlte sich verantwortlich für die Person, die sie quasi in diese Position gezwungen hatte. »Schreiend durch den Gang zu rennen ist kein Zeichen von Unzufriedenheit, oder?«

Er gluckste und winkte mit der Hand. »Um Himmels willen, nein. Ganz im Gegenteil. Ich habe mich noch nie so frei gefühlt. Ich kann tun, was ich will, Bücher lesen und anderen helfen. Es gibt jede Menge Zeit zum Meditieren und Entspannen und immer ein Abenteuer zu erleben.«

Paul schwenkte mit seinem Arm über die Reihen, die so weit reichten, wie sie sehen konnten. »Wie könnte ich mich jemals an einem Ort wie diesem langweilen, wo so viele Geschichten darauf warten, gelesen zu werden?«

Sophia lächelte, als sie feststellte, wie perfekt Paul für die Stelle des Bibliothekars hier war. Plato hatte eine gute Wahl getroffen – nicht, dass sie überrascht wäre. »Ich bin froh, dass es dir gefällt und du dich hier nicht zu einsam fühlst.«

»Einsamkeit ist etwas, das ich nicht kenne, um ganz ehrlich zu sein. Aber du bist mein erster Besucher, also ist es schön, ein Gesicht zu sehen.«

»Das liegt daran, dass noch niemand weiß, wo die *Große Bibliothek* ist, weil der Ort verlegt wurde«, erklärte Sophia. »Ich habe das Portal von der Burg Gullington aus geöffnet.«

»Ich habe in der *unvollständigen Geschichte der Drachenreiter* gelesen, wo sich die Drachenelite befindet.«

»Du warst fleißig«, bestätigte Sophia beeindruckt.

»Ich liebe es zu lesen. Was soll ich sagen?«

»Nun, es soll eine neue Generation von Drachenreitern geben und viele von ihnen werden dich besuchen, obwohl sie *The Fierce* zuvor finden müssen«, erklärte Sophia. »Ich glaube nicht, dass es richtig wäre, ihnen diese Herausforderung abzunehmen. Es ist ein Initiationsritus für Mitglieder der Drachenelite.«

»Ja«, überlegte Paul. »Ich habe auch über *The Fierce* gelesen. Sehr clevere Art und Weise, wie man beweisen muss, dass man würdig genug ist, diesen Ort voller Wissen und damit auch voller Macht zu betreten.«

»Das ist genau der richtige Gedanke. Wenn ich von hier weggehe, öffne ich das Portal zum Gute-Feen-College.«

»Oh, das Happily-Ever-After-College«, meinte Paul.

»Wow, du hast ja fleißig gelesen«, schwärmte Sophia.

Er nickte. »Bei so vielen Büchern über die magische Welt habe ich besonders schnell gelesen.«

»Du wirst im Handumdrehen ein Experte sein.«

Paul warf einen Blick auf die vielen Regale und zuckte mit den Schultern. »Ich denke, das wird noch viel mehr Zeit in Anspruch nehmen.«

Sophia nickte. »Nun, durch das Portal zum College können die Studentinnen und Professoren hindurchgehen. Ich glaube, die Mitglieder des Hauses der Vierzehn haben ebenfalls Zugang, ebenso wie einige Feen, Riesen und Gnome, aber für den größten Teil ist die *Große Bibliothek* tabu. Es geht nicht darum, die Bücher zu horten, sondern vielmehr darum, sie zu schützen.«

»Das sehe ich auch so. Diese Portale zur Gullington und zum Happily-Ever-After-College, funktionieren die in beide Richtungen?«

Wie eine Studentin?, unterbrach Lunis in Sophias Kopf, der offensichtlich das ganze Gespräch mitgehört hatte und nur darauf wartete, sie mit einem unhöflichen Scherz aus der Fassung zu bringen.

Würdest du bitte still sein und zu deinem Spiel zurückkehren?, witzelte sie. *Diese Schmetterlinge fangen sich nicht von selbst und Mama braucht ein neues Paar Schuhe vom Markt.*

Ich warte darauf, dass mein Kürbisbeet wächst, deshalb mache ich jetzt eine Pause.

Du hast deine Zeit gut genutzt, stichelte sie. *Unterbrich mich jetzt nicht. Der Typ hält mich jetzt schon für verrückt, weil ich Selbstgespräche führe und ihm erzähle, dass Plato, der Philosoph, nach einer Katze benannt wurde.*

Sag ihm, dass du mit deinem Drachen sprichst, schlug Lunis vor. *Dann wird er es verstehen.*

Die meisten verstehen das nicht, selbst die in der magischen Welt nicht.

Nachdem sie eine Pause gemacht hatte, um mit Lunis zu sprechen, schenkte sie Paul ein entschuldigendes Lächeln. »Das tut mir leid. Ich habe gerade einen Anruf entgegengenommen, sozusagen. Wie auch immer, die Barrieren um die Gullington und das Happily-Ever-After-College verhindern den Zutritt für alle, die nicht zugelassen sind. Nur die Drachenelite oder die guten Feen können die Portale benutzen.«

»Sehr interessant«, überlegte Paul. »Barrieremagie ist faszinierend. Ich muss mich noch mehr damit befassen.« Seine Augen leuchteten vor Aufregung. »Ich habe noch so viel zu lernen und ich bin hier genau richtig! Vielen Dank, Sophia Beaufont, dass du meine kühnsten Träume wahr werden lässt. Ich könnte wirklich nicht glücklicher sein.«

Sophia lächelte, als sich ihr Herz in ihrer Brust erwärmte. Sie glaubte nicht, dass sich Paul für sein Glück bei ihr bedanken sollte, denn sie war nur diejenige, die ihn rekrutiert hatte. Bei wem er sich bedanken sollte, war Plato, aber sie vermutete, dass sie sich nie treffen würden. Das war auch gut so, denn Paul hatte viele andere Dinge, mit denen er sich beschäftigen konnte.

Sophia winkte dem Bibliothekar zu, während sie zurück zum Portal nach Gullington ging. »Ich hoffe, dich bald wiederzusehen. Ich werde das Portal vom Gute-Feen-College öffnen, das dir neue Besucher bescheren wird.«

Paul klatschte erfreut. »Gut, dann mache ich mich mal wieder an die Arbeit und mit den Büchern vertraut, damit ich helfen kann. Schließlich muss ein Bibliothekar seinen Job gut machen.«

Sophias Grinsen wurde noch breiter. »Ich habe keinen Zweifel daran, dass du das mit viel Enthusiasmus tun wirst.«

Kapitel 6

Sophia wusste schon bei ihrer Ankunft, dass am Happily-Ever-After-College etwas nicht stimmte. Anders als beim letzten Mal, als sie dort war und von den steinernen Statuen angegriffen wurde, die zum Leben erwacht waren und die Professoren und Studenten terrorisierten, gab es ein weiteres Anzeichen dafür, dass am Gute-Feen-College Gefahr herrschte. Hauptsächlich waren es die schreienden Studentinnen, die aus dem Gebäude eilten, die es verrieten. Sie stürzten und schubsten sie fast um, während sie schrien: »Rette uns! Rette uns! Rette uns!«

Sophia spannte sich an, reagierte aber sonst nicht, sondern wartete ab, was als Nächstes geschehen würde, als die Schülergruppe irgendwo auf dem Schulgelände verschwand. Die Tür zur Schule schwang hin und her, bevor sie sich wieder schloss.

Irgendetwas in dem Gebäude löste die Panik aus. Etwas, das Sophia untersuchen musste. Sie holte tief Luft und ging vorwärts. Dann betrat sie das Gebäude mit denselben Ängsten, die sie hatte, als sie das Portal zur *Großen Bibliothek* geöffnet hatte, aus Respekt vor der Gefahr, die auf der anderen Seite lauern könnte.

Zu Sophias Erleichterung und Überraschung entdeckte sie ihre gute Fee Mae Ling auf der anderen Seite des Eingangs stehend, die Arme verschränkt und den Blick in den Flur gerichtet.

»Ist alles in Ordnung?«, fragte Sophia die kleinere Frau und fühlte sich dann dumm wegen dieser Frage. Nach den Mädchen zu urteilen, die schreiend aus dem Gebäude gerannt waren und dem verkniffenen Gesichtsausdruck von Mae Ling, war es alles andere als in Ordnung. Aber irgendwo mussten sie ja mit dem Gespräch beginnen, dachte Sophia sich.

»Oh, gut, du bist da.« Mae Ling schaute auf ihre Uhr. »Genau pünktlich.«

Sophia nickte und wusste, dass sie das hätte erwarten müssen. In letzter Zeit war ihr Leben voll von Terminen, zu denen sie zu spät kam und von denen sie nicht einmal wusste, dass sie sie hatte. Das musste der Grund gewesen sein, warum Plato gesagt hatte, sie müsse zum Happily-Ever-After-College. Eine kleine Vorwarnung vor der drohenden Gefahr kam offenbar nicht infrage. Die Menschen in ihrem Leben mochten es, wenn sie überrascht wurde, solange sie über ihre Termine und Zeitpläne informiert waren.

»Was ist hier los?« Sie zuckte zusammen, aufgeschreckt durch einen großen Tumult, der durch den Flur hallte.

»Ein Wissenschaftsprojekt, das schiefgelaufen ist.« Mae Ling zeigte in die Richtung des Lärms.

Sophia nickte. »Natürlich ist die Wissenschaft das Problem.«

»Ja, normalerweise ist sie das und auch die Lösung, ironischerweise.«

»Gut gesagt.« Sophia lachte. »Was ist passiert?«

Aus einer der offenen Türen am Ende des Korridors stieg Dampf auf und Mae Lings Augen weiteten sich. »Ich kann wirklich nicht länger bleiben und auch nicht weiter ins Detail gehen. Wir haben in einem neuen Kurs etwas ausprobiert, das nach hinten losgegangen ist und die Schule mit … nun ja, was auch immer es ist, infiziert hat. Es wächst, und zwar viel schneller, als ich oder einer der Professoren es eindämmen könnte.«

»Also, wie kann ich dir helfen?«, wollte Sophia wissen und freute sich, Mae Ling, die ihr schon so oft geholfen hatte, unterstützen zu können.

Ihre gute Fee riss die Tür auf und schüttelte den Kopf. »Es tut mir leid, aber ich möchte, dass du dich ganz allein um das Problem kümmerst. Soweit ich weiß, kommst du dank des Chi des Drachen gut in die Nähe. Der Rest von uns ist anfällig für die Gefahr, die von diesem Zeug ausgeht.«

Mae Ling verließ die Schule und starrte Sophia mit entsetzten Augen über die Schulter an.

»Okay, ich kümmere mich darum. Aber sag mir, was soll ich mit dem giftigen Zeug machen?« Sie war so daran gewöhnt, dass Mae Ling ihr half, dass sie sich plötzlich Sorgen machte, wie sie ohne die Hilfe der guten Fee weitermachen sollte.

Zum Glück war sie noch nicht auf sich allein gestellt. »Nimm eine Probe. Bring sie zu deiner Expertin für Zaubertränke. Die sollte eine Lösung finden können.«

Sophia nickte und wollte gerade ein paar unterstützende Worte sagen, aber Mae Ling wartete nicht darauf. Stattdessen sprintete sie davon, während sie über ihre Schulter blickte und die Angst in ihren Augen stand.

Als Sophia sich umdrehte, um den bis dahin leeren Flur zu begutachten, verstand sie den Grund für die Panik. Wie eine Sumpfkreatur kroch etwas aus Schlamm den Korridor hinunter, die sowohl wie eine Flüssigkeit als auch wie ein sehr lebendiges, grünes Monster aussah.

Kapitel 7

Sophia war sich nicht sicher, wie das Chi des Drachens sie vor dem magischen Glibber schützte, aber sie hatte einen Verdacht, als sie sich wieder in den Flur der Schule duckte. Der grüne Schleim, der an verschiedenen Stellen wie eine Welle in die Luft stieg und blubberte, war schon fast auf halber Länge des Flurs. Auf seinem Weg fraß er sich in den Boden, sodass dieses Zeug tiefer in das Fundament der Schule sank.

Der säuerliche Geruch in der Luft brannte Sophia in der Nase. Sie war sich ziemlich sicher, dass die Dämpfe für andere giftig gewesen wären und sie wahrscheinlich bewusstlos gemacht hätten. Die grüne Substanz kroch an den Wänden hoch und fraß sie auf. An diesem Punkt konnte das Zeug die ganze Schule übernehmen und sie in kürzester Zeit zerstören.

Sophia wusste, dass sie nicht nur eine Probe dieses Giftes brauchte, sondern dass sie es auch eindämmen musste. Als sie sich näherte, spürte der Glibber, was sie vorhatte, als ob er lebendig wäre. Er blubberte und zischte.

»Beruhige dich, Stan«, murmelte sie zu dem Klumpen.

Stan?, fragte Lunis in ihrem Kopf.

Ja, er sieht aus wie ein Stan, scherzte sie.

Ich dachte eher an eine Molly, antwortete Lunis.

Irgendeine Idee, wie man das Zeug eindämmen kann? Sophia beobachtete, wie sich der Glibber in ihre Richtung bewegte. Er wirbelte und dampfte, als er wie eine Welle im Meer wogte.

Mit Magie, tippte Lunis.

Sophia verdrehte die Augen. *Ich hatte auf etwas Konstruktiveres gehofft.*

Ein Zauberspruch, überlegte Lunis.

Sophia wich zurück, weil Stan näherkam und warf einen Blick über ihre Schulter. Es waren nur noch ein paar Meter bis zur Eingangstür. *Ich habe nicht den ganzen Tag Zeit*, meinte sie telepathisch zu ihrem Drachen.

Nein, aber weißt du, wer das hat?

Der Drache, der Animal Crossing spielt, vermutete sie.

Ooooh, mir ist das Holz ausgegangen und jetzt kann ich den Waschtisch nicht bauen, den ich wollte, erklärte Lunis. *Hast du eine Idee?*

Die Dämpfe, die von dem grünen Schlamm aufstiegen, brannten in ihren Augen und ließen sie tränen. *Ich habe hier reale Probleme. Kannst du mir helfen?*

Lunis spottete. *Das ist auch ein reales Problem. Ohne dieses Extra kann ich Roxys Wunsch nach einem Campingplatz nicht erfüllen. Weißt du, wie frustrierend das ist?*

Sophia seufzte und ging ein paar Meter rückwärts. *Das kann ich mir nur vorstellen. Jetzt belaste ich dich auch noch mit meinen Problemen.*

Entschuldigung nicht angenommen, antwortete Lunis süffisant.

Sophia beschwor eine verstärkte Zaubertrankflasche herauf, die hoffentlich nicht durch die tödliche Substanz schmelzen würde und lachte fast. *Ich habe mich nicht entschuldigt.*

Vielleicht ist das einer der Gründe, warum ich dir nicht helfen möchte.

Gut. Sophia fühlte sich plötzlich verzweifelt. *Es tut mir leid.*

Deine halbherzige Entschuldigung weise ich zurück, entgegnete Lunis sofort.

Im Ernst, Lunis, du bist eine echte Nervensäge.

Sophia wirbelte mit ihrem Finger in der Luft herum und übertrug auf magische Weise eine Portion der Substanz in die Flasche, die sie dann sofort verschraubte. Das Gefäß war heiß in ihren Händen. Sie schüttelte den Kopf und steckte es in ihren Umhang.

Nun, ich schätze, ich benehme mich daneben, weil ich meine Gefühle die ganze Zeit unterdrückt habe, offenbarte er.

Plötzlich verspürte sie Mitleid mit ihrem Drachen, der mit seinem verletzten Bein zu kämpfen hatte. *Es tut mir leid, Lun. Das tut es mir wirklich. Geht es dir gut?*

Mir geht es gut, erwiderte er. *Ich weise deine Entschuldigung zurück.*

Sie seufzte, dieses Mal lauter als zuvor. *Würdest du aufhören, das zu sagen?*

Ich kann meine Gefühle nicht mit einem Korken verschließen, wie die Flasche, die du für Stan benutzt hast.

Sophias Augen weiteten sich mit einer plötzlichen Erkenntnis. *Das ist es! Ich muss das Zeug mit demselben Zauber eindämmen, der auch die Zaubertrankflasche verstärkt.*

Ich habe mich schon gefragt, wann du das auf die Reihe bekommst. Lunis lachte. *Ich habe all diese Andeutungen darüber gemacht, dass ich meine Gefühle weggesperrt habe und so weiter.*

Du bist also nicht sauer? Sophia versuchte herauszufinden, wie man einen so komplexen Zauber auf einer so großen Fläche durchführen konnte. Der Glibber hatte sich vervielfacht und war jetzt wie ein Fluss, der den Korridor auffraß. Sie hatte nur noch etwa einen Meter Platz zwischen sich und Stan und stand fast mit dem Rücken zur Tür.

Nun, bin ich schon, antwortete Lunis. *Ich brauche dieses Extra. Ich möchte wirklich, dass Roxy mich mag.*

Sophia lachte darüber. *Du bist lächerlich, Lun.*

MUTIG GEREGELT

Der Zauber, der den grünen Glibber eindämmen sollte, dürfte eine Menge Magie erfordern und Sophias Reserven aufbrauchen. Deshalb musste sie es gleich beim ersten Mal richtig machen. Eine weitere Gelegenheit würde sie nicht bekommen und die Zeit drängte, als sie rückwärts zur offenen Eingangstür ging und auf der Schwelle stand. Wenn Stan es aus der Schule schaffte, zerstörte er den Campus und das Gebäude. Sophia konnte das nicht zulassen. Das Gute-Feen-College war für sie ein heiliger Ort.

Nachdem sie tief Luft geholt hatte, konzentrierte sich Sophia und sprach den Zauber, der die Schule hoffentlich retten und die tödliche Substanz aufhalten würde, bis sie diese ganz loswerden konnte.

Sie wirbelte mit ihrer Hand, aber zunächst passierte nichts. Sophia senkte ihre Schultern wegen der plötzlichen Niederlage und fühlte sich von der Last ihrer aktuellen Situation erdrückt. Dann erstarrte der Glibber, der wie eine Welle nach vorne gerollt war.

Es hat funktioniert, rief sie Lunis in ihrem Kopf zu.

Das glaube ich nicht, murmelte er und klang nachdenklich. *Ich habe meine Mützen eingelöst, aber ich glaube, ich habe immer noch nicht genug Holz, um den Waschtisch herzustellen. Arme Roxy.*

Lunis, hätte Sophia fast geschrien. *Ich wollte Stan mit dem Zauber in Schach halten. Ich glaube, es hat funktioniert.*

Hm? Er klang verwirrt. *Stan? Du meinst Molly? Gute Nachrichten. Hoffentlich brauchst du das nächste Mal nicht so lange, um meine Hinweise richtig zu deuten.*

Du hättest es mir auch einfach sagen können, beschwerte sie sich.

Der blaue Drache gluckste. *Wo wäre denn da der Spaß geblieben?*

Sophia schüttelte den Kopf, während sie den grünen Schlamm untersuchte und sich vergewisserte, dass sie ihn eingedämmt hatte. Als sie sich davon überzeugt hatte, schuf sie ein Portal zur Roya Lane, um das Zeug so schnell wie möglich loszuwerden. Auch wenn das Chi des Drachen sie schützte, wollte sie nicht riskieren, ihm zu lange ausgesetzt zu sein.

Kapitel 8

Sophia hatte es so eilig, den giftigen Glibber loszuwerden, dass sie fast direkt in König Rudolf Sweetwater gerannt wäre, als sie aus dem Portal in die Roya Lane trat. Sie sprang nach rechts, um dem Fae auszuweichen, er tat das Gleiche. Sie wich nach links aus und Rudolf ahmte die Bewegung nach, als würde er einen improvisierten Tanz aufführen.

»Nun, ich wusste nicht, dass du Tango kannst«, meinte Rudolf lachend.

Sie biss die Zähne zusammen und verneinte. »Kannst du mir aus dem Weg gehen? Ich muss in die Rosen-Apotheke.«

»Da will ich auch hin.« Rudolfs Augen leuchteten auf. »Ich muss nach dem Bestand des Heiltranks sehen. Das Elixier verkauft sich wie warme Shorts.«

Obwohl sie in Eile war, fühlte sich Sophia verpflichtet, Rudolf zu korrigieren. »Es sind Semmeln.«

»Was sind Semmeln?«

»Der Ausdruck lautet: ›Verkauft sich wie warme Semmeln‹«, erklärte Sophia.

Rudolf runzelte die Stirn. »Das ergibt doch keinen Sinn. Wer will schon Semmeln, wenn man enge Shorts haben kann? Und außerdem, wenn du all diese Semmeln isst, wirst du nicht mehr in deine Hotpants passen. Hast du dir das mal überlegt?«

Sophias Augen weiteten sich ungläubig darüber, dass das Gespräch mit Rudolf so unmittelbar eine verwirrende

Wendung genommen hatte. »Hör zu, ich muss schnell in die Rosen-Apotheke. Ich habe Giftschlamm in meiner Tasche.«

»Ist das der Geruch des Todes, den ich aus deiner Umhangtasche wahrgenommen habe? Ich dachte, du hättest deine Jeans schon lange nicht mehr gewaschen.«

»Ja, ich schätze, dass die Flasche, in der ich Stan habe, den Geruch nicht ganz verhindern kann.«

»Ich habe mal einen Stan in eine Flasche gesteckt«, erzählte Rudolf. »Er war ein Flaschengeist und hatte echtes Temperament.« Der Fae warf die Hände hoch und schlüpfte in die Rolle von Stan, dem Flaschengeist. »Lass mich aus der Flasche, Rudolf. Wenn du es nicht tust, werde ich dich langsam umbringen, wenn ich hier rauskomme!«

»Warum hast du ihn nicht rausgelassen?«, musste Sophia fragen, obwohl sie wusste, dass sie schnell zur Apotheke musste.

»Weißt du nicht, dass ein Flaschengeist, nachdem er deine Wünsche erfüllt hat, seine Freiheit nur durch die Ermordung desjenigen erlangen kann, dem er dient?«

»Er wollte dich also trotzdem umbringen?«

»Ja, aber er dachte, die Drohung mit meinem langsamen Tod würde mich dazu verleiten, ihn rauszulassen.« Rudolf schüttelte den Kopf und schnalzte mit der Zunge. »Der Witz geht auf seine Kappe, denn ich habe seine Flasche mitten in den Ozean geworfen, wo er mit den Muscheln schlafen wird.«

Sophia schloss für einen Moment die Augen und fühlte sich erneut verpflichtet, den dämlichen König zu korrigieren. »Du meinst, mit den Fischen schlafen.«

»Nein, ich meine natürlich, mit den Muscheln schlafen«, erklärte Rudolf. »Warum denkst du, dass der Satz so lautet, wie eine Muschel schlafen? Das liegt daran, dass sie alle groggy sind, weil sie die ganze Zeit pennen.«

Sophia kratzte sich am Kopf und versuchte zu verstehen, wie Rudolf so viel im Leben falsch gemacht hatte und trotzdem König eines Volkes wurde. »Er ist glücklich wie eine Muschel.«

Rudolf lachte. »Das ist lustig. Hast du schon mal Muscheln gesehen? Die sehen aus wie Außerirdische. Die können gar nicht glücklich sein.«

»Warum hast du die Flasche des Flaschengeistes in den Ozean geworfen?«, wollte Sophia wissen.

»Nun, Flaschengeister arbeiten und arbeiten, bis sie aus ihren Flaschen entkommen«, meinte Rudolf. »Wenn Stan rauskommt, wäre für mich das Licht aus. Deshalb entledigen sich viele ihrer Flaschen, nachdem sie ihre Wünsche erfüllt bekommen hatten. So ist es sicherer.«

Sophia nickte. »Das ergibt Sinn. Dann kann jemand anderes den Flaschengeist finden und seine Wünsche erfüllt bekommen. Aber niemand wird deinen Stan auf dem Grund des Ozeans finden.«

»Das Wichtigste war, dass Stan mich nicht finden konnte.«

»Das ist ziemlich schlau.« Sophia war selbst überrascht, dass sie Rudolf als klug bezeichnete. »Aber warum konntest du dir nicht wünschen, dass er dich nicht ermordet?«

»Das verstößt gegen das Genie-Protokoll in Abschnitt 1, 126, Teil B der Novelle«, erklärte Rudolf sachlich und blinzelte sie an. »Wie kann es sein, dass du so etwas nicht weißt?«

»Was noch verwirrender ist, ist, dass du es tust.«

»Nun, ich bin scharf wie ein Diamant.« Rudolf lächelte.

»Reißzwecke«, korrigierte Sophia. »Der Satz lautet scharf wie eine Reißzwecke.«

Er warf ihr einen enttäuschten Blick zu. »Liebe Sophia. Reißzwecken sind nicht wirklich scharf. Diamanten, diese Babys können die zehn Zentimeter Panzerstahl durchschneiden, die den größten Diamanten der Welt schützen.«

»Das ist sehr spezifisch«, antwortete Sophia. »Du hast also einen Diamanten benutzt, um diesen Stahl zu durchschneiden, um an einen anderen Diamanten zu kommen? Das ist ironisch.«

»Unabhängig von deiner politischen Meinung hat es funktioniert«, erwiderte Rudolf triumphierend.

»Du weißt doch, was das Wort ›ironisch‹ bedeutet?« Sophia schüttelte den Kopf. »Ist doch egal. Warum frage ich eigentlich?«

»Wie dem auch sei«, flötete Rudolf. »Ja, dann habe ich den Diamanten bekommen und stell dir meine Überraschung vor, als ich Stans Flasche im Tresor gefunden habe.«

»Was hast du dir gewünscht?«

»Nun, ich hatte bereits den größten Diamanten der Welt, also was denkst du?«, antwortete Rudolf.

Sophia brauchte einen Moment, um Rudolfs Gedanken nachzuvollziehen, was ihr irgendwie Kopfschmerzen bereitete. »Du wolltest den zweitgrößten, oder?«

Er nickte, als sein Lächeln verschwand.

»Das war der Diamant, den du benutzt hast, um den Tresor zu öffnen, nicht wahr?«

Er nickte wieder. »Stell dir meine Enttäuschung vor, als Stan sich einfach vorbeugte, meinen anderen Diamanten aufhob und ihn mir reichte.«

»Was hast du dir denn noch gewünscht?«

»Nun, ich war ziemlich hungrig von der …«

»Bitte sag mir nicht, dass du dir Essen gewünscht hast«, unterbrach Sophia ihn und starrte nach oben.

Er murrte. »Als ob. Ich kaue nicht gerne. Dafür habe ich Leute. Ich habe um einen Proteinshake gebeten.«

Sophia bedeckte ihre Stirn mit ihrer Hand. »Hättest du dir ein Heilmittel gegen den Hunger oder den Weltfrieden oder so etwas wünschen können?«

Rudolf schüttelte den Kopf. »Das widerspricht eindeutig Abschnitt 5304, Absatz 668 des Genie-Protokolls.«

»Natürlich tut es das«, murmelte Sophia trocken. »Und für deinen letzten Wunsch?«

»Nun, an diesem Tag hatte ich Juckreiz an einer wirklich peinlichen Stelle …«

Sophia hielt ihre Hand hoch. »Nein, hör auf damit. Ich will es nicht mehr wissen.«

Er runzelte die Stirn. »Gut. Wenn es dich noch nie zwischen den Schulterblättern gejuckt hat, wirst du das wohl nicht verstehen.«

»*Das* wolltest du also sagen?«

»Ja, natürlich. Was dachtest du denn, was ich sagen würde?«

Als Sophia nicht antwortete, sondern ihn nur anschaute, seufzte Rudolf. »Jedenfalls habe ich alles versucht, außer mir den Arm auszukugeln, um diesen hartnäckigen Juckreiz zu erreichen. Es war mir peinlich.«

»Dein letzter Wunsch war also, den Juckreiz zu beseitigen?«

»Um Himmels willen«, antwortete Rudolf. »Ich würde einen Wunsch nicht so formulieren und verschwenden. Ich habe einfach nicht den ganzen Abschnitt 7585 des Genie-Protokollhandbuchs gelesen und meine Frage nicht richtig formuliert. Stell dir vor, wie überrascht ich war, als ich mir wünschte, dass dieser Juckreiz verschwindet und Stan hinter mich kam und einfach nur kratzte, um mir meinen letzten Wunsch zu erfüllen.«

»Dann war es Zeit für einen Mord«, vermutete Sophia.

Rudolf nickte. »Ja, also habe ich ihn wieder in seine Flasche gesteckt und ihn ins Meer geworfen.«

»Das war eine totale Entgleisung«, kommentierte Sophia, seltsam amüsiert über all diese Informationen.

Er grinste breit. »Gern geschehen.«

»Ich habe nicht danke gesagt«, antwortete Sophia trocken.

»Ich hätte gedacht, dass du das hast. Deine Eltern haben dir keine Manieren beigebracht.«

»Wahrscheinlich, weil sie tot waren«, murmelte Sophia.

»Das ist keine Entschuldigung dafür, dass man Kindern nicht beibringt, höflich zu sein.«

»Wie auch immer«, begann Sophia mit einem Seufzer. »Giftiges Zeug in einer Flasche, schon vergessen? Ich muss jetzt los.«

Rudolf nickte, hakte seinen Arm bei ihr unter und zog sie die Gasse entlang. »Ich nehme dich mit. Wir sind im Handumdrehen da.«

Kapitel 9

Tu die giftige Substanz sofort in den Behälter neben der Tür«, befahl Bep, bevor Sophia die Rosen-Apotheke vollständig betreten hatte.

Die junge Drachenreiterin hielt inne und war überrascht, dass die Tränke-Expertin wusste, dass sie den grünen Glibber hatte. »Kannst du das Zeug auch riechen?«

Bep, die auf der gegenüberliegenden Seite des Ladens stand, nickte. »Ich habe es gespürt, als du halb um den Block warst. Es ist tödlich für Magier und die meisten anderen magischen Typen.«

»Aber nicht so sehr für mich, wegen des Chi des Drachen.« Sophia griff in ihren Umhang, um die Zaubertrankflasche herauszuholen und fand sie fast zu heiß, um sie anzufassen. Sie wollte sie gerade in den Mülleimer werfen, auf den Bep hingewiesen hatte, als Rudolf vor sie trat und eine Flasche abstellte – mit einer violetten Flüssigkeit. »Was machst du da?«, fragte sie ihn.

Er schaute sie über seine Schulter an. »Ich tue, was Bep gesagt hat und erlaube ihr, meinen Wein der Götter zu konfiszieren.«

»Das Zeug ist zwar ziemlich eklig, aber das habe ich nicht gemeint«, entgegnete Bep trocken, offensichtlich nicht amüsiert von Rudolfs üblichen Possen.

Rudolf zuckte mit den Schultern, schraubte den Deckel ab und nahm einen Schluck. »Das ist ein gewöhnungsbedürftiger Geschmack.«

»Der Alkoholgehalt ist hoch genug, um einen Minotaurus mit einer Fingerhutfüllung betrunken zu machen«, korrigierte Bep.

Nach einem weiteren Schluck fuhr Rudolf mit dem Handrücken über seinen Mund und rülpste. »Oh, da wünschte ich, ich wäre ein Minotaurus. Von dem Zeug bekomme ich nur einen leichten Schwips.«

»Vielleicht kannst du die Flasche eines Flaschengeists suchen und dir etwas wünschen«, schlug Sophia vor, während sie die Stan-Flasche in den Eimer stellte, den Deckel schloss und verriegelte. Es hörte sich an, als würde Dampf aus dem Inneren entweichen.

»Willst du mir erklären, warum du Gift in meinen Laden gebracht hast?«, erkundigte sich Bep.

»Gut, ich verstehe, dass dieser Wein nicht nach deinem Geschmack ist, aber du kannst ruhig ein bisschen Respekt zeigen.« Rudolf nahm noch einen Schluck und begann zu schwanken.

»Ich rede schon wieder nicht mit dir«, brummte Bep in einem strafenden Tonfall, bevor sie ihre Aufmerksamkeit auf Sophia richtete. »Macht es dir Spaß, gefährliche Dinge in meinen Laden zu bringen?«

»Es steht nicht auf der Liste meiner Hobbys, aber ich verstehe, dass es immer häufiger vorkommt«, antwortete Sophia.

»Das ist Teil ihres Charmes.« Rudolf hatte Schluckauf.

»Es tut mir leid, wenn ich dich oder die Rosen-Apotheke in Gefahr gebracht habe«, begann Sophia gegenüber der Ladenbesitzerin. »Es ist nur so, dass meine gute Fee mich darum gebeten hat. Dieses Zeug hat das Happily-Ever-After-College befallen und sie denkt, dass du helfen kannst, herauszufinden, was es ist und wie man es loswerden kann.«

Bep nickte zuversichtlich. »Sie hat recht. Ich bin deine einzige Hoffnung.«

»Danke«, meinte Sophia erleichtert. »Also machst du es?«

»Das werde ich«, antwortete Bep. »Aber die Recherche wird einige Zeit in Anspruch nehmen, da ich besondere Vorsichtsmaßnahmen treffen muss, um mich nicht in Gefahr zu bringen.« Sie nahm eine Spritze in die Hand, die Sophia nicht bemerkt hatte und winkte sie zu sich. »Komm her, damit ich dir Blut abzapfen kann.«

Sophia senkte ihr Kinn. »Normalerweise verschenke ich mein Blut nicht und schon gar nicht, wenn die Leute nicht nett fragen.«

Bep schien genauso verärgert zu sein wie sie und warf ihr einen ernsten Blick zu. »Wie soll ich den Stoff erforschen, wenn er mich umbringt?«

»Das ist die uralte Frage, über die alle Großen seit Jahrhunderten debattieren«, sang Rudolf und schaukelte bedenklich auf seinen Fersen.

Sophia schüttelte nur den Kopf, bevor sie zu Bep blickte. »Du brauchst also mein Blut, weil …«

»Weil du durch das Chi des Drachen in der Nähe der Substanz sein kannst«, erklärte Bep. »Ich denke, das ist dir bewusst.«

Sophia nickte.

»Nun«, fuhr Bep fort, »wenn ich eine Probe deines Blutes habe, kann ich einen Zauberspruch entwickeln, der auch mich schützt. Dann kann ich meine Nachforschungen anstellen, das Heilmittel finden und das Gute-Feen-College für dich retten.«

Sophia lächelte. »Ich danke dir. Wenn das so ist, kannst du so viel von meinem Blut haben, wie du willst.«

»Das ist das einzige Mal, bei dem du nicht hundert Prozent geben solltest«, mischte sich Rudolf ein. »Wenn du regelmäßig Blut spendest, weißt du das?«

Sophia lachte laut.

Bep tat es nicht. Als ob er es ernst meinte, nickte sie mit einem strengen Gesichtsausdruck. »Ich brauche nur eine einzige Ampulle.«

»Gut, dass du kein Vampir bist«, scherzte Sophia, während sie den Ärmel ihres Umhangs hochschob und Bep eine Ader zum Blutabnehmen anbot.

»Weißt du«, überlegte Rudolf. »Ein Vampir kann nicht nach draußen gehen, weil es ihn töten würde. Deshalb bekommen sie kein Vitamin D und sind gezwungen, Blut zu trinken. Hast du dir das schon mal überlegt?«

Sophia blinzelte ihn an. »Plädierst du etwa für Vampire?«

»Ja, ich glaube, das mache ich«, antwortete er. »Ich meine, alle interessieren sich nur dafür, dass sie Menschen töten und ihre blutsaugende Krankheit verbreiten.«

»Auf jeden Fall«, bestätigte Sophia ausdruckslos. »Bei diesen Typen geht es nur um sie selbst und ihre Angst vor dem Sterben.«

Rudolf nickte, trank seine Flasche Wein aus und wirkte immer noch weitgehend nüchtern. »Wenn deine gemeine, alte Schwester nicht den letzten Zirkel beseitigt hätte, würde ich eine Kampagne für Vampire starten und die Öffentlichkeit zur Toleranz erziehen. Ich meine, sollten wir nicht alle Arten akzeptieren?«

»Noch mal, sie töten Menschen«, stellte Sophia klar.

»Das gilt auch für das Hören von Volksmusik«, konterte Rudolf.

»Wie kommst du darauf?« Sie wünschte sich, er hätte den Wein nicht ausgetrunken, denn der Fae machte ihr Appetit auf ein Getränk.

»Jedes Mal, wenn ich die höre, möchte ich mich umbringen«, meinte Rudolf.

»Natürlich, das hätte ich kommen sehen müssen.« Sophia wandte den Blick ab, als Bep eine Nadel in ihre Vene führte und begann, ihr Blut abzunehmen. Obwohl sie schon in viele blutige Kämpfe verwickelt war, auf dem Rücken eines Drachen durch die Lüfte ritt und täglich mit großen Gefahren konfrontiert wurde, konnte sie den Anblick von jemandem, der ihr Blut abnahm, nicht ertragen.

»Okay, ich melde mich bei dir, wenn ich einen Hinweis auf diese Substanz habe«, erklärte Bep. »Deine Magie ist schwach und nach dem hier wirst du noch schwächer sein. Du wirst etwas essen müssen.«

»Sie kauft mir Tacos«, warf Rudolf ein.

»Nein, tue ich nicht«, entgegnete Sophia.

»Aber du hast es versprochen«, beschwerte er sich.

»Das ist nie passiert. Ich muss los und einen einsamen Drachenreiter auftreiben«, konterte Sophia.

»Oh, ist dein Freund mit einer Miranda durchgebrannt?« Rudolf nickte, als ob das absolut Sinn ergeben würde.

Sophia schaute genervt nach oben und war überrascht, dass eine Miranda immer wieder erwähnt wurde. »Nein, ist Wilder nicht. Er ist auf einer ähnlichen Mission unterwegs.«

»Ich bin für eine offene Beziehung, also viel Glück bei der Suche nach einem neuen Freund für deinen umgekehrten Harem.« Rudolf klopfte auf den Tresen. »Dann heißt das wohl, dass du, Bep, mit mir Tacos holen gehst.«

Die Zaubertrank-Expertin schüttelte den Kopf. »Ich esse keine Tacos.«

»Aber du hast es versprochen!«, jammerte er.

Bep tätschelte Sophias Hand. »Wir sind fertig. Jetzt bring den Zirkusaffen hier raus.«

»Er hat mit dir wegen der Heiltränke zu tun.« Sophia zog ihren Ärmel herunter.

»Siehst du und wir können das bei Tacos besprechen!«, rief Rudolf aus. »Du kaufst das Bier. Ich habe schon ewig nichts mehr getrunken.«

»Du hast eine Flasche Wein geleert«, erinnerte Bep ihn.

»Und er hat nichts abgegeben«, fügte Sophia hinzu.

»Das ist schon ewig her«, merkte Rudolf an.

Sophia ging zur Tür und hoffte, dort rauszukommen, bevor Rudolf noch mehr ihrer Gehirnzellen zerstörte. »Bis später, ihr zwei.«

»Tschüss«, zwitscherte Bep.

»Es ist gut, dass du gehst«, begann Rudolf. »Denn weißt du, was man sagt?«

»Ich bin mir sicher, dass ich das tue und du nicht«, rief Sophia über ihre Schulter.

»Es stimmt schon, Abwesenheit macht das Herz noch schöner«, lächelte Rudolf.

Sophia hielt plötzlich überrascht inne. »Ru, dieses Mal hast du das Klischee richtig getroffen.«

Er legte den Kopf schief, während sich Verwirrung auf seinem Gesicht ausbreitete. »Warte, so geht das nicht. Enthaltsamkeit lässt das Herz wachsen, was überhaupt nicht stimmt. Abstinenz führt dazu, dass ich mit Cindy Schluss mache.«

Kapitel 10

»Ich kann nicht glauben, dass du mich unterbrichst«, schmollte Lunis und legte seinen Kopf auf seine vor ihm ausgestreckten Vorderbeine.

Sophia legte ihm den Sattel über, obwohl er ihr die Arbeit nicht leicht machte, weil er auf dem Bauch lag. »Ich halte dich nicht davon ab, Animal Crossing zu spielen. Ich muss mit meinem Handy aber auf die Karte zugreifen, damit ich diesen Dämonendrachen und seinen Reiter finden kann.«

»Ist das so, weil ich mit deiner Kreditkarte einen Haufen Flugtickets gekauft habe?«

Sophia warf ihm einen Blick zu, der sich verengte. »Du hast was getan?«

»Hm? Ich weiß nicht, wovon du redest.«

»Du hast behauptet, du hättest einen Haufen Animal-Crossing-Währung gekauft.«

Er legte den Kopf schief und warf ihr einen prüfenden Blick zu. »Würde ich das tun?«

»Du würdest und du hast es getan und ich habe dir gesagt, dass du aufhören sollst, virtuelles Geld zu kaufen, um Dinge wie unechte Möbel herzustellen.«

»Aber der Hund will ein Laufband und die Ziege hat sich einen Flügel gewünscht«, erklärte Lunis. »Was würdest du tun, wenn deine Freunde etwas brauchen?«

»Sie sind nicht deine Freunde.« Sophia wurde klar, wie sehr Lunis diese Mission brauchte. Rauszukommen dürfte ihm guttun. Dann könnte er seine Befriedigung aus dem

Fliegen und dem Erfüllen der Aufgabe ziehen und nicht aus dem Aufleveln virtueller Freunde durch das Sammeln von Nüssen und Beeren in einem Spiel.

»Das sage ich doch auch nicht über Wilder!«, feuerte Lunis zurück.

Sophia kam vor ihm herum, die Hände in die Hüften gestemmt. »Wilder ist mein Freund. Er ist mein Partner.«

»Oh, wollt ihr immer noch, dass das funktioniert?«, stichelte Lunis.

»Es ist keine Arbeit«, antwortete Sophia und das war die Wahrheit. Alles mit Wilder fühlte sich einfach an. Er war ihr Lieblingsmensch – derjenige, der sie am besten verstand und mit dem sie am einfachsten zusammen sein konnte. Sophia hatte viele Menschen, die sie liebte, aber niemanden wie Wilder. Es schien mühelos für ihn, sie zum Lachen zu bringen oder ihr den Atem zu rauben. Das war keine Arbeit. Es war die Chemie. Sie waren wie füreinander geschaffen.

»Bist du sicher, dass du meine Hilfe bei dieser Mission brauchst?« In Lunis' Stimme schwang Zweifel mit.

»Ja«, drängte Sophia. »Einen Drachenreiter für die Elite zu rekrutieren, ist ziemlich schwierig, wenn ich nicht auf meinem Drachen sitze.«

»Vielleicht ist es weniger einschüchternd«, überlegte Lunis. »Ich meine, ich bin ziemlich hart im Nehmen. Kannst du dir vorstellen, wie einschüchternd es für die Neulinge sein wird, wenn sie mich sehen?«

»Lunis, Mahkah sagt, dass es sicher ist, dass du fliegen kannst. Allerdings musst du beim Start vorsichtig sein. Übertreibe es nicht. Wenn du erst einmal in der Luft bist, ist es ganz einfach. Bei der Landung solltest du dann deine Hinterbeine belasten.«

»Ich hatte nicht vor, traditionell zu landen«, meinte er. »Ich wollte mich abrollen.«

Sophia zog eine Grimasse. »Diese Idee befürworte ich nicht.«

»Gut.« Lunis streckte seinen Flügel aus und lud Sophia ein, auf seinen Rücken zu klettern. »Wir machen das, aber hoffen wir, dass dieser neue Drache und sein Reiter cool sind. Ich habe die alten Drachen satt, die immer im Schlamm stecken. Sie sind Spaßverderber.«

Sophia kicherte, als sie in den Sattel kletterte und die Zügel in die Hand nahm, um ihre Nervosität zu überspielen. Sie hatte ihre Zweifel an Lunis' erstem Flug, aber dann erinnerte sie sich an etwas, das Mahkah ihr gesagt hatte, als sie zum ersten Mal auf Lunis ritt: ›Das Vertrauen des Reiters wird zum Schicksal des Drachen.‹

Sophia schluckte und schöpfte zusätzliches Selbstvertrauen – sie sagte sich, dass Lunis das schaffen konnte. Sie konnten es zusammen schaffen. Ihr Glaube an ihn sollte sich übertragen und er wäre wieder ganz der Alte. Na ja, vielleicht nicht ganz, aber er wäre zurück und stärker, weil er die Herausforderung bestanden hatte.

Kapitel 11

Sophia war nicht mehr so nervös, seit damals bei ihrem ersten Ritt, als sie auf Lunis über das Gebiet außerhalb der Barriere der Gullington ritt – bis heute. Sie erinnerte sich daran, dass sie selbstbewusst bleiben musste. Das konnte Lunis' Zuversicht stärken. Aber es war so schwer, sich keine Sorgen um ihn zu machen, während er sprintete und an Tempo zulegte.

Sophia konnte spüren, wie die rechte Seite etwas schwankte, weil Lunis sein verletztes Bein schonte, aber er lief immer noch und war fast schnell genug, um vom Boden abzuspringen. Das war der eigentliche Test. Das war der Teil, der sein Bein am meisten beanspruchte.

Die Hoffnung war, dass es dadurch nicht schlimmer wurde. Mahkah glaubte, dass das Fliegen ihn stärken sollte, aber Lunis wollte vor ihrer Abreise nicht üben. Er behauptete, es würde Unglück bringen, aber Sophia spürte, dass er Angst hatte, dass es wehtun könnte und er deshalb keine Lust auf diese Mission hatte. Er war aber bereit, einen Paukenschlag hinzunehmen, nur ihretwegen.

Den ersten neuen Drachenreiter nach ihr mit einem verletzten Drachen zu konfrontieren, war nicht ideal. In einer perfekten Welt wäre Sophia ausgeruht und nicht so ausgelaugt wegen der Eindämmung des Giftunfalls im Gute-Feen-College. Aber noch wichtiger wäre, Lunis in Topform zu wissen und sich keine Gedanken um die Landung machen zu müssen.

MUTIG GEREGELT

Das Reiten war Sophia so sehr zur zweiten Natur geworden, dass sie sich daran erinnern musste, wie viel sie automatisch tat. Die Reiterin oder der Reiter steuerte alles durch Motivation und Gedanken. Sie waren es, die den Drachen auch ohne Zügel lenkten. Die Emotionen des Reiters sorgten dafür, dass der Drache schnell oder wendig war – oder das Gegenteil.

Deshalb drückte Sophia ihre Augen zu und sagte sich insgeheim, dass Lunis das schaffen konnte. Dass er es nicht nur schaffen konnte, sondern dass er es gut machen würde. Jede andere Gelegenheit wäre besser gewesen, weil er möglicherweise die Kraft aufbringen musste, einen Rückschlag einzustecken.

Keinen Rückschlag, sagte sie sich. *Eine Gelegenheit, stärker zu werden. Besser.*

Nach diesem Gedanken fasste Sophia den festen Vorsatz, dass Lunis sich in die Luft erheben sollte, denn sie spürte, dass der nötige Schwung erreicht war. Sie spürte, wie er nach einem kleinen Stolpern sprang. Sie riss ihre Augen vor plötzlicher Sorge auf.

Doch zu Sophias Erleichterung hatte sich Lunis erfolgreich in die Luft erhoben und schnell an Geschwindigkeit und Höhe gewonnen. Er hatte es geschafft. Er flog zum ersten Mal wieder nach der großen Schlacht und seiner Verletzung. Jetzt musste er nur noch landen …

Kapitel 12

Sobald sie in der Luft waren, fühlte sich alles normal an. Fliegen war für Lunis und Sophia so natürlich wie atmen. Es fühlte sich für beide so gut an, wieder in der Luft zu sein. Sophia spürte die Freude, die aus dem Herzen ihres Drachen strömte und das machte sie glücklich. Sie hoffte, dass dies zu der positiven Stimmung beitragen würde, die sie brauchten, um die Landung zu absolvieren. Alles drehte sich um die Gefühle rund um das Ereignis und die Macht der Gedanken.

Sophia entsperrte ihren Handybildschirm und sah sich die Karte an, die Mama Jamba für sie erstellt hatte, um die Dämonendrachen und Reiter zu finden. Da es sich um eine interaktive Karte handelte, die sich stetig veränderte, wenn sich die Drachen und Reiter bewegten, hatte Sophia eine Webcam auf sie ausgerichtet und die Daten mit ihrem und den Handys der Jungs verbunden. Jeder bekam einen bestimmten Reiter zugewiesen, den er verfolgen sollte. Sophias Reiter befand sich in einem Gebiet der Mojave-Wüste außerhalb von Las Vegas.

Als sie die Karte studiert hatte, war ihr immer wieder aufgefallen, dass sich viele der Dämonendrachen und -reiter in diesem Gebiet aufhielten. Das war dubios und Sophia konnte sich nicht erklären, warum das so war. Vielleicht bevorzugten die Dämonendrachen die Hitze der Wüste, während die Engelsdrachen die kalten Winde in Schottland mochten.

MUTIG GEREGELT

Es waren jedoch nur die Dämonendrachen in dieser Wüstengegend, die sich mit Reitern verbunden hatten. Die anderen hatten sich über den ganzen Globus verteilt. Es musste einen Grund für diese Konzentration geben und Sophia war kurz davor, es herauszufinden, als sie sich dem Ort näherten, an dem sich laut Karte der ihr zugewiesene Drache und sein Reiter befanden.

Wir sind fast da, meinte Sophia telepathisch zu Lunis und überprüfte dann noch einmal die Karte auf ihrem Handy. Sie warf einen Blick auf die Wüste unter sich und stellte fest, dass sie sich über einem riesigen Autohof am Rande von Las Vegas befanden.

Trucks und andere Fahrzeuge säumten den Parkplatz. Das große Gebäude an der Tankstelle verdeckte vieles, aber Sophia fand, dass ein Drache trotzdem auffallen und nicht neben den Zapfsäulen beim Tanken stehen sollte. Gruppen von Touristen und Lastwagenfahrern versammelten sich in verschiedenen Bereichen, unterhielten sich oder vertraten sich die Beine nach den vielen Stunden auf der Straße.

Was meinst du, wie wir sie erkennen?, fragte Sophia. *Der Dämonendrache könnte als Lastwagen getarnt sein, um die Aufmerksamkeit von ihm abzulenken.*

Das könnten sie sein, antwortete Lunis vermutend. *Oder sie lungern hinter der Raststätte herum und belästigen einen Sterblichen.*

Sophia drehte sich ruckartig um und schaute in die Richtung hinter dem Autohof. Sie erkannte sofort, was Lunis meinte. An der Rückseite des Gebäudes stand ein kleiner schwarzer Drache und neben ihm ein kleiner Mann, der einen Sterblichen am Hals festhielt und ihn an die Ziegelwand des Gebäudes drückte.

Sophia beugte sich hinunter und bereitete sich auf das vor, was sie als Nächstes tun mussten. *Lass uns runtergehen und herausfinden, was da los ist.*

Er drehte nach unten ab und bereitete sich auf die Landung vor.

Sophia hielt ihren Atem an. Dies war der Moment der Wahrheit.

Kapitel 13

Sophia versteifte sich und bereitete sich auf die Landung vor. Sie spürte, wie Lunis dasselbe tat, als sich Anspannung in ihm ausbreitete.

Sie tätschelte seinen Nacken und beugte sich herunter. *Du schaffst das*, sagte sie zu ihm in ihrem Kopf.

Der Sterbliche entdeckte sie, als sie sich näherten und seine Augen weiteten sich. Das erregte die Aufmerksamkeit des Drachenreiters, der ihn an die Wand presste. Der Kerl schaute über seine Schulter und wirkte nicht erfreut, Sophia und Lunis in ihre Richtung fliegen zu sehen.

Lunis hätte das Tempo drosseln sollen, um die Landung für sein Vorderbein so schonend wie möglich zu machen, aber Sophia wusste, dass dies auch etwas Persönliches war. Sie kannte den schwarzen Drachen noch aus der Zeit, als er geschlüpft war und Lunis und viele andere auf dem Hochland drangsaliert hatte.

Lunis kam schnell näher und brachte seine Hinterbeine nach vorne. Sophia kippte dabei fast hinten hinunter und musste ihre Haltung korrigieren.

Er schlug mit seinen Flügeln, um den Schwung zu reduzieren und ließ sich auf den Wüstenboden sinken, über dem er einen Moment lang in der Luft schwebte. Wie ein Phönix, der vom Himmel herabstieg, landete er auf seinen Hinterbeinen, während Sophia sich am Sattel festhielt, um aufrecht zu bleiben.

Was ein vorsichtiger Versuch war, Verletzungen zu vermeiden, wirkte wie ein sehr königlicher Auftritt. Doch die

Freude über eine so brillante Darbietung war zu viel Aufregung für Lunis. Der blaue Drache plumpste etwas härter nach vorne als beabsichtigt. Sophia spürte den Schmerz, der durch Lunis schoss, als wäre es ihrer, weil er zu hart auf dem verletzten Bein landete. Doch sein Klagen wurde zu einem majestätischen Brüllen, als wollte er dem neuen Reiter und dem Sterblichen seine Anwesenheit kundtun und nicht vor Schmerz aufschreien.

Um die Aufmerksamkeit von Lunis abzulenken, rutschte Sophia von ihrem Drachen herunter und ging direkt zu dem Drachenreiter hinüber, der den Sterblichen immer noch an die Wand drückte. Der Kerl war nur ein bisschen größer als sie, für einen Mann also ziemlich klein. Er trug eine Designerjeans und ein T-Shirt. Sein braunes Haar war kurz und über ein Auge gekämmt und erinnerte sie an einen Hipster in Hollywood, der dachte, er wäre zu cool für die Schule. Hoffentlich war dieser Kerl nicht wie diese überheblichen Typen.

»Hey«, grüßte Sophia sofort und richtete ihre zusammengekniffenen Augen auf den Mann und den Sterblichen, den er festhielt. »Ist alles in Ordnung?«

Sie erwartete, dass er erklären würde, was das Problem war. Vielleicht hatte der Drachenreiter den Sterblichen dabei erwischt, wie er etwas falsch gemacht hatte und wollte ihn bestrafen, damit er seinen Fehler korrigierte. Das war ihre Hoffnung.

Der Drachenreiter schüttelte den Kopf über sie. »Das geht dich nichts an.« Er wandte seine Aufmerksamkeit wieder dem Sterblichen zu. »Haben wir eine Abmachung?«

Der Mann nickte, während er vor Nervosität zitterte. »Ja. Ich gebe dir dreißig Prozent von meinem Einkommen. Das ist fair. Das kann ich machen.«

»Einkommen?« Sophia näherte sich. »Wovon redest du?«
»Ich sagte, halt dich hier raus!«, spuckte der Drachenreiter.
Sophia war schockiert, dass dieser Typ kein Interesse an ihr hatte. Noch mehr schockierte sie, dass er sie zurückwies. Sie hätte gedacht, dass ein brandneuer Drachenreiter begeistert wäre, einen der Seinen zu treffen. Das war sie auch, als sie nach Gullington kam. Natürlich, wenn es in dieser Gegend viele gab, was der Karte nach zu urteilen der Fall war, hatte dieser Kerl vielleicht schon einen getroffen, es war nicht gut gelaufen und er war auf der Hut vor anderen Reitern. Sie waren dafür bekannt, Einzelgänger zu sein.

»Ist schon gut, Mann«, entgegnete der Sterbliche eilig. »Ich werde dir geben, was du willst. Lässt du mich jetzt gehen?«

Der Drachenreiter richtete seine Aufmerksamkeit wieder auf den Sterblichen und presste ihn mit etwas mehr Kraft gegen die Wand, als Sophia für nötig hielt. Als Drachenreiter waren sie außergewöhnlich stark – viel stärker als ein schwacher Sterblicher. Es gab keinen Grund, sie so zu verletzen, es sei denn, sie würden sie bedrohen, aber der Sterbliche war unbewaffnet und schien sich nicht zu wehren. »Wöchentlich! Verstanden?«, betonte der Drachenreiter, sein Gesicht nur wenige Zentimeter von dem des Sterblichen entfernt.

»Wöchentlich. Verstanden!« Der verängstigte Sterbliche nickte.

Der Drachenreiter ließ den Kerl fallen, als er zurücktrat, sodass er auf Händen und Knien landete. »Geh mir aus den Augen oder ich mache vierzig Prozent daraus.«

Der Sterbliche sprang auf die Beine. Sein Blick schweifte zu Sophia und den Drachen in ihrem Rücken, bevor er losrannte, wobei jede seiner Bewegungen Angst ausstrahlte.

Der Drachenreiter drehte sich um und wandte sich Sophia zu, während er sich die Hände nach der Auseinandersetzung abwischte. »Okay, Schätzchen. Jetzt muss ich mich wohl um dich kümmern, weil du dich nicht gut genug auskennst, um dich um deinen eigenen Kram zu kümmern.«

Kapitel 14

Das lief alles andere als gut. Sophias Hand verkrampfte sich neben ihrem Schwert. Sie verzichtete darauf, Inexorabilis zu ziehen, weil sie sich daran erinnerte, dass dieser neue Drachenreiter unerfahren, wahrscheinlich nervös und es gewohnt war, sich zu verteidigen. Sie war eine Freundin und wollte ihm den Olivenzweig reichen.

»Hör zu, ich gehöre zur Drachenelite und wir wollen …«

»Ich weiß, wer du bist«, unterbrach der Typ sie. »Coal hat mich über euch langweilige Weltverbesserer aufgeklärt.« Der Drachenreiter deutete auf den Drachen, der sich jetzt mit Lunis anlegte. Anders als viele der Drachenkinder nahm er keine unterwürfige Position gegenüber dem viel größeren, älteren Drachen ein. Stattdessen hatte der schwarze Drache seine Augen zusammengekniffen und seinen Kopf so hoch wie möglich erhoben, als wollte er sich aufblähen.

»Nun«, meinte Sophia, zog das Wort in die Länge und beherrschte sich. »Dann weißt du, dass wir keinen Ärger wollen und Verbündete für dich sein können. Mir ist klar, dass du neu bist als Drach…«

Der Typ lachte. »Du denkst, weil ich ein neuer Drachenreiter bin, bin ich unerfahren.«

Sophia musste sich jetzt wirklich zusammenreißen. Sie atmete langsam aus. »Na ja, das ist verständlich. Es gibt viel zu lernen, aber ich kann dir anbieten …«

»Ich will deine Hilfe nicht, Süße«, entgegnete der Typ. »Ich bin zwar noch nicht lange dabei, aber ich bin mir sicher, dass ich dich und deinen hübschen blauen Drachen meilenweit übertrumpfen kann. Coal und ich sind von einer anderen Sorte. Wir sind besser.«

Oh, toll. Ich werde ihn umbringen müssen. Sie schüttelte den Gedanken ab und beschloss, es anders zu versuchen. »Also, mein Name ist Sophia und ich bin auch noch ziemlich neu im Drachenreiten. Ich verstehe, dass es anfangs einschüchternd ist, diese Welt zu betreten.«

»Ich heiße Tanner und mich schüchtert gar nichts ein, denn ich bin dafür geboren«, erzählte der Mann. »Manche von uns sind einfach Naturtalente. Dann gibt es noch die Drachenelite.«

Sophia schluckte und versuchte zu entscheiden, wie viele Zähne sie dem Kerl lassen sollte. »Was hast du mit der Drachenelite zu tun? Es gibt uns schon seit Jahrhunderten, wir sorgen für das Gleichgewicht auf dem Planeten, schlichten Streitigkeiten und schützen die Sterblichen.«

Tanner lachte, ein hohler, humorloser Laut. »Ja, Weltverbesserer seid ihr. So langweilig. Wir sind nicht daran interessiert, die Welt zu retten.«

»Wir?«, fragte Sophia nach. »Du meinst, du und dein Drache?«

»Klar, Schatz«, erwiderte Tanner lässig.

Dann erinnerte sich Sophia an die Ansammlung von Drachen und Reitern auf der Karte. »Hast du dich mit den anderen Dämonendrachenreitern zusammengetan?«

»Was geht dich das an?«, fauchte Tanner zurück.

»Nun, ich denke, die Drachenelite hat ein Recht darauf zu erfahren, ob sich eine andere Organisation gebildet hat.«

»Ihr habt hier nicht mehr das Sagen«, erklärte Tanner. »Wir machen die Dinge auf unsere Art und brauchen eure Erlaubnis nicht.«

Es gibt also eine neue Organisation von Dämonendrachen und ihren Reitern.

»Was macht ihr so auf eure Art?«, erkundigte sich Sophia. Jetzt war es eher eine Erkundungsmission als eine Anwerbung. »Wie bei diesem Sterblichen?«

»Wir machen auch Polizeiarbeit«, verkündete er mit einem morbiden Lachen. »Wie die Drachenelite. Wir machen es nur ein bisschen anders.«

»Du sagtest, du würdest dreißig Prozent von dem Sterblichen nehmen«, begann Sophia. »Dreißig Prozent wovon?«

»Von dem, was uns zusteht«, antwortete Tanner. »Die Drachenelite kann alle Gutmenschen regieren. Wir übernehmen den Rest.«

»Meinst du die Kriminellen?«, wollte Sophia wissen. »Ihr verfolgt die bösen Jungs?«

»Wir halten sie in Schach«, bestätigte Tanner. Dann flackerte etwas in seinen Augen auf, als ob er merkte, dass er zu viel verriet. Er schüttelte den Kopf. »Außerdem geht es dich nichts an.«

»Diese Gruppe, zu der du gehörst …«

»Kümmere dich um deine Angelegenheiten, Süße oder ich muss es dir beibringen.« Tanner hob seine Faust mit einem drohenden Blick auf seinem Gesicht.

Sophia musste sich ein Lachen verkneifen, als sie merkte, dass der unerfahrene, eingebildete Drachenreiter dachte, er könnte sie in einem Kampf besiegen. *Das war süß.*

»Ihr regiert also über die Verbrecher der Welt, aber nicht, indem ihr sie aufhaltet.« Sophia überlegte weiter, während sie sprach. »Ihr nehmt euren Anteil.«

»Wir halten sie in Schach«, wiederholte Tanner. »Man kann Kriminalität nicht verhindern. Das ist unmöglich. Wir regulieren sie und nehmen uns, was uns gehört.«

Sophia nickte. Das ergab für sie absolut Sinn. Wenn die Drachenelite aus Engelsdrachen bestand, die Frieden und das Beste für den Planeten wollten, dann würden die Dämonendrachen über die Kriminellen herrschen und sich nehmen, was sie wollten, während sie diese im Zaum hielten.

»Nun, wir müssen uns nicht streiten.« Sophia versuchte es erneut mit Diplomatie. »Die Drachenelite und die Gruppe, zu der du gehörst, könnten zusammenarbeiten.«

Tanner schüttelte den Kopf. »Nein, die *Halunkenreiter* arbeiten nicht mit anderen zusammen. Wir erlauben euch aber, euch vor uns zu verbeugen. Wie hört sich das an?«

Die Halunkenreiter, dachte Sophia und biss die Zähne zusammen. Ihre Hand bewegte sich neben ihrem Schwert. »Das funktioniert so nicht. Wir sind die oberste Entscheidungsinstanz auf dem Planeten und das gilt auch für eine kleine Gruppe unerfahrener Drachenreiter.«

Tanner lachte. »Klein, was? Unerfahren? Ich werde dir zeigen, wie unerfahren wir sind.«

Der kleine Drachenreiter sprang nach vorne, aber das Gebrüll der Drachen hinter Sophia erregte ihre Aufmerksamkeit und sie drehte sich für den Bruchteil einer Sekunde um, was Tanner einen Vorteil verschaffte, sodass er Sophia von hinten an den Schultern packen konnte.

Kapitel 15

Sophia erhaschte kurz einen Blick auf den schwarzen Drachen, der sich auf Lunis stürzte, als Tanner seine Hände um ihre Schultern legte. Aber sie musste darauf vertrauen, dass Lunis auch ohne ihre Aufmerksamkeit auf sich aufpassen würde. Sie musste diesem Neuling zeigen, wie sehr er sie unterschätzt hatte.

Wie Sophia es mit Evan gemacht hatte, als sie das erste Mal miteinander kämpften und er versuchte, denselben Vorteil zu nutzen, beugte sie sich vor und nutzte den Schwung, um den Typen über ihren Rücken zu werfen. Das war viel einfacher als bei Evan, weil Tanner kleiner war und Sophia durch ihr Training mehr Kraft hatte. Sie schleuderte ihn so hart zu Boden, dass er wie ein verängstigtes Kind aufschrie.

Er hustete und versuchte, sich hochzudrücken, aber Sophia zog ihr Schwert und schwang es durch die Luft, dann setzte sie die Klinge dicht an Tanners Kehle an. Er erstarrte auf der Stelle.

Sie warf einen Blick zur Seite und bemerkte, dass Coal, der schwarze Drache, anscheinend denselben billigen Schlag ausgeführt hatte, als sie sich auf Lunis stürzte. Der kleinere Drache lag jedoch schon auf der Seite und sein Kopf wurde unter Lunis' Hinterbein auf den Boden gepresst. Der Drache versuchte, sich aus dem Griff zu befreien, aber Lunis' überlegene Stärke und Größe hinderten ihn daran, sich zu bewegen.

Sophia konnte den Sieg nicht feiern, obwohl der Anblick komisch war, denn sie bemerkte Karmesinrot an Lunis' Vorderbein. Er blutete nach der Landung.

»Geht es dir gut?«, fragte sie über die Schulter, wobei sie darauf achtete, keine Emotionen in ihrem Gesicht zu zeigen.

»Diesem kleinen Biest kann ich zeigen, wer der Boss ist, denn sie scheint es vergessen zu haben und ist zu groß für ihre Hosen geworden.« Lunis beugte sich herunter und sprach Coal direkt ins Gesicht. »Soll ich dir die Windel wechseln, Kleine?«

Coal versuchte erneut, sich in Sicherheit zu bringen, aber es war sinnlos.

Sophia hätte fast gelacht, aber ihre Sorge um Lunis hielt sie davon ab, sich zu freuen. Sie richtete ihre Aufmerksamkeit wieder auf Tanner, der flach auf dem Rücken lag und sich nicht zu bewegen wagte, da eine scharfe Klinge nahe an seiner Kehle ruhte.

»Es ist traurig, dass du nicht kooperativer sein willst. Wir sind die netten Jungs, aber wir sind keine Drückeberger. Wenn die Halunkenreiter ein Problem darstellen, wird das Konsequenzen haben. Ihr habt aber eine Wahl. Schließt euch uns an oder bekämpft uns.«

Tanner sah sie mit zusammengekniffenen Augen an. »Du weißt nicht, mit wem du dich hier anlegst.«

»Bei dem Kerl, der mir auf Gedeih und Verderb ausgeliefert ist, denke ich, dass ich genau weiß, mit wem ich es zu tun habe.«

»Wie auch immer«, stotterte Tanner, der offensichtlich nicht wusste, was er antworten sollte.

»Übrigens«, knurrte Sophia und stapfte dicht an sein Gesicht heran, als ob sie es mit ihrem Stiefel zertrümmern wollte. Er wich zurück. »Nenn mich nie mehr Süße. Wenn überhaupt, kannst du mich Boss nennen, denn das ist die Drachenelite. Wir haben das Sagen und das wirst du begreifen oder den Preis dafür zahlen.«

Sie wirbelte ihr Schwert herum und steckte es in die Scheide, während sie lässig einen Schritt zurücktrat, ohne sich Gedanken über Vergeltung zu machen. Dann öffnete sie ein Portal, damit Lunis keine weiteren Verletzungen riskieren musste und winkte ihrem Drachen zu.

»Komm schon, Lunis«, forderte sie ihn über die Schulter auf, während sie auf das schimmernde Tor zuging. »Wir lassen diese Verlierer mit ihren übergroßen Egos in Ruhe.«

Er nickte, hob seinen Fuß vom Kopf des schwarzen Drachen und schritt hinter ihr her, wobei er sich große Mühe gab, nicht zu hinken, obwohl Sophia wusste, dass er große Schmerzen hatte.

Kapitel 16

Hiker Wallace war ungewöhnlich ruhig, als seine Drachenreiter von ihren verschiedenen Erfahrungen bei der Rekrutierung von Dämonenreitern berichteten. Die meisten ihrer Begegnungen waren gleich verlaufen. Er nickte, während er hinter seinem großen, kunstvollen Schreibtisch saß.

»Damit habe ich gerechnet«, brummte er und hielt seinen Blick auf die Oberfläche gerichtet.

»Du hast erwartet, dass es eine neue Gruppierung von Drachenreitern gibt, welche die kriminelle Welt regiert?«, fragte Evan kühn und lachte.

»Ich habe erwartet«, so Hikers Tonfall, »dass die Dämonendrachen und ihre Reiter nicht kooperativ sein würden. Wie Thad. Sie wollen Macht und tun, was ihnen gefällt. Dem Allgemeinwohl zu dienen, gehört nicht zu ihrem Wertesystem.«

»Welchem Wertesystem?«, fragte Wilder. »Der Typ, den ich getroffen habe, schien Wert darauf zu legen, das Maul und sich den Arsch aufreißen zu lassen.«

Sophia hob ihre Beine an und legte sie über ihn auf das Sofa, dann platzierte sie tröstend die Hand auf seiner Schulter. Ihm ging es gut, aber alle Drachenelite-Reiter hatten ein paar blaue Flecken und Beulen von ihren Zusammenstößen mit den Halunkenreitern. Offenbar hatten sie nicht fair gekämpft und sie, wie Sophia, billige Schläge eingesteckt. Wilder hatte eine Schnittwunde an der Wange, aber das war nichts, was nicht bis zum Morgen vollständig verheilt sein würde.

Mahkah trug ein blaues Auge davon. Evan brach sich einen Finger, als er einem Drachenreiter ins Gesicht schlug und behauptete, er hatte einen besonders harten Schädel, als wäre er aus Stein. Die Drachen hatten Konfrontationen mit den Dämonendrachen und erholten sich in der Höhle. Lunis war wie zuvor auf dem Hochland untergebracht und heilte ebenfalls.

Mahkah war der Meinung, dass Lunis in Ordnung kommen sollte, aber er musste vorsichtiger sein, bis er vollständig geheilt war. Er hatte ihnen geraten, eine Zeit lang keine gefährlichen Missionen zu unternehmen, aber angesichts der Entwicklung mit den Halunkenreitern war das eher unwahrscheinlich. Sophia wollte nicht das Schlimmste befürchten, aber sie hatte den starken Verdacht, dass diese Typen nur Probleme verursachen würden, welche die Drachenelite beseitigen musste. Sie glaubte nicht, dass sie sich um ihre eigenen Angelegenheiten kümmern und unter sich bleiben wollten.

»Ich bin nicht überrascht, dass diese Dämonendrachenreiter nicht kooperativ waren«, begann Hiker. »Was mich wundert, ist, dass sie so schnell eine Gruppe gebildet haben, die Kriminelle regiert.«

»Nur weil sie mit den Dämonen in Verbindung gebracht werden, heißt das nicht, dass sie nicht intelligent sind«, überlegte Mama Jamba. »Alle Drachen und Reiter sind dazu bestimmt, außergewöhnlich zu sein. Wie sie diese Kräfte einsetzen, hängt von der jeweiligen Allianz ab.«

»Das ist es ja«, grummelte Hiker. »Irgendwo da draußen gibt es einen neuen Anführer der Halunkenreiter, der seine Kräfte nutzt, um das Böse zu verbreiten.«

»Das könnte eine gute Sache sein«, begann Evan. »Ich meine, wir brauchen jemanden, der sich um die kriminelle Welt kümmert. Vielleicht tut uns dieser neue Anführer einen Gefallen, damit wir uns um die guten Sterblichen kümmern können.«

»Die Halunkenreiter nehmen einen Anteil und profitieren von kriminellem Verhalten«, entgegnete Sophia. »Sie halten das Verbrechen nicht auf. Sie fördern es.«

»Aber ist das so falsch?« Mama Jamba stellte die Frage, die alle im Raum überraschte.

»Skandalös. Miau.« Evan kratzte in der Luft, als würde er so tun, als wäre er eine Katze.

Mutter Natur grinste ihn an. »So sehr ich die Vorstellung liebe, dass alle gut sind und miteinander auskommen, ist das nicht realistisch. Deshalb wurde beschlossen, dass es sowohl Engels- als auch Dämonendrachen geben soll. Es geht um das Gleichgewicht. Hiker, auch wenn du es vielleicht nicht wahrhaben willst, könnten diese Reiter am Ende doch einen Zweck erfüllen. Kriminelle kann man nicht einfach ausrotten. Das haben wir von Anfang an versucht und diejenigen, welche die Regeln brechen wollen, werden immer einen Weg finden. Anstatt zu versuchen, sie zu beseitigen, übernehmen diese Halunken die Kontrolle. Beherrschen sie. Es ist nicht alles schlecht, je nachdem, wie man es macht.«

Hiker überlegte einen Moment und nickte dann. »Ich halte mich mit einem Urteil zurück, bis ich mehr Informationen habe. Wenn man meine Reiter schikaniert und versucht, Macht auszuüben, obwohl man noch ganz frisch ist, werden sie einen Krieg führen, den sie nicht gewinnen können.«

Sophia warf einen Blick auf die Karte, die Mama Jamba gezeichnet hatte und die auf dem Tisch vor dem Sofa lag, auf dem sie lümmelte. Es gab viel mehr Dämonendrachen und Reiter als Reiter für die Elite. Aus irgendeinem Grund hatten sich die Dämonendrachen viel schneller zu Reitern hingezogen gefühlt als die Engelsdrachen. Vielleicht lag es daran, dass die Engelsdrachen nicht so schnell Gullington den Rücken kehrten, weil sie nicht das Bedürfnis hatten, ihre Flügel auszubreiten und etwas außerhalb ihrer Heimat zu finden. Aber die Dämonendrachen waren so gut wie alle gegangen, sobald sie fliegen konnten.

Die Dämonendrachen und -reiter waren nun der Drachenelite zahlenmäßig weit überlegen. Es bestand die Hoffnung, dass es bald mehr Engelsdrachenreiter geben würde, aber sie müssten ausgebildet werden und waren unerfahren.

Es war beeindruckend und beunruhigend für Sophia, dass die Dämonenreiter so schnell eine Gruppe gebildet hatten. Ihr wurde klar, dass sie die Halunkenreiter und ihren vermeintlichen Anführer nicht unterschätzen sollte.

»Ich bin mir sicher, dass sie es sich zweimal überlegen werden, bevor sie sich mit uns anlegen, nachdem wir diese Baby-Drachenreiter in die Schranken gewiesen haben«, vermutete Evan selbstbewusst, während er sich in dem Sessel neben Hikers Schreibtisch ausstreckte.

Die anderen Jungs nickten zustimmend. Sophia wurde von Ainsley abgelenkt, welche die Treppe im Korridor heraufstürmte. Sie rannte in das Büro, Kummer und Stress überzogen ihr Gesicht.

Hiker schoss bei ihrem Anblick in die Höhe. »Was ist los?«

Sie blieb kurz vor seinem Schreibtisch stehen und schüttelte den Kopf. »Es sind diese verdammten neuen Dämonenreiter. Sie haben das Gebiet der Elfen übernommen und Hunderte aus ihren Häusern vertrieben.«

Kapitel 17

Ainsley, die eigentlich viel ruhiger geworden war, seit sie ihre Erinnerungen zurückerhalten hatte und ihr altes Leben wieder aufnehmen konnte, zitterte sichtlich. Sie wirkte eher wütend als ängstlich, obwohl die Tatsache, dass Hunderte von Personen vertrieben wurden, sicherlich traurig war.

»Was ist passiert?« Besorgnis stieg in Hikers Augen auf.

»Blöde Dämonendrachenreiter mit stabilen Gesichtern«, beschwerte sich Evan und schaute auf seinen gebrochenen Finger.

Ainsley holte tief Luft und versuchte, sich zu beruhigen. »Ich habe vom Elfenrat gehört, dass eine Gruppe von Drachenreitern auf der Hauptinsel von Hawaii aufgetaucht ist. Sie sind dort einfach eingefallen. Sie haben alle vertrieben und behaupteten, sie würden das Land übernehmen. Es gibt über hundert Elfenfamilien. Sie sind von Natur aus nicht die Kämpfertypen, also sind sie einfach gegangen und haben beim Rat Zuflucht gesucht.«

Sophia wusste aus ihrer begrenzten Erfahrung mit den Elfen, dass der ursprüngliche Clan auf Hawaii lebte, denn die Nähe zum Wasser war wichtig – es war ihr wichtigstes Element. Es gab eine unbekannte, für Sterbliche verborgene Insel, auf der die ältesten Elfenfamilien lebten. Wie Ainsley gesagt hatte, wusste Sophia, dass diese Elfen keine Kämpfernaturen waren. Sie waren – wie Subner auch – durch und durch Hippies und propagierten Frieden, Liebe und ein

Leben fernab der modernen Welt. Ainsley hingegen war als Elfe viel moderner.

Hiker begann wie üblich auf und ab zu gehen. Während ihn die Informationen über die dämonischen Drachenreiter nicht beunruhigt hatten, versetzte ihn diese Nachricht in seinen Stressmodus und er donnerte über den Boden seines Büros.

»Die kriminelle Welt zu regieren ist eine Sache, aber das hier …« Hiker kochte innerlich und sein Gesicht lief rot an. »Wie können sie es wagen?«

»Es überlebt der Stärkste, mein Sohn.« Mama Jamba blätterte in einem Reisemagazin. Eine Augenbraue hob sich, als sie ein Bild entdeckte, das sie besonders interessierte.

»Was ist los mit dir?«, forderte Evan sie heraus.

»Mit mir ist nichts los, lieber Evan. Was ist mit dir los?« Mama Jamba hörte sich in seiner Art zu kommunizieren komisch an.

»Evan hat recht.« Hiker verengte seine Augen wegen Mutter Natur. »Das ist schon das zweite Mal, dass du die dämonischen Drachenreiter zu unterstützen scheinst.«

Sie schüttelte ihre kurzen bläulich-grauen Locken. »Ganz und gar nicht, mein Sohn. Ich versuche nur, eine objektive Sicht der Dinge zu bewahren. Ich verstehe die grundlegenden Unterschiede zwischen den Engels- und Dämonendrachenreitern. Ihr alle gebt und beschützt. Sie fordern und nehmen. Sie sind egoistisch, während die Engel und ich euch zum Geben erschaffen haben. Aber wenn ihr glaubt, dass ihr deshalb heiliger seid als alle anderen, irrt ihr euch. So selbstlos zu sein, birgt auch Schwächen.«

»Ich kann nicht anders, als zu denken, dass wir eine philosophische Diskussion führen, obwohl wir handeln müssten.« Sophias Herz tat plötzlich weh, als sie an all die elfenhaften, friedliebenden Hippies dachte, die aus dem Land vertrieben wurden, das sie seit langem ihr Zuhause nannten.

»Du hast recht«, bekräftigte Hiker. Er nickte ihr zu und schien erleichtert zu sein, dass Sophia das Gespräch in Richtung Handeln lenkte.

»Die dämonischen Drachenreiter haben Land gestohlen, das seit Tausenden von Jahren den Elfen gehört«, betonte Ainsley und warf ihre Hände hoch. »Wir müssen etwas tun.«

Wilder atmete aus und setzte den nachdenklichen Blick auf, den er bekam, wenn er etwas in seinem Kopf ausarbeitete. »Warum wollten sie das Elfenland? Sie hätten jedes andere Stück Land haben können. Warum gerade dieses?«

Ainsleys Augen weiteten sich, als könnte sie die Frage nicht glauben. »Es spielt keine Rolle, warum sie es gewählt haben. Die Hauptsache ist, dass sie es getan haben. Der Elfenrat hat die schwierige Aufgabe, sich um die Flüchtlinge zu kümmern.«

Sophia zückte ihr Handy. »Ich kann Liv im Haus der Vierzehn eine Nachricht schicken. Das fällt in ihren Zuständigkeitsbereich. Sie können helfen, eine Unterkunft für die Elfen zu finden.«

»Die Betreuung von unfolgsamen Drachenreitern fällt in unsere Zuständigkeit«, erklärte Evan.

»Das ist wahr«, bestätigte Hiker. »Ich habe die Absicht, mich um sie zu kümmern, aber ich würde mich freuen, wenn du dabei hilfst, dass man sich um die Elfen kümmert.«

Sophia nickte zur Bestätigung.

»Die dämonischen Drachenreiter werden damit rechnen, dass wir versuchen, sie aufzuhalten«, erklärte Mahkah vorausschauend.

»Ich vermute, damit liegst du richtig«, stimmte Hiker zu. »Deshalb müssen wir uns unauffällig verhalten und zuerst eine vollständige Erkundungsmission durchführen.« Er warf einen Blick auf Sophia und Wilder. »Würdet ihr beide zur Insel reisen und nachforschen? Haltet euch außer Sichtweite, denn ich erwarte, dass diese Fieslinge schießen, um zu töten.«

»Ja, Hiker«, bestätigte Wilder. »Sie müssen uns erwischen, um uns zu töten und für diese Frischlinge ist es das erste Rodeo.«

»Ich würde diese Drachenreiter nicht unterschätzen«, warnte Hiker mit einem kalten Ausdruck in seinen Augen. »Sie sind zwar frisch und wahrscheinlich noch sehr jung, aber ich denke, wir haben gelernt, dass das nicht bedeutet, dass sie nicht gefährlich oder sehr geschickt sind.« Der Anführer der Drachenelite fixierte Sophia und warf ihr einen spitzen Blick zu.

Kapitel 18

Der kühle Wind fegte über das Hochland und Sophias Gesicht, als sie eine kurze Nachricht an Liv tippte: **Die Drachenelite braucht die Hilfe des Hauses der Vierzehn.**

Die Antwort kam fast sofort: **Mir war nicht klar, dass du deine Zeit damit vergeuden willst, dich durch bürokratischen Schweinemist zu wühlen.**

Sophia lachte und antwortete: **Ich hatte gehofft, dass du das Wühlen für mich übernimmst. Ich muss ein paar neuen Drachenreitern eine Lektion erteilen.**

Oh, ich will mitspielen!

Sophia runzelte die Stirn. **Tut mir leid, es ist eine Art Drachenreitermission. Es ist besser, wenn wir keine Außenstehenden mit einbeziehen.**

Gut, schrieb Liv und schickte ein trauriges Emoji mit. **Was soll ich für dich tun?**

Sophia erklärte in Kurzfassung: **Manche neuen Drachenreiter denken, dass ihnen die Welt gehört ...**

Manche? Das tut ihr alle, scherzte Liv.

Ha ha, antwortete Sophia und tippte eine weitere Nachricht. **Die Drachenelite beschützt die Welt. Es gibt eine neue Gruppe von Bösen, die Halunkenreiter.**

Oh prima. Neue Reiter mit aufgeblasenen Egos, feuerspeienden Drachen und einer bösen Ader, antwortete Liv.

Das ist definitiv eine schlechte Kombination, stellte Sophia fest.

Was haben diese bösen Reiter denn getan, dass du meine Hilfe brauchst? Ich werde alles tun, was nötig ist, um dir zu helfen.

Sie haben eine große Population von Elfen aus Hawaii vertrieben, erläuterte Sophia. **Ich brauche das Haus der Vierzehn, um für sie eine Zuflucht zu finden.**

Livs Antwort kam schnell: **Alles, nur das nicht.**

Bitte, bitte, flehte Sophia. **Sie können nirgendwo hin und der Elfenrat ist überfordert.**

Aber wenn sie die Insel-Elfen sind, dann weißt du, was das bedeutet …

Livs Text endete abrupt, aber Sophia wusste nur zu gut, worauf ihre Schwester hinauswollte.

Ja. Sie sind alle Hippies.

Ich werde wirklich alles tun, was du brauchst, schrieb Liv. **Deine Steuern erledigen. Mit deinem Drachen über seine Hygiene sprechen. Deinem Chef erklären, dass niemand ein Wort von dem versteht, was er sagt. Zwing mich nur nicht, Hippies aufzunehmen. Das würde mein sonst so sonniges Gemüt zerstören.**

Biiiiiiiitttttteeeeeeeee, textete Sophia.

Oh, wenn du es so ausdrückst, antwortete Liv.

Ich weiß, dass es kein idealer Job ist, fuhr Sophia fort.

Ich habe gestern einem wandelnden Faultier eine Pediküre verpasst, erzählte Liv. **Nichts in diesem Job ist ideal. Aber ich würde das lieber wieder tun, als mich mit Hippies herumzuschlagen.**

Aber sie können nirgendwo hin, entgegnete Sophia, während sie auf der Wiese hin und her wippte und bemerkte, dass ihr die Zeit davonlief, um ihre Schwester dazu zu bewegen. Wilder und sie mussten bald aufbrechen.

Das liegt daran, dass sie dreckige Hippies sind, konterte Liv. **Vielleicht ist es so am besten und sie sterben aus.**

Liv …

Okay! Also gut! Ich mach's, lautete Livs Nachricht.

Danke! Sophia lächelte breit.

Aber …, schränkte Liv in ihrer Antwort ein, **… wenn sie mir sagen, dass sie bestimmte Unterkünfte nicht annehmen können, weil das Feng-Shui nicht passt oder es nicht die richtige Atmosphäre hat, dann könnten auf mysteriöse Weise ein paar Elfen verschwinden.**

Dafür bin ich dir was schuldig. Sophia beobachtete, wie Wilder sich von der Höhle aus näherte. Simi und Lunis flankierten ihn auf beiden Seiten. Der blaue Drache hinkte, aber nicht so stark, wie sie befürchtet hatte.

Das bist du ganz sicher, schrieb Liv. **Du musst Platos Krallen stutzen. Sag Rory, dass ich vergessen habe, die Steuererklärung abzugeben, die er für mich gemacht hat … für die letzten paar Jahre. Sag Clark, dass ich versehentlich vergessen habe, ihm zu sagen, dass die Milch im Kühlschrank, die er benutzt, von Zentauren stammt.**

Sophia lachte, während sie tippte. **Sonst noch etwas?**

Sag meiner Schwester, dass ich sie liebe und alles für sie tun würde, antwortete Liv.

Das Gleiche gilt für dich, antwortete Sophia.

Liv schickte noch eine Nachricht, bevor Sophia ihr Handy mit einem Lächeln wegsteckte: ***Familia Est Sempiternum.***

Kapitel 19

Drachen waren zum Fliegen bestimmt. Wer das nicht konnte, galt nicht als echter Drache, wie Sophia aus der *vollständigen Geschichte der Drachenreiter* wusste. Sie waren so etwas wie Bürger zweiter Klasse in der Drachengesellschaft – mit einem Fluch behaftet.

Aus diesem Grund wusste Sophia, dass es für Lunis schwer war, den nächsten Flug neben Simi zu wagen. Vor dem Dämonendrachen fliegen und landen zu müssen, war eine Sache, aber Lunis befand sich in diesem Fall aufgrund seines höheren Alters und seiner Größe bereits in einer Machtposition.

Allerdings existierte bei den Drachen in Gullington eine Hierarchie und Lunis hatte es schwer, seinen Platz vor den Älteren zu behaupten. Obwohl er aufgrund des frühen Alters, in dem er und Sophia sich aneinander gebunden hatten, an Größe und Schnelligkeit überlegen war, wurde seine Jugend von den anderen ständig gegen ihn verwendet. Wenn er sich auf dem Flug dieser Mission abmühte, konnte das zweifellos seinem angekratzten Ego schaden.

Sophia war sich dessen bewusst und nickte Wilder und Simi zu, damit sie als Erste über das Hochland starteten. Sie entschuldigte sich damit, dass sie Lunis' Sattel einstellen musste und die beiden einholen würde.

»Vielleicht holst du ja auf«, neckte Wilder sie und zwinkerte ihr zu. »Das hängt davon ab, wie lange du trödelst.«

»Du kannst einen Tag Vorsprung haben und wir werden dich trotzdem einholen«, scherzte Lunis.

»Das bezweifle ich ernsthaft«, schoss Wilder zurück und tätschelte dem weißen Drachen den Nacken. »Der Wind weht immer zu unseren Gunsten, aber heute ist er besonders günstig.«

Wilder hatte recht. Die stürmischen Winde, die jetzt aufkamen, würden Simi schneller machen, denn das war ihr Element. Sie könnten auch Lunis den Start erschweren.

»Die Winde können dir nicht genug helfen, wenn du auf einer alten Klapperkiste reitest«, scherzte Lunis und nickte dem weißen Drachen zu.

»Wir werden nicht darüber reden, wie respektlos es ist, mich als heruntergekommenes Auto zu bezeichnen«, entgegnete Simi süffisant.

»Ich glaube, das tust du gerade«, meinte Lunis trocken.

Sophia tat so, als würde sie die Gurte von Lunis' Geschirr noch einmal festzurren. Sie warf einen Blick über ihre Schulter zu Wilder. »Wir sind gleich hinter euch. Ich brauche noch eine Sekunde, um sicherzugehen, dass wir bereit sind.«

Neben seinem Drachen nickte Wilder. »Klar doch. Wir sehen uns auf der anderen Seite.«

Wilder setzte sich mit einer brillanten Reihe anmutiger Bewegungen auf seinen Drachen, der über das Hochland sprintete, mit geübter Eleganz in die Luft abhob und die Barriere überwand.

Sophia drehte sich wieder zu Lunis um und warf ihm einen Blick voller Zuversicht zu. »Du schaffst das schon.«

»Was ich schaffe, sind ein paar Beleidigungen loswerden, die ich Simi an den Kopf werfen will«, murrte er, als sie auf seinen Rücken kletterte.

Sophia schüttelte den Kopf. »Ich wüsste nicht, wozu das gut sein sollte. Sie spielt nicht mit.«

Er zuckte mit den Schultern. »Ich hoffe, ich kann sie zermürben, aber ja, es macht mehr Spaß, wenn sie sich wehren. Ich werde es ihr beibringen.«

Sophia ergriff die Zügel und war froh, dass sie so unbeschwert sein konnten, obwohl sie beide wussten, dass Lunis emotional und mental mit seiner Verletzung zu kämpfen hatte. Obwohl Sophia ahnte, dass Lunis der Frage ausweichen wollte, beugte sie sich hinunter und fing seinen Blick ein. »Bist du bereit dafür?«

Er atmete gemessen ein und nickte. »Alles, was ich tun muss, ist in die Luft gehen.«

»Und landen«, fügte Sophia hinzu.

»Mit diesem Teil befasse ich mich, wenn wir dort sind.«

Sophia lachte. »Gut gesagt. Wirklich tiefgründig.«

»Mach dir keine Sorgen, Soph.« Lunis setzte sich in einem ungleichmäßigen Trab in Bewegung. Der Schwung war nicht so, wie sie es gewohnt war, aber er überkompensierte das, indem er in einem schnelleren, anderen Rhythmus mit den Flügeln schlug, wodurch er sich schneller bewegte. Lunis sprang in die Luft, kurz bevor sie die Barriere erreichten und für Simi und Wilder sichtbar wurden. Zuerst bekam er keinen Aufwind, aber seine Flügel arbeiteten besonders hart.

Zu Sophias Erleichterung blieb er in der Luft, obwohl er tief über den Boden glitt, bevor er höher stieg, schneller abhob und sie durch die Barriere flogen – gerade noch rechtzeitig, damit die anderen ihn hochfliegen sehen konnten.

Kapitel 20

Sobald Sophia und Lunis in der Luft waren und neben Wilder und Simi flogen, wirkte es, als wäre mit dem blauen Drachen alles in Ordnung. Das Landen war der schwierige Teil. Sophia wusste das und erkannte auch, dass Lunis es nicht freiwillig zugeben wollte. Das letzte Mal hatte er sich mehr als nur das Bein verletzt – oder sozusagen wieder verletzt.

Sie wusste aber auch, dass er sich nicht damit aufhalten wollte und vermutete, dass er versuchte, clevere Wege zu finden, die Landung so gut wie möglich zu bewältigen, bis sein Bein vollständig geheilt war.

Sophia zeigte auf die Insel in der Ferne, die sie auf einer Karte entdeckt hatte. »Das ist das Heimatland der Elfen.«

»Das diese verfluchten Dämonendrachenreiter besetzt haben«, bemerkte Wilder.

»Du sagtest besetzt haben«, stichelte Lunis.

»Was ist an dem Wort falsch?«, fragte Wilder.

»Geentert ist besser«, meinte Lunis.

»Das sind keine Piraten«, konterte Wilder.

»Sind sie das nicht?«, fragte Lunis. »Sie haben das übernommen, was ihnen nicht gehört und sie stinken nach Rum und Fisch.«

»Woher weißt du das?« Wilder lehnte sich tief über seinen Drachen und betrachtete die Insel, der sie sich näherten. Sie war nicht groß, aber so groß wie Gullington und konnte Hunderte von Elfenfamilien oder ein paar Dutzend

Dämonendrachen und ihre Reiter beherbergen, wie es derzeit der Fall war.

»Okay, wie lautet also der Plan, Frau Strategin?«, fragte Wilder die junge Drachenreiterin.

Sophia hatte Schwierigkeiten, aus dieser Entfernung viele Details zu erkennen, da die tropische Insel dicht mit Bäumen bewachsen war, selbst mit ihrer verbesserten Sehkraft. »Ich glaube, wir müssen näher ran, aber so unauffällig wie möglich, wie Hiker verlangt hat.«

»Damit wird es ein Problem geben«, stellte Lunis enttäuscht fest.

Wie aufs Stichwort wurden beide Drachen langsamer und schwebten fast auf der Stelle.

»Was ist denn?« Wilder suchte die Gegend ab.

»Wenn dein Drache nicht so senil wäre, wüsste er, dass es da vorne eine Barriere gibt«, erklärte Lunis. »So ähnlich wie die, die wir in Gullington haben.«

Sophia konnte sich so gerade ein Grinsen verkneifen, aber insgeheim war sie dankbar, dass Lunis die Barriere vor dem viel älteren Drachen entdeckte und damit einen Sieg errang.

»Ich war mit der Suche nach Feinden beschäftigt«, entgegnete Simi.

»Du warst damit beschäftigt, deine Arthritis in Schach zu halten, alter Kauz«, scherzte Lunis.

Sophia richtete ihre Aufmerksamkeit auf Wilder. »Eine Barriere. Das wird die Sache verkomplizieren.«

Wilder nickte. »Es stellt sich auch die Frage, woher diese Neulinge unter den Drachenreitern die Idee für solche Dinge haben, die dem, was Gullington schützt, so ähnlich sind?«

Kapitel 21

»Die Dämonendrachen«, meldete Simi verbittert, während sie weiter in der Luft schwebte und neben Lunis und Sophia in der Luft blieb.

»Natürlich.« Sophia fasste alles zusammen. »Sie sind in Gullington geschlüpft und wissen um die Barriere und all die anderen Dinge, die unser Land schützen.«

»Und haben somit das Wissen an ihre Reiter weitergegeben«, fügte Wilder hinzu. »Natürlich mussten diese Piraten unsere Ideen stehlen, um ihr neues Land zu schützen.«

»Wir kommen also nicht rein«, stellte Sophia verbittert fest.

»Wir können *noch nicht* reinkommen«, konterte Wilder. »Wir müssen herausfinden, wie.«

»Was schlägst du vor, wie wir das machen sollen?« Sophia hoffte, dass er eine gute Idee hatte, da ihr gerade nichts einfiel.

Er lächelte sie an und zwinkerte ihr zu. »Du wirfst einen deiner berühmten Tarnzauber über uns und wir warten.«

»Schlägst du eine gute alte Observierung vor?«

Zu ihrem Entsetzen kramte er in seinem Umhang und zog eine weiße Papiertüte heraus. »Ich habe Donuts mitgebracht. Ich hoffe, du hast gute Geschichten auf Lager.«

Sophia lachte. »Ich kenne viele Geschichten. Ich hoffe, du hast einen Schokoladen-Donut da drin.«

Er nickte. »Weil ich dich kenne, habe ich ein halbes Dutzend mitgebracht.«

Kapitel 22

»Solche Überwachungen machen in Filmen viel mehr Spaß«, beschwerte sich Lunis nach ein paar Stunden, in denen er außerhalb der Barriere der Elfeninsel schwebte.

In dieser Zeit war nichts passiert – buchstäblich gar nichts. Zuerst dachten sie, sie könnten einen Vogel vorbeifliegen sehen oder einen Delfin im Ozean, aber es schien, dass die Barriere, die die Halunkenreiter errichtet hatten, mächtig war und alles außer den eigenen Leuten so weit wie möglich fernhielt.

Sophia und Wilder waren nach ein paar Stunden die Geschichten ausgegangen ... und die Donuts. Jetzt versuchten sie beide, wach zu bleiben, während der Rhythmus der Drachenflügel sie in den Schlaf wiegen wollte und das schwindende Sonnenlicht sie zur Ruhe drängte.

»Die Überfälle in den Filmen sind nicht echt«, verkündete Simi sachlich.

»Du bist eine Schwindlerin«, konterte Lunis kindisch.

»Ich glaube, der Schlüssel ist Geduld«, überlegte Sophia. Sie spürte, wie der Ärger in ihnen allen wuchs, weil sie in den kalten Elementen abhängen mussten und hoch über dem Meer stationiert waren.

»Ich glaube, der Schlüssel sind die Donuts«, entgegnete Lunis.

»Nichts mehr da.« Wilder hielt den leeren Beutel hoch.

»Drachen sollen sich proteinreich ernähren«, wusste Simi.

»Hör mal, du bist nicht meine Mutter«, schoss Lunis zurück. »Du kannst dich Keto ernähren, aber ich ernähre mich pflanzlich. Das bedeutet, dass ich die ganze Schokolade esse.«

»Ich habe mit dem Gedanken gespielt, vegan zu werden«, sagte Wilder milde, was die anderen drei innehalten ließ.

Sophia drehte sich langsam zu ihm um. Lunis und Simi machten die Bewegung nach. »Hast du Schwierigkeiten mit der Höhe, Wild?«, fragte sie ihren Freund.

Er lachte gutmütig. »Nein, ich bin daran gewöhnt, danke. Ich habe mich über die Auswirkungen informiert und wollte mir Gutes tun.«

»Und das Abendessen ruinieren«, meinte Lunis.

Sophia lachte auch. »Veganer ruinieren keine Mahlzeiten. Was andere essen, ist ihre Sache.«

Lunis spottete. »Ja, klar. Hast du schon mal mit einem Veganer am Tisch gesessen? Du kannst kaum einen Bissen kauen und schlucken, bevor sie dir sagen, was richtig und falsch ist und wie du es am besten machen sollst. Das Schlimmste ist, wenn sie dir ihre vegane Agenda aufzwingen und sonst nichts Bemerkenswertes mitzuteilen haben. Was gäbe es sonst noch zu sagen, wenn sie erst gepredigt haben und du schon weißt, dass sie die Heiligen sind?«

Sophia schüttelte den Kopf und lächelte. »Wild, wenn du Veganer sein willst, unterstütze ich das.«

Er nickte. »Ich mache das nur, um Lunis zu ärgern.«

Der blaue Drache schien das zu genießen, denn in seinen Augen leuchtete ein Funke. »Schön für dich. Ich mag diesen Ansatz. Tu die Dinge nicht für dich. Tu sie stattdessen, um die Menschen um dich herum zu ärgern.«

»Ist es das, was du immer machst?«, wollte Simi wissen.

»Du bist anders, Sim«, meinte Lunis beiläufig. »Ich kann dich ärgern, ohne dass du es zu kontern versuchst, weil du den Stock so weit in dich hineinschiebst …«

»Oh, hey«, unterbrach Sophia, als sie endlich etwas entdeckte. »Ich glaube, hier tut sich etwas.« Sie zeigte auf einen Drachen und einen Reiter, die sie erkannte, als sie die Barriere zur Elfeninsel durchquerten.

Kapitel 23

Durch die Barriere des Gebietes, das die Dämonenreiter den Elfen abgenommen hatten, ritt kein anderer als Tanner auf seinem Drachen Coal. Sie sahen so selbstgefällig aus wie beim ersten Mal, als Sophia sie getroffen und ihn lebend und unversehrt zurückgelassen hatte. Im Augenblick bereute sie diese Entscheidung.

»Wir sollten ihm folgen«, schlug Sophia vor. Die junge Drachenreiterin hatte sie so getarnt, dass sie aussahen, als wären sie Teil des sich verdunkelnden Himmels.

»Oder ihn zu Brei schlagen, bis er uns verrät, wie wir durch die Barriere kommen«, konterte Wilder.

Sie schürzte die Lippen. »Ich glaube nicht, dass das eine gute Idee wäre, denn vielleicht hat er die Lösung nicht oder kann sie nicht liefern wie wir in Gullington.«

Er nickte. »Stimmt. Selbst wenn jemand versucht, uns dazu zu bringen, ihm zu erlauben, durch unsere Barriere zu treten, liegt es am Ende des Tages immer noch an Quiet.«

»Also folgen wir ihm und finden heraus, was die Halunkenreiter vorhaben«, beschloss Sophia. »Dann sehen wir weiter.«

»Damit meinst du«, begann Wilder, »dass wir ihn zu Brei schlagen werden.«

Sophia lachte. »So oder so ähnlich. Lassen wir es auf uns zukommen.«

»Okay«, bekräftigte Wilder. »Dann los.«

MUTIG GEREGELT

Die beiden Drachen flogen dem jungen Halunken hinterher, der eine andere Insel ansteuerte, die kleiner und weniger besiedelt, aber reich an Ressourcen war. Irgendetwas kam Sophia dabei nicht ganz geheuer vor, weshalb sie Lunis ermutigte, schneller zu fliegen, um sicherzustellen, dass Tanner und Coal nicht entkamen.

Kapitel 24

Sophia, Wilder und ihre Drachen folgten Tanner in sicherer Entfernung auf die Nachbarinsel.

Die Landung hätte Lunis' Ego angekratzt, wenn der weiche Sand nicht gewesen wäre. Er konnte landen und weiterhumpeln, denn zum Glück federte der Sand einen Großteil des Aufpralls ab.

Die Reiter und Drachen suchten Schutz zwischen den Bäumen um das Hauptdorf, als Tanner und Coal landeten und die Enklave betraten.

Der junge Drachenreiter sorgte für Aufsehen, als er die bescheidene Gemeinschaft aus Sterblichen und Elfen betrat. Mit ihrer einfachen Kleidung und ihren bescheidenen Hütten wirkten sie alle recht friedlich.

Ziemlich prahlerisch glitt Tanner von seinem Drachen herunter und erklärte den Einheimischen, dass er da wäre, um ihnen das Leben zu geben, das sie verdienten.

»Ihr könnt mir danken, dass ich euch die Zukunft schenke, nach der ihr euch alle gesehnt habt«, informierte Tanner die Gruppe der Einwohner, die sich beim Anblick des Drachen und des Reiters versammelt hatte. Sie waren eher neugierig als ängstlich, aber besorgt, als er die Hände hob und rief: »Anstatt in diesem Höllenloch von einem Sandhaufen zu verrotten, gebe ich euch die Möglichkeit zu gehen und euch eine neue Bleibe zu suchen.«

Sophia spannte sich neben Wilder zwischen den Bäumen an und beobachtete, wie sich die Kinder hinter ihren Müttern versteckten, weil sie plötzlich Angst vor dem Drachenreiter mit dem aufgeblasenen Ego hatten.

»Seht ihr«, fuhr Tanner fort, während er großspurig seine Arme ausstreckte. »Ich bin gekommen, um euch zu sagen, dass eure Insel nicht mehr sicher ist und ihr nur noch drei Tage Zeit habt, sie zu verlassen.«

Schreie der Besorgnis schallten durch das Dorf. Kinder weinten. Mütter umklammerten ihre Babys. Väter stürzten nach vorne.

Doch der schwarze Drache setzte allen Beschwerden ein Ende, indem er einen ordentlichen Feuerstrahl abfeuerte, der viele der herannahenden Männer und die Bäume um sie herum fast versengte.

Die Männer wichen geschlossen zurück. Einige von ihnen griffen nach Stöcken auf dem Boden und schwangen sie gegen den Drachen.

»Seht ihr«, sprach Tanner weiter, blähte seine Brust auf und drehte sich für die Menge, als würde er eine Show in der Mitte eines Zirkuszeltes geben, »die Halunkenreiter sind hier und wir brauchen dieses Stück Land. Wir expandieren. Ihr werdet mehr von uns hören, wenn wir übernehmen.«

Sophia wäre fast nach vorne gestürmt, hielt aber inne, als Wilder seine Hand auf ihre legte und ihr einen Blick zuwarf, der sagte: ›Warte.‹

Sie nickte und richtete ihren Blick wieder auf Tanner, der den Eingeborenen weiterhin seine Dominanz vorführte.

»Ihr könnt die Insel jetzt verlassen«, fuhr Tanner fort, »oder bis zum Ablauf von drei Tagen warten.« Er hielt sein Handgelenk hoch, an dem eine glänzende Uhr prangte. »Aber die Uhr tickt, fangt lieber an zu packen, denn wenn es soweit ist, wird derjenige, der noch hier ist, bezahlen.«

»Das könnt ihr nicht machen!«, schrie ein Mann mit einer rostigen Machete und stürmte vor.

Coal schwang sein Bein und stieß den Mann mit Leichtigkeit um, sodass er am Boden zusammensackte.

Wieder verkrampfte sich Sophia und wollte eingreifen, um die unschuldigen Dorfbewohner zu verteidigen. Wieder hielt Wilder sie mit einer sanften Hand auf.

»Wir müssen aufpassen«, flüsterte er. »Wenn wir jetzt eingreifen, ruinieren wir unsere Chancen, zur Hauptinsel der Elfen zu gelangen, die sie übernommen haben.«

»Er tut den Menschen weh«, drängte Sophia.

»Ich weiß«, bestätigte Wilder, dem die Trauer deutlich ins Gesicht geschrieben stand. »Aber wir müssen größer denken. Wir können diese Schurken nicht aus dem Land der Elfen vertreiben, wenn wir nicht in das Land eindringen können. Wir brauchen den Schlüssel. Wir müssen herausfinden, wie wir durch die Barriere kommen.«

Viele der Eingeborenen hatten sich zurückgezogen, nachdem sie gesehen hatten, wie der Mann zu Boden geworfen wurde. Sie waren eher verängstigt als defensiv, was Tanner mehr Selbstvertrauen schenkte, als er auf dem offenen Gelände umherging und Befehle gab.

»In den nächsten Tagen werden meine Freunde zu euch kommen«, erklärte Tanner kühn. »Ihr werdet dafür sorgen, dass sie sich wie zu Hause fühlen. Ihr werdet sie nicht bedrohen, während sie diese Grube für unsere Expansion fit machen.«

Im Hintergrund weinten Kinder. Sophias Herz schmerzte, aber sie blieb ruhig, beobachtete und hörte zu. Wilder hatte recht. Sie mussten strategisch vorgehen, anstatt anzugreifen. Das war schließlich ihr Stil. Sie war überrascht, dass es Wilder war, der sie dazu ermutigte, als sie gegen diesen Neuling unter den Drachenreitern kämpfen wollte.

Sophia stieß einen heißen Atemzug aus und richtete ihre Aufmerksamkeit wieder auf Wilder. »Was schlägst du vor, was wir tun sollen?«

Er nickte, als hätte er es schon geahnt. »Ich bleibe.«

»Du tust was?«, fragte sie, abgestoßen von der Idee.

»Ich bleibe«, wiederholte er. »Ich beobachte die Halunkenreiter, während sie die Kontrolle übernehmen. Hoffentlich erfahre ich, was der Schlüssel ist, um durch die Barriere zu kommen. Dann melde ich mich.«

Sophia gefiel die Idee überhaupt nicht. Aber Wilder hatte recht. Die Priorität lag darin, die Halunkenreiter aus dem Elfengebiet zu vertreiben. Wenn sie dort nicht hineingelangen konnten, konnten sie das auch nicht tun. Wenn sie hier gegen Tanner kämpften, könnte das die anderen nur darauf aufmerksam machen, dass sie dort waren und die Verteidigung verstärkten. Was sie tun mussten, war beobachten, die Halunkenreiter studieren und ihre Schwächen herausfinden.

Dann sollte es wohl so sein.

Sophia sah Wilder mit schwerem Herzen an. Sie wollte ihn für immer an sich binden und wusste, dass sie ihn zurücklassen musste.

»Wenn du etwas brauchst«, begann sie, »schreib mir eine Nachricht. Gib mir regelmäßig Bescheid, dass es dir gut geht. Bitte pass auf dich auf.«

Er nickte. »Sophia, ich werde die Informationen besorgen, die wir brauchen und zu dir zurückkehren. Ich verspreche es.«

Sie versuchte, ihm zu glauben. Musste ihm glauben. Stattdessen beugte sie sich vor und küsste ihn auf die Lippen, wobei große Hoffnung in dieser Berührung lag.

Kapitel 25

Wilder wusste, dass Sophia ihn nicht verlassen wollte, aber er versicherte ihr, dass er im Verborgenen bleiben und einfach beobachten würde, was die Halunkenreiter taten, während sie die kleine Insel übernahmen und die Einheimischen drangsalierten. Sie hoffte, dass er nicht in Versuchung kam, sich einzumischen, so wie sie es getan hatte. Es war schwer mitanzusehen, wie die Sterblichen von den dämonischen Drachenreitern herumgeschubst und ihre Besitztümer geplündert wurden.

Ja, sie waren neu in ihren Fähigkeiten und fühlten sich wahrscheinlich übergroß, weil sie sich zu majestätischen Drachen hingezogen fühlten. *Doch das gibt ihnen nicht das Recht, sich zu nehmen, was ihnen nicht gehört*, dachte Sophia verbittert, als sie durch ein Portal in die Roya Lane eilte, in der Hoffnung, sich von Wilder und den Gefahren abzulenken, denen er ausgesetzt sein könnte, während er zurückblieb, um Erkundungen zu machen.

Sie war zuversichtlich, dass er etwas finden würde, mit dem sie auf die Hauptinsel gelangen konnten. Ohne das war es unmöglich, die Halunkenreiter vom Elfenland zu vertreiben. Bevor sie abgereist war, hatte Sophia Wilder und Simi eine ihrer berühmten Verkleidungen verpasst, damit sie wie ein Sterblicher und ein altes, ramponiertes Boot aussahen. Die Verkleidung würde so lange bestehen bleiben, wie sie ihre magischen Reserven auffüllen konnte.

Wenn sie unter den Mittelwert sank, waren die Beiden ungeschützt und das konnte sie in Gefahr bringen. Obwohl Wilder viel geschickter war als die Neulinge unter den Halunkenreitern, waren sie ihm zahlenmäßig überlegen und Sophia nahm an, dass die Dämonendrachenreiter nicht fair kämpften. Zweifellos würden sie einem der ihren ohne zu zögern in den Rücken fallen. Das Verabscheuungswürdigste daran war für Sophia, dass alle Drachenreiter eigentlich Teil derselben Bruderschaft sein sollten.

Sophias Geschäfte in der Roya Lane führten sie in die Rosen-Apotheke. Während sie herausfand, was die Halunkenreiter planten, erhielt sie eine Nachricht von der Tränke-Expertin. Bep überbrachte ihr nur eine scheinbar gute Nachricht. Sie vermutete jedoch, dass sie sich in der Hoffnung auf eine Lösung für das Gute-Feen-College befand. Alles, was in der Nachricht der nüchternen Ladenbesitzerin stand, war: *Wenn du Informationen zu deinem Giftschlammproblem möchtest, komm zu mir in die Rosen-Apotheke.*

Der Tränkeladen roch stark nach Badeseife, als Sophia ihn betrat und die vielen verschiedenen Düfte, die um ihr Riechzentrum wetteiferten, ließen ihre Nase jucken. Sie nieste und hielt sich Mund und Nase zu. Ihre Augen tränten von einem Blumenduft, der wie etwas roch, das Bienen vermutlich in den Wahnsinn treiben konnte.

»Schlepp mir hier keine Erkältung ein«, meinte Bep sachlich, mit dem Rücken zu Sophia, während sie in der Ecke etwas Glitzerndes formte.

»Ich bin nicht krank«, entgegnete Sophia. »Es ist das, was du hier überall ausstellst.« Sie warf einen Blick auf die verschiedenen Regale, die mit glänzenden Kugeln aus körnigem Material, etwa so groß wie Tennisbälle, aufgefüllt worden waren. Es gab Hunderte davon in allen möglichen Farben.

Einige glitzerten, andere waren langweilig, aber dennoch interessant mit ihren wirbelnden Farben und tiefen Mustern.

»Was ist das alles?« Sophia wagte es, sich nach vorne zu beugen und an einem der Bälle zu riechen. Es duftete nach Salz und Milch mit einem süßen Unterton, der sie aus einem seltsamen Grund an ihre Kindheit erinnerte, den sie nicht zuordnen konnte.

»Das sind Badebomben.« Bep drehte sich um und schwenkte eine weiße Kugel, die mit leuchtenden Glitzerstückchen schimmerte.

»Badebomben?«, fragte Sophia ungläubig nach. »Warum macht die berühmte Zaubertränke-Expertin Badebomben? Das scheint ein bisschen unter deinen Fähigkeiten zu liegen.«

Bep *brummte* sie an und schüttelte den Kopf. »Das ist es, was mit den Leuten los ist.« Sie eilte an Sophia vorbei und stellte die frisch hergestellte Badebombe auf ein Regal, neben viele andere.

»Was ist denn los mit den Menschen?«, wollte Sophia nach einem Moment wissen. Sie hatte erwartet, dass Bep fortfahren und sich erklären würde, aber das tat sie nicht.

»Ihr Leute denkt, nur weil etwas einfach ist, ist es nicht komplex.« Bep trat einen Schritt rückwärts und betrachtete die Auslage mit den schimmernden Badebomben.

Sophia blinzelte sie einen Moment lang an. »Ich bin mir nicht sicher, was ich mit dieser Aussage anfangen soll. Warum sprichst du von ›euch Leuten‹, als wärst du nicht einer von uns? Und per Definition sind einfache Dinge nicht komplex oder umgekehrt.«

»Ihr Leute seid anders als ich, weil ihr selten euren gesunden Menschenverstand gepaart mit eurem raffinierten Fachwissen einsetzt.«

Sophia holte tief Luft und verzichtete darauf, mit den Augen zu rollen. »Ich habe schon wieder das Gefühl, dass wir das Spiel mit den Oxymorons spielen.«

»Du darfst dich fühlen, wie du willst«, teilte Bep mit. »Die einzigen Idioten sind diejenigen, deren Kessel zu voll für weitere Schweineherzen oder Hasenfüße ist und deshalb überläuft.«

»Ich bin mal wieder sprachlos«, murmelte Sophia. »Können wir dazu kommen, warum du Badebomben herstellst? Oder, was noch wichtiger ist, die Informationen über den Schlamm, der das College der guten Feen in Beschlag genommen hat?«

»Zuerst die Badebomben«, forderte Bep mit Autorität.

Obwohl Sophia zur Lösung für das Happily-Ever-After-College kommen wollte, wusste sie, dass es wichtig war, die Erklärung über die Badebomben auszuhalten.

Ganz stoisch stand Bep vor einer der Auslagen und begutachtete sie anerkennend. »Es gibt ein Sprichwort, das besagt: ›Vor der Erleuchtung Holz hacken, Wasser holen. Nach der Erleuchtung Holz hacken und Wasser holen.‹ Kannst du mir folgen?«

»Du gehst nirgendwo hin, soweit ich das beurteilen kann«, scherzte Sophia und tat so, als würde sie sich umsehen und einem vorgezeichneten Weg folgen.

Bep seufzte dramatisch. »Wenn du scherzt, dann verpasst du den Inhalt. Ich will damit sagen, dass viele zu den Wasserfällen gehen, um Erleuchtung zu finden. Sie gehen auf Wanderschaft. Sie suchen und werden nicht fündig. Wenn sie durch einen seltsamen Glücksfall die Erleuchtung finden, denken sie, sie hätten es geschafft. Die Gaben werden im Alltäglichen gefunden. Sie werden gefunden, wenn du das Geschirr abwäschst, den Boden wischst oder das Bett machst. Das sind die Momente, in denen sich die leisen Stimmen melden.«

Sophia schaute Bep mit einem neugierigen Gesichtsausdruck von der Seite an. »Was sagen deine Stimmen?«

Als sie merkte, dass sie sich einen Scherz erlaubte, grinste Bep leicht. »Sie sagen alles Mögliche. Meistens sagen sie mir, dass ich nie zu gut für die kleinen Aufgaben bin. Man ist nicht plötzlich zu gut, um sich den Hintern zu waschen, wenn du weißt, was ich meine.«

Sophia nickte. »Ich glaube, das tue ich. Ich werde diese Aufgabe immer zu meiner machen.«

»Ich will damit sagen, dass ich die Badebomben in meiner Freizeit herstelle, in der Nebensaison, um den Laden zu füllen, weil ich mir nie zu schade für die kleinen Dinge bin«, erklärte Bep nachdenklich. »Sie bringen mich zum Alltäglichen zurück. Die kleinen Aufgaben, die meinem Geist die Möglichkeit geben, sich für die komplexeren Aufgaben auszuruhen, die kommen werden. Sie sind der Grund dafür, dass du zu mir gekommen bist.«

Sophia drehte sich zu ihr um. »Ja, die Lösung für das Gute-Feen-College? Hast du ein Mittel?«

Bep schüttelte den Kopf. »Noch nicht.«

Sophia atmete aus und wünschte sich bessere Nachrichten.

Die Augen der Frau leuchteten auf, als sie triumphierend einen einzelnen Finger in die Luft streckte. »Aber ich weiß, was du tun musst, damit ich es schaffe.«

»Oh, das ist doch schon mal was.« Sophia trat hoffnungsvoll einen Schritt vor.

»Sei noch nicht so selbstbewusst«, warnte Bep.

Sophia wich einen Zentimeter zurück und erinnerte sich an sich selbst. »Das würde ich nie tun.«

»Um die Zutat zu bekommen, die ich brauche, um den Zaubertrank zu brauen, der die Feenschule heilt, musst du viele Herausforderungen bestehen.«

Sophia nickte. »Willkommen am Donnerstag.«

»Du musst eine bestimmte Distel finden, die nur in einer bestimmten Gegend wächst«, fuhr Bep fort.

»Okay, bis jetzt ist das so ziemlich immer der Status Quo«, erwiderte Sophia fast gelangweilt.

»Du musst sie aus einem Haufen heraussuchen, in dem die Dinge sehr verwirrend werden«, ergänzte Bep.

»Ich habe mich schon gefragt, wann du diesen Curveball werfen würdest.«

Bep warf ihr einen verschmitzten Blick zu. »Du kannst die Blume nicht einfach pflücken.«

»Ich muss es mit meinen Zähnen machen?«, vermutete Sophia.

Bep schüttelte den Kopf. »Nein, sie muss gleichzeitig von zwei verheirateten Personen gepflückt werden. Zwei Menschen, die durch das Band der heiligen Ehe verbunden sind.«

Sophia seufzte und stampfte leicht auf. »Ernsthaft, kann ich nicht eine Armee mit Feuer aus dem Maul meines Drachen niederbrennen oder stattdessen einen geistesgestörten Schurken mit meinem Schwert bekämpfen?«

Bep trottete in Richtung des hinteren Teils des Ladens davon. »Ich fürchte nicht. Die schwierigsten Aufgaben sind meist die einfachsten. Du kannst den Boden fegen, um dein zerbrochenes Herz zu finden. Oder du kannst Holz hacken, um zu merken, wie sehr deine Dämonen nach deiner Hilfe schreien. Wenn du im Bauch der Bestie bist, vergisst du das Skelett in deinem Kleiderschrank. Es wird lebendig, wenn du schläfst. Wenn du die Wäsche zusammenlegst. Wenn du die Jalousien abstaubst. Wenn du dich auf die Schlacht vorbereitest.«

Die Tränke-Expertin drehte sich an der Hintertür um und warf Sophia einen wissenden Blick zu. »Bring mir die

Distel vom Penicuik Hill, gepflückt von zwei durch die Ehe verbundene Menschen. Nur dann kann ich den Trank herstellen, den du brauchst. Wenn du das nicht tust, wird dein Gute-Feen-College mit Sicherheit zerstört.«

Kapitel 26

Sophia hatte so viele Fragen an die Tränke-Expertin, aber die Fragestunde war vorbei. Die Frau verschwand, bevor sie erklären konnte, wie man die Distel fand oder warum sie anders war als die anderen oder irgendetwas anderes.

Sophia ließ sich in der Tür der Rosen-Apotheke nieder, während sie über ein Ehepaar nachdachte, das bereit wäre, für eine solche Expedition alles stehen und liegen zu lassen. Es gab nur ein paar Möglichkeiten und die waren nicht sonderlich vielversprechend. Sophia entschied sich für die beste Option und machte sich auf den Weg in die Roya Lane. Sie hoffte, diese Mission schnell zu erledigen, aber ihr war sofort klar, dass ihre Gefährten diese Aufgabe zweifellos lang und beschwerlich machen könnten, egal wie. Sie waren die Herausforderung.

Sophia duckte sich, sobald sie die Bäckerei ›Zur heulenden Katze‹ betrat. Ein Hackbeil flog über ihren Kopf hinweg und bohrte sich in die Wand hinter ihr, wobei es sie nur knapp verfehlte. Nachdem sie sich vergewissert hatte, dass sie in Sicherheit war, durchsuchte Sophia den vorderen Teil der Bäckerei.

Lee, die Bäckermörderin, stand mit den Händen in den Hüften und dem Rücken zu Sophia an einer Seite des Eingangs. Cat hatte sich auf der anderen Seite des Tresens positioniert, mit verkniffenem Blick und einem Gesicht, das so rot war wie ihre Haare.

»Du zielst genauso gut wie du kochst«, feuerte Lee ihre Frau trotzig an.

»Ich habe nicht auf dich gezielt«, antwortete Cat verbittert. »Ich wollte sehen, ob du dich bewegen kannst. Es scheint, dass dein fauler Hintern es kann, wenn du motiviert bist.«

Cat hob ein Messer auf und hielt es wie einen Dartpfeil, den sie auf das Ziel werfen wollte.

Als Sophia merkte, dass die Situation schnell eskalierte, trat sie vor und streckte ihre Hände aus, um nicht zu konfrontieren. »Hey, vielleicht machen wir alle mal eine Pause, um uns zu beruhigen.«

»Warum sollte ich das tun?« Cat deutete auf Lee. »Dann könnte ich vergessen, was die da über mich gesagt hat.«

Lee seufzte. »Ich sagte, ich muss die Scheibe reparieren.« Sie nickte in Richtung des zerbrochenen Schaufensters.

»Du hast gesagt, ich bin eine echte Nervensäge ...«

»Was ist mit dem Glas passiert?«, unterbrach Sophia die wütende Bäckerin, die immer wütender wurde.

»Ja, was ist damit passiert?«, fragte Lee ihre Frau mit einem schweren Vorwurf in der Stimme.

»Ich weiß es nicht«, maulte Cat abweisend. »Ich bin dagegen gestoßen oder so.«

Lee schaute Sophia von der Seite an. »Mit ihrem Kopf. Es überrascht nicht, dass das Glas zerbrach, aber nicht ihr Schädel.«

»Wow, das muss weh getan haben«, meinte Sophia.

Cat zuckte mit den Schultern. »Wahrscheinlich schon. Ich erinnere mich nicht.«

»Eine Flasche Whiskey hat das für dich erledigt«, fügte Lee hinzu.

»Das mag ein schlechter Zeitpunkt sein«, begann Sophia. »Aber ich hatte gehofft, dass ihr mir bei einer Mission helfen könntet. Ich brauche ein Ehepaar, das mich zum Pflücken einer Distel begleitet.«

»Das können wir nicht«, lehnte Lee sofort ab.

»Ich weiß, dass ihr viel zu tun habt und so«, erwiderte Sophia sofort und versuchte, überzeugend zu klingen. »Ich versichere euch, dass ich es so schnell wie möglich machen werde. Es sollte ziemlich einfach sein und es ist für einen wirklich guten Zweck.«

»Das können wir trotzdem nicht«, bekräftigte Lee. »Ich habe einen Job zu erledigen und Cat muss an ihrem Verhalten arbeiten, damit ich sie bei meiner Rückkehr nicht auch noch töten will.« Sie starrte ihre Frau an. »Dein Ziel im Leben sollte es sein, dass ich dich nicht umbringen möchte.«

Cat klimperte mit ihren Wimpern. »Das stand doch in unserem Gelübde, oder?«

Lee nickte. »Ja, uns zu lieben und zu ehren, bis dass der Tod uns scheidet oder bis wir uns gegenseitig umbringen, was wir wirklich versuchen werden, nicht zu tun.«

Cat wurde etwas weicher. »Oh, Lee, es tut mir leid, dass ich dich in letzter Zeit so oft genervt habe. Ich weiß, dass du hart daran arbeitest, alle Menschen zu töten, während du mir gleichzeitig hilfst, die Bäckerei zu führen.«

Lee lächelte sie an. »Danke. Es ist schön, geachtet zu werden. Die Aufträge in letzter Zeit sind besonders schwierig, weil die Ziele unglaublich schwer zu töten sind.«

Sophia rollte mit den Augen. »Im Ernst, ich werde dich melden müssen, wenn du so offen über diese Attentäter-Sache redest.«

»Macht es einen Unterschied, dass die Zielpersonen in letzter Zeit meist Hipster waren?«, fragte Lee.

Sophia zuckte mit den Schultern. »Irgendwie schon. Sag mir wenigstens, dass sie schlechte Menschen waren.«

»Das waren die Art von Leuten, die Steuern hinterziehen«, verkündete Lee.

»Ich bin mir nicht sicher, ob das den Tod rechtfertigt«, murmelte Sophia.

»Und sie benutzten immer noch Schreibmaschinen«, fuhr Lee fort.

»Ich glaube, das reicht noch nicht«, entgegnete Sophia.

»Oh und sie waren Instagram-Influencer«, fügte Lee hinzu.

Sophias Augen weiteten sich. »Bring sie um! Alle.«

Lee nickte. »Und dann war da noch die Sache mit dem Brechen von Gesetzen, dem Schaden für die Umwelt und dem Diebstahl.«

Sophia zuckte mit den Schultern. »Ich denke, das ist auch ein guter Grund.«

»Jedenfalls boomt das Geschäft in letzter Zeit«, erklärte Lee. »Normalerweise würde ich dir helfen, aber mein Terminkalender lässt es nicht zu.«

»Und ich bin sozusagen nüchtern«, merkte Cat an. »Das muss ich schleunigst ändern. Es ist schon fast Nachmittag.«

Lee nickte. »Du kümmerst dich darum. Ich werde einen Hipster ausschalten. Dann beenden wir den Kampf später, wenn deine Reflexe nachgelassen haben.«

»Klingt gut«, flötete Cat und machte sich auf den Weg nach hinten.

Sophia atmete schwer aus, als ihr klar wurde, dass sie sich auf ihre zweite, weniger gute Option verlassen musste. Es war ziemlich traurig, dass sie diese Mission lieber mit Cat und Lee als mit dem anderen Paar unternommen hätte.

Sich mit ihrem Schicksal abfindend, zog sie ihr Handy aus der Tasche und wählte. Nach einem Moment nahm die Person auf der anderen Seite ab.

»Hey.« Sophia klang niedergeschlagen. »Ja, ich brauche deine Hilfe bei etwas. Kannst du mich in der Roya Lane treffen?«

Sie schaute genervt nach oben, weil die Person so tat, als würde sie darüber nachdenken. »Dafür bin ich dir was schuldig«, fuhr Sophia fort und wartete auf die Antwort. Sie knirschte mit den Zähnen.

»Ja, gut. Ich werde es sagen«, murmelte Sophia. »Komm schon, würdest du bitte herkommen?«

Kapitel 27

»Du brauchst mich«, freute sich Evan, als Sophia vor den *Fantastischen Waffen* zu ihm stieß.

Sie seufzte, als sie merkte, dass dies eine schmerzhaft nervige Erfahrung sein würde. »Das College der guten Feen braucht deine Hilfe. Ohne sie könnte der ganze Ort zerstört werden.«

Evan schürzte seine Lippen und nickte. »Hört sich an, als wäre ich ziemlich wichtig und würde wieder einmal den Tag mit meinem Mut, meinem Verstand und meiner allgemeinen Genialität retten.«

»Ich brauche dich nur, um eine Blume zu pflücken und habe dich nur wegen deines Beziehungsstatus ausgewählt«, erklärte Sophia.

»Beziehungsstatus?«, fragte Evan. »Ich habe ihn in den sozialen Medien als ›kompliziert‹ markiert.«

Sie nickte. »Das machst du natürlich. Du bist genau der Typ, der so etwas tut.«

»Ich bin mit einer Frau verheiratet, die ich nie sehe«, merkte Evan an. »Apropos, ich muss diesen Schlamassel beenden, damit ich mein Leben wieder in den Griff bekomme.«

Sophia schüttelte den Kopf. »Noch nicht. Nur weil du verheiratet bist, brauche ich deine Hilfe.«

Evan warf ihr einen fragenden Blick zu. »Du bittest mich also nicht um Hilfe, weil du mit deinen kleinen Händen den Deckel eines Glases nicht öffnen oder dein großes Schwert nicht heben kannst, weil es so schwer ist?«

Sophia rollte mit den Augen. »Nein, das läuft alles. Du musst eine Blume pflücken und dich auf den Weg machen. Dann kannst du diese Scheinehe annullieren lassen.«

»Aber was wird mit Tiffannee passieren, wenn ich ihr das Herz gebrochen habe? Sie wird für jeden anderen Mann für immer unnahbar sein.«

»Aber ich denke, sie wird einen Weg finden, weiterzuleben.«

»Okay, wo ist die Blume, die wir pflücken sollen?«

»Bep hat mir eine Art Standort genannt«, erklärte Sophia.

»Eine Art von Ort?«

Sie nickte. »So machen es die Leute in meinem Leben. Sie geben mir genug Informationen, um mich auf eine wilde Schnitzeljagd zu schicken, obwohl sie mir wahrscheinlich direkt sagen könnten, was ich wissen muss.«

»Sie versuchen, dich stärker zu machen«, erklärte Evan sachlich. »Das tun wir alle. Es braucht ein ganzes Dorf, um eine kleine, pinke Prinzessin aufzuziehen. Wenn wir alles für dich tun würden, würdest du nicht lernen, es selbst zu tun.«

»Gut«, erwiderte Sophia, als sie zu Subners Laden gingen, wo Sophia hoffte, dass Tiffannee sich noch aufhielt und dem Elfen half. Sonst müssten sie wieder nach Baton Rouge. »Wenn wir deine Frau abgeholt haben, muss ich zur Burg, um mein Kartenbuch mit den *verborgenen Orten* zu holen. Es sollte mir anhand der kryptischen Hinweise, die Bep mir gegeben hat, zeigen, wo wir hinmüssen.«

»Glaubst du, dass Tiffannee in die Gullington kommen kann?«, fragte Evan.

Sophia nickte. »Ja, weil sie deine Frau ist. Technisch gesehen arbeitet sie für die Drachenelite, indem sie uns hilft. So funktioniert die Barriere jedenfalls.«

Evans Augen leuchteten strahlend. »Mann, es wird Tiffannee doppelt schwer fallen, mich gehen zu lassen, wenn sie mich in meiner Burg sieht, wie ich königlich aussehe und mit meinem Drachen streng umgehe.«

»Es ist nicht deine Burg«, korrigierte Sophia. »Sie gehört der Drachenelite.«

»Das braucht sie nicht zu wissen«, entgegnete Evan sofort.

»Aber ich bin verpflichtet, die Wahrheit zu sagen«, stichelte Sophia. »Es ist Teil meiner Ehrenpflicht.«

»Deshalb muss ich Wilder berichten, dass du Bandwürmer hast, die du dir durch das Streicheln von Straßenkatzen und das Nichtwaschen deiner Hände zugezogen hast.«

»Habe ich nicht«, stellte Sophia klar, während sie die Treppe zu den *Fantastischen Waffen* hinaufschritt.

»Ja, aber ich habe nicht das gleiche Problem wie du, die Wahrheit sagen zu müssen.« Evan zwinkerte ihr zu, als sie den Laden betraten.

Kapitel 28

»Ich nehme jetzt den Keks, den du mir mitgebracht hast«, meinte Papa Creola zu Sophia, als sie und Evan den Laden betraten.

»Tut mir leid, dass ich dich enttäuschen muss, aber ich habe keinen Keks für dich dabei.« Sie schaute sich im Laden nach Tiffannee und Subner um. Sie waren nicht zu sehen, aber sie hoffte, dass das bedeutete, dass sie sich im hinteren Teil aufhielten.

»Es tut mir leid, dass du nicht gemerkt hast, wie Lee ihn in der Bäckerei in deine Umhangtasche gesteckt hat.« Vater Zeit schnippte mit den Fingern. »Einem Drachenreiter der Elite sollten solche Dinge eigentlich auffallen.«

Sophia schürzte die Lippen. »Wenn die Bäcker-Attentäterin etwas in meine Tasche gesteckt hätte, wüsste ich davon.«

Evan schob seine Hand in Sophias Umhangtasche, ohne um Erlaubnis zu fragen und holte einen großen Keks heraus, der in ein weiches Papiertuch eingewickelt war. »Oh, da bin ich mir nicht so sicher, Prinzessin Pink. »Du bist vielleicht nicht so aufmerksam, wie du denkst.«

Sophias Augen weiteten sich ungläubig. »Wie ... Wann ...«

»Ungefähr zu der Zeit, als du vermeiden wolltest, dass man dir den Kopf abschlägt«, informierte Papa Creola sie, als er nach vorne trat und den Keks von Evan nahm.

»Oh, ja, dann habe ich wohl nicht so genau darauf geachtet, was in meine Tasche kommt«, erzählte Sophia und fügte hinzu: »Woher wusste Lee, dass sie mir einen Keks für dich geben sollte?«

Papa Creola nahm einen Bissen und zuckte mit den Schultern. »Ich hatte Lust auf einen Keks. Das ist wirklich alles, was passieren muss, um zu bekommen, was ich will.«

»Du bist ein sehr seltsamer Mann.« Sophia beobachtete, wie die Krümel beim Kauen von Papa Creolas Lippen abfielen. »Ist Subner da?«

»Er ist hinten und bekommt seine letzte Beurteilung von Doktor Freud«, antwortete Papa Creola. »Sie sind in den nächsten sechsundzwanzig Sekunden fertig.«

Sophia lachte. »Kannst du etwas genauer werden?«

Er senkte sein Kinn und warf ihr einen amüsierten Blick zu.

»Ich weiß«, stimmte Evan zu. »Der kleine Junge weiß nie, wann er scherzen und wann er ernst sein soll.«

»Das ist genau das, was die meisten über dich sagen, Mister McIntosh.« Papa Creola steckte sich den Rest des Kekses in den Mund.

»Du weißt also, warum ich hier bin?«, fragte Sophia den Elf. »Kannst du mir helfen, diese magische Distel zu finden?«

»Sie ist in Schottland«, erwiderte Papa Creola einfach.

Sophia seufzte und hatte das Gefühl, dass sie das hätte erwarten müssen. »Kannst du mir genauere Angaben machen?«

»Auf einem Hügel«, fügte er hinzu.

Sophia warf Evan einen Seitenblick zu. »Versucht er, mich stärker zu machen?«

Er nickte. »Ja, als Ganzes, das ganze Dorf tut es.«

Sophia blickte auf, als Subner und Tiffannee aus dem Hinterzimmer kamen. Die Ärztin trug ein Klemmbrett und schien überrascht, Sophia und Evan dort vorzufinden.

MUTIG GEREGELT

An Subners neues Aussehen würde man sich erst gewöhnen müssen. Sophia musste sich daran erinnern, dass der Elf, als er sich nach der Persönlichkeitsspaltung anpasste, sein Aussehen verändert hatte. Er war immer noch ein Elf, aber zum Glück kein Hippie mehr. Stattdessen sah er mit seinen langen, schwarzen Haaren und der üblichen Straßenkleidung wie ein normaler Mensch aus.

»Hallo, mein Schatz«, rief Evan und eilte zu Tiffannee hinüber. »Hast du mich vermisst? Ich bin mir sicher, dass keine Sekunde vergangen ist, in der du nicht an mich gedacht hast.«

Sie schnitt eine Grimasse und entriss ihm die Hand, die er ergriffen hatte.

»Über sechshunderttausend«, erklärte Papa Creola trocken.

Sophia verengte ihre Augen. »Sechshunderttausend was?«

»Es ist über sechshunderttausend Sekunden her, dass Doktor Freud an Mister Mcintosh gedacht hat«, antwortete Papa Creola.

Sie nickte. »Dann also gar nicht diese Woche.«

Evan schürzte seine Lippen. »Ich verstehe schon. Du hast dich in deiner Arbeit vergraben. Das ist wahrscheinlich das Beste.«

»Wie auch immer, entschuldige bitte den Clown, den ich dich gezwungen habe zu heiraten«, begann Sophia.

»Nun, es hat funktioniert, mich hierher zu bringen«, antwortete Tiffannee in einem förmlichen Ton. »Subner hat die Abschlussuntersuchung überstanden, also ist mein Job hier erledigt, ich kann zu meinen Kunden und nach Hause zurückkehren. Ich bin mir sicher, dass sich viele fragen, was mit mir passiert ist.«

Papa Creola schüttelte den Kopf. »Nein, sie wissen nicht, dass du weg bist. Ich habe das geregelt.«

Sophia grinste. »Du hast es getan, oder?«

»Wie auch immer, ich kann es kaum erwarten, nach Hause zu kommen und zur Normalität zurückzukehren.« Tiffannee sah sich in dem Laden voller magischer Waffen um, wobei sich ihre hartnäckige Spekulation mit Zögern mischte.

»Da bin ich mir sicher«, begann Sophia, »aber zuerst muss ich dich und Evan um etwas bitten.«

»Oh, das stimmt«, meinte Tiffannee erleichtert. »Unsere Ehe. Wir müssen sie annullieren lassen.«

»Du hast also kein gebrochenes Herz, was?«, fragte Evan verbittert. »Du kleine Teufelin. Du ziehst doch gleich weiter, oder?«

»Eigentlich geht es um die Ehe«, meinte Sophia. »Aber ich hatte gehofft, du würdest sie noch nicht sofort annullieren lassen. Ich brauche Hilfe bei einer Aufgabe und dafür braucht man ein verheiratetes Paar.«

»Ist das so wie damals, als wir geheiratet haben, damit ich die Roya Lane betreten kann?«, fragte Tiffannee.

»Seltsamerweise, ja«, antwortete Sophia. »Ich brauche ein Ehepaar, das mit mir nach Schottland reist, um eine magische Distel zu pflücken.«

Die Ärztin kratzte sich am Kopf. »Ich dachte, ihr wärt alle Drachenreiter. Das ist doch nichts, was sie nicht tun würden.«

»Die Stellenbeschreibung ist ziemlich umfangreich und enthält eine Menge lockerer Formulierungen«, antwortete Sophia. »Kannst du mir dabei helfen? Ich werde versuchen, es so schnell und einfach wie möglich zu machen.«

»Aber ich muss es mit ihm tun?« Tiffannee deutete auf Evan und in ihrer Stimme lag Zögern.

Sophia nickte. »Leider. Ich glaube, ihr müsst es gemeinsam tun.«

»Ich glaube, was du sagen wolltest, war: ›Oh, ich habe die Ehre, mehr Zeit mit meinem geliebten Ehemann zu verbringen‹«, witzelte Evan und verschränkte die Arme vor der Brust.

Tiffannee schüttelte den Kopf. »Das wollte ich nicht sagen.« Sie richtete ihren Blick wieder auf Sophia. »Aber ich kann danach die Ehe annullieren und zu meinem Leben zurückkehren?«

Sophia nickte. »Ja und ich werde dir zu Dank verpflichtet sein. Wenn du jemals etwas von der Drachenelite oder die Hilfe einer guten Fee brauchst, sind wir für dich da.«

»Wozu sollte ich die Hilfe einer guten Fee brauchen?«, erkundigte sich Tiffannee.

Sophia zuckte mit den Schultern. »Ich weiß es nicht. Vielleicht brauchst du ein Date für einen Ball oder so.«

»Sie ist verheiratet«, mischte sich Evan ein.

Tiffannee schüttelte den Kopf über ihren Mann. »Lass uns diese Distel so schnell wie möglich pflücken gehen. Ich habe ein Leben, zu dem ich zurückkehren und eine Ehe, die ich annullieren muss.«

Kapitel 29

Wenn du sagst ›so schnell wie möglich‹«, begann Evan zögernd, als sie durch das Portal außerhalb der Barriere nach Gullington traten, »dann meinst du damit, dass du in dein Leben zurückkehren willst, richtig?«

»Wow!«, rief Tiffannee aus, als sie durch die Barriere traten und die Burg und das Gelände um sie herum Gestalt annahmen. »Hier lebt die Drachenelite?«

»So ist es, Baby«, meinte Evan stolz. »Willkommen auf meiner Burg. Ich wette, du überlegst dir das mit der Annullierung noch mal, jetzt, wo du weißt, dass ich stinkreich bin.«

»Ja, vollgestopft mit Bullsh…«

Der schimpfende Blick, den Evan Sophia zuwarf, schnitt ihr das Wort ab. Sie beschloss, dass sie ihm die Sache mit Tiffannee überlassen würde, da es ihr nicht so wichtig war.

»Das ist eine richtige Burg«, bemerkte die Ärztin immer noch voller Ehrfurcht. »Hat sie einen Kerker wie andere? Ist es so zugig und kalt wie die, von denen ich gelesen habe?«

»Das kommt darauf an, wie der Gnom sich fühlt«, antwortete Evan, was einen verwirrten Gesichtsausdruck bei Tiffannee hervorrief.

»Ich beeile mich.« Sophia eilte zum vorderen Teil der Burg. »Ich muss ein Buch holen. Dann können wir herausfinden, wo diese Distel ist und in diese Richtung gehen.«

»Sie ist in Schottland.« Evan wiederholte die Worte von Papa Creola.

»Danke«, murmelte Sophia trocken über ihre Schulter. »Du bist die Säule der Hilfsbereitschaft.«

»Schön, dass du es langsam erkennst«, meinte Evan süffisant und eilte Sophia hinterher.

Die Drachenreiter waren so viel schneller als die Sterbliche, dass sie Tiffannee hinter sich ließen. Die Ärztin hinkte auch deshalb hinterher, weil sie so viele Details rund um die Gullington aufnahm. Sie hatte die älteren Drachen entdeckt, die sich auf dem Gras unter der Höhle sonnten und das für diese Jahreszeit seltene bisschen Wärme genossen.

»Warte im Eingangsbereich auf mich. Ich laufe hoch in mein Zimmer und hole das Buch«, meinte Sophia zu Evan, als sie sich der Burg näherten.

Tiffannee musste joggen, um Schritt zu halten und war fast außer Atem, als sie die Eingangstür erreichten.

»Ich gewähre Sophia freie Kost und Logis und habe sie erst kürzlich aus dem Dienstbotenflügel herausgeholt«, erklärte Evan der Sterblichen selbstgefällig.

Sophia musste sich beherrschen, um nicht zu lachen. »Ja, mein Gutsherr ist so gastfreundlich und nett. Er duldet uns Bauern und erlaubt uns, auf demselben Boden zu gehen wie er.«

Evan klopfte sich auf die Brust. »Das ist wahr. Aber deinen Geruch zu ertragen, hat meine Geduld überstrapaziert.«

Sophia winkte Trin zu, als sie durch die Eingangstür eilte und nahm dann die Stufen der großen Treppe, zwei auf einmal. »Hey, Trin. Tschüss, Trin. Ich habe es eilig. Ich habe Doktor Freud versprochen, sie nicht mehr Zeit mit Evan verbringen zu lassen, als sie muss.«

»Doktor …« Trins Augen weiteten sich und die Cyborg schwenkte eines in Richtung Eingang, obwohl sie immer noch zu Sophia schaute. »Du meinst doch nicht etwa …«

»Das tue ich«, antwortete Sophia über ihre Schulter, während sie in ihr Zimmer sprintete. »Evans Frau ist gekommen, um uns auf eine kurze Mission zu begleiten. Kannst du ihr bitte etwas zu essen anbieten? Ich bin gleich wieder da.«

Über Sophias Schulter hörte sie ein frustriertes Grunzen aus Richtung der Cyborg-Haushälterin, von dem sie hätte schwören können, dass es von ihr kam. Sie ignorierte es jedoch, stürmte in ihr Zimmer und schnappte sich das Buch *Verborgene Orte* aus seinem Versteck in dem Tresor in der Wand, den Quiet für sie eingerichtet hatte, um Baba Yagas Grimoire sowie *Die vollständige Geschichte der Drachenreiter* und *Verborgene Orte* aufzubewahren.

Einen Moment später flitzte sie die Treppe zum Eingang hinunter, wo sich Sophia ein ganz anderes Bild bot als erwartet. Trin bot Tiffannee weder ein Getränk noch einen Snack an. Sie wischte auch nicht Staub, wie sie es getan hatte, als sie die Burg betraten. Stattdessen stemmte sie die Hände in die Hüften und machte einen der wütendsten Gesichtsausdrücke, die Sophia je gesehen hatte.

Umgekehrt sah Tiffannee den Cyborg an, als wäre sie ... nun ja, ein Cyborg. Die meisten Sterblichen hatten noch nie so etwas wie Trin zu Gesicht bekommen. Die meisten magischen Kreaturen übrigens auch nicht. Trin war nicht nur irgendein Cyborg. Sie war mehr Maschine als Mensch, da sie von Mikka Lenna entführt und umgestaltet wurde.

»Wow, was bist du?« Tiffannee trat einen Schritt zurück, als hätte sie Angst vor Trin.

»Ärger«, zischte Trin durch zusammengebissene Zähne.

»Das ist Trin«, prahlte Evan. »Sie ist die Haushälterin der Burg und die coolste Cyborg der Welt.«

Trins Augen richteten sich auf ihn. »Warum hast du sie hierhergebracht?«

»Es war die Idee von Prinzessin Pink.« Er zeigte mit dem Finger anklagend auf Sophia, die die Treppe herunterkam und *Verborgene Orte* bei sich hatte.

»Wir gehen dir jetzt aus den Augen.« Sophia schenkte der Cyborg ein Lächeln.

»Deine Haare«, bemerkte Tiffannee und ihre Augen huschten über Trins seltsames Haar aus schwarzen Drähten. »Was stimmt damit nicht?«

Trins Cyborg-Auge blinkte von blau zu rot.

»Stimmt nicht?«, lachte Evan. »Mit Trin ist alles in Ordnung. Sie kann alle möglichen coolen Sachen machen. Wie mein Cyborg-Hund, NO10JO.« Er sah sich um. »Wo ist mein Kumpel?«

»Er ist auf dem Hochland und hilft Quiet, glaube ich«, antwortete Trin.

»Du hast einen Cyborg-Hund?«, fragte Tiffannee ungläubig. »Dieser Ort wird immer verrückter und verrückter.«

»Wir haben dich rekrutiert, um dem Assistenten von Vater Zeit zu helfen, seine Persönlichkeit zu assimilieren und du findest das verrückt?«, musste Sophia wissen.

»Ich weiß, dass wir frisch verheiratet sind, aber du musst dich schon mehr anstrengen, um etwas über mein Leben zu erfahren, wenn das mit uns funktionieren soll«, scherzte Evan.

»Das wird nicht funktionieren«, maulte Tiffannee rotzfrech. »Ich helfe dir, die Distel zu holen, aber dann bin ich weg. Ich kann nicht noch mehr Zeit mit euch Freaks verbringen.«

»Raus! Raus! Raus!«, brüllte Trin, als sie ihre Hände hochwarf und die Sterbliche fast auf den Boden stieß.

Sophia sah ein, dass sie schnell eingreifen musste, sprang zwischen die Cyborg und Tiffannee und schob die Ärztin durch die offene Burgtür hinaus. »Wir machen uns auf den Weg. Tut mir leid, dass wir dich gestört haben, Trin.«

Sophia schaffte es, Tiffannee aus dem Gebäude zu bringen und die Tür zu schließen, bevor Trin versuchte, ihr über die Schultern zu greifen und die Sterbliche zu erwürgen. Evan stürzte neben ihnen heraus, der Schock stand ihm ins Gesicht geschrieben.

Irgendetwas an der Situation hatte die Cyborg verärgert und Sophia ahnte, dass es nicht nur die Beleidigung durch die Psychiaterin war.

Kapitel 30

Es begann zu regnen, als sie das Gelände in Richtung Falconer-Höhle auf der anderen Seite der Gullington durchquerten. Offenbar befand sich der potenzielle Ort auf der anderen Seite der Berge, nur wenige Kilometer entfernt. Das war praktisch, aber keine Überraschung. Diese Seite der Gullington war voller geheimnisvoller Überraschungen und Portale, in denen Sophia viele Abenteuer erlebt hatte.

Sophia war an den Regen gewöhnt und hob den Kopf, als er ihre Wangen bespritzte. Sie stemmte sich mit den Schultern gegen den heulenden Wind, der über Loch Gullington fegte.

»Hat einer von euch einen Regenschirm?« Doktor Freud schirmte ihren Kopf und ihre Haare mit den Händen ab, aber das gelang ihr nicht besonders gut.

Sophia antwortete nicht, sondern studierte stattdessen die Karte. Die Distel befand sich höchstwahrscheinlich auf dem Holyrood Hill, an der Ostseite. Sie wusste, dass die erste große Herausforderung darin bestand, den Ort zu finden. Sie hoffte, dass sie sich nicht durch eine Unmenge von Blumen und Pflanzen wühlen mussten. Auf der Karte war lediglich ein Stern auf der Spitze des Hügels eingezeichnet, auf dem ›Blathers Platz‹ stand und daneben eine große Distel.

Ähnlich wie viele der magischen Bücher, die sie benutzte, führte *Verborgene Orte* sie an die richtige Seite, was allein auf ihren Absichten beruhte. Sie hoffte, dass die Informationen, die Bep ihr gegeben hatte – oder besser gesagt, von denen sie nicht viele bekommen hatte – sie zumindest in die richtige Richtung führten.

Evan hob sein Kinn und schien es zu genießen, dass der Regen sein Gesicht benetzte. »Wir brauchen keinen Schirm. Der würde sich nur im Wind umdrehen.«

»Aber es regnet«, beschwerte sich Tiffannee und zog ihren Kragen hoch, um ihren Nacken vor dem windgepeitschten Regen zu schützen.

Evan streckte seine Zunge heraus und nahm einen Schluck vom Himmel. »Das ist kein Regen. Er spuckt nur auf uns. Ein echter Schotte würde nie einen Regenschirm benutzen. So erkennst du die Touristen in der Gegend.«

Sophia nickte, denn das hatte sie auch schon erlebt, als sie in die Stadt gefahren war, um Vorräte zu kaufen. »Wir gehen zwischen den Hügeln hindurch und hinauf.« Sie zeigte in Richtung Falconer-Höhle, nachdem sie einen Weg gewählt hatte, den die Sterbliche ihrer Meinung nach bewältigen konnten, auch wenn sie sie zwangsläufig ein wenig aufhalten würde.

»Wie wäre es, wenn ich dir ein paar nützliche schottische Informationen erzähle, um dich von dem Wetter abzulenken?«, bot Evan nachdenklich an und hob seinen Arm, als wollte er ihn um Tiffannees Schultern legen.

Als sie abrupt den Kopf schüttelte, ließ er seinen Arm sinken, lächelte aber immer noch.

»Also gut«, begann Evan fröhlich. »Weißt du, warum Dudelsackspieler oder Pipers, wie wir sie nennen, beim Spielen laufen?«

Tiffannee antwortete nicht mit Worten, sondern warf ihm einen verärgerten Blick zu.

»Um dem Lärm zu entgehen«, lachte Evan.

Sophia grinste nur leicht und übernahm die Führung. Ihre Stiefel sanken in das Gras, als sie tiefer in die Hügel und weg von der Burg wanderten.

»Wusstest du, dass wir in Schottland nur zwei Jahreszeiten haben?«, fragte Evan die Sterbliche, als der Regen ein wenig stärker wurde und ihre Haare bereits trieften.

Sophia zog ihre Kapuze hoch und steckte ihre Strähnen darunter.

»Ach wirklich?« Tiffannee klang neugierig. »Das wusste ich gar nicht.«

»Ja, wir haben Juni und Winter«, erwiderte Evan mit einem weiteren Lachen.

Tiffannee wirkte darüber überhaupt nicht amüsiert, denn sie schürzte ihre Lippen. »Also keine Informationen über Schottland. Nur Witze …«

»Aus Witzen kann man eine Menge erfahren«, merkte Evan an und streckte seine Hand aus, als das Wasser stärker vom Himmel fiel. »Das grenzt ja schon an Flüsse … sozusagen. Wir würden sagen, es regnet in Strömen.«

»Kannst du mir nicht einen Regenschirm zaubern?« Tiffannee beugte sich vor, um sich vor dem Regen zu schützen.

»Das geht nicht«, antwortete Sophia, bevor Evan es tun konnte. »Das ist kein guter Einsatz von Magie und wir wissen nicht, was auf uns zukommt. Wir können es nicht riskieren, unsere Reserven aufzubrauchen.«

Die Psychiaterin seufzte tief. »Ich dachte, das sollte eine einfache Reise werden.«

»Bis jetzt schon«, meinte Sophia. »Ich musste noch nicht mein Schwert ziehen oder gegen eine wütende Kröte kämpfen.«

Evan gluckste. »Ich erinnere mich an eine Kröte. Ein dummer Kerl. Hat mir tolle Halluzinationen beschert.«

Sophia schüttelte den Kopf. »Das liegt daran, dass du versucht hast, an ihr zu lecken.«

»Hey, ich habe die siebziger Jahre verpasst, als ich in der blöden Gullington festsaß«, entgegnete Evan. »Ich habe gehört, dass die Hippies die besten Drogen hatten, wie Kröten und so.«

»Jetzt haben sie auch keine Gehirnzellen mehr«, fügte Sophia hinzu und führte ihre Begleiter um die Seite des Hügels herum und direkt an der Falconer Höhle vorbei. Der Wind pfiff um das steinerne Bauwerk, von dem Sophia ziemlich sicher war, dass es an diesem Tag an einem anderen Ort stand. Wie viele andere Dinge in Gullington änderte er sich je nach Stimmung und allem anderen. »Ich glaube, wir müssen dort auf den Hügel hinauf.« Sie zeigte auf einen steilen Abhang, der etwa zweihundert Meter hoch war.

»Da hinauf«, beschwerte sich Tiffannee. »Das ist wieder nicht so einfach, wie du versprochen hast.«

Die Psychiaterin trug keine Wanderschuhe, sondern lederne Halbschuhe, die jetzt voller Schlamm waren. Sophia verspürte einen Anflug von Reue wegen der Sterblichen, aber der war nur von kurzer Dauer, weil sie sich wieder über den Regen und die Kälte beschwerte.

Sophia stapfte weiter und behielt ihre Verärgerung für sich. Sie war immer der Meinung, dass die Dinge so leicht oder so schwer waren, wie man sie haben wollte. Es kam nur allzu oft vor, dass die Menschen etwas für schwierig hielten, also war das ihre Erfahrung.

»Hey, ich habe eine Geschichte für dich, Tiff.« Evan erntete einen irritierten Blick von ihr. »Es gibt einen Schotten, der durch ein Feld wandert, ähnlich wie wir jetzt. Er sieht einen Mann, der gerade aus einem Burn trinken will …«

»Einem was?«, unterbrach Tiffannee.

»Einem Bach«, erklärte Sophia über ihre Schulter.

»Ja, wir nennen die Bäche Burns«, bestätigte Evan. »Jedenfalls eilt der Schotte, der ein freundlicher und anständiger Kerl war, herbei, um seinen Landsmann zu warnen. Er sagt: ›Hey, das kannst du nicht trinken. Das ist Pisse.‹ Der Mann runzelte die Stirn, kratzte sich am Kopf und erwiderte: ›Sorry, ich habe dich nicht verstanden. Ich bin ein Engländer.‹ Der Schotte nickte und lächelte, sprach diesmal deutlich und meinte: ›Ich sagte, genieße deine Erfrischung. Das ist reinstes Wasser.‹«

Evan heulte vor Lachen und schlug sich auf das Knie.

Sophia lächelte, leicht amüsiert von Evans Streichen.

»Ich versteh's nicht.« Tiffannee schnitt eine Grimasse. »Warum konnte der Engländer ihn beim ersten Mal nicht verstehen? Was haben die Schotten gegen die Engländer?«

»So ziemlich alles.« Evan lachte immer noch. »Sie sind alle hochnäsig und spreizen den kleinen Finger ab, wenn sie ihren Tee trinken, über ihre Quidditch-Spiele plaudern und sie brechen in Panik aus, wenn eine Fliege in ihrem Bier landet.«

»Ich glaube nicht, dass die Engländer Quidditch spielen«, meinte Tiffannee süffisant.

»Das ist deine Schlussfolgerung aus dem, was der Dummbeutel gesagt hat?«, fragte Sophia ungläubig.

»Ich glaube nicht, dass Quidditch ein richtiges Spiel ist, oder?« Tiffannee fuhr fort, als hätte sie Sophia nicht gehört, was durchaus möglich war, da der Regen jetzt stärker wurde. »Reiten Zauberer auf Besen?«

»Das weiß ich nicht«, antwortete Evan. »Ich habe einen magischen Drachen, auf dem ich reite, schon vergessen?«

»Warum sind wir nicht mit den Drachen dorthin geritten, wo wir hinwollen?« Der weinerliche Tonfall in Tiffannees Stimme verstärkte sich.

»Es ist nicht mehr weit«, antwortete Sophia, die nicht zugeben wollte, dass es so war, weil sie Lunis mit seinem verletzten Bein nicht zum Fliegen zwingen wollte, wenn es nicht notwendig war. Der Aufstieg auf den Hügel wurde immer schwieriger, da der Regen den Boden aufweichte.

Tiffannee hinkte jetzt wirklich hinterher. Sophia blieb in der Nähe des Gipfels stehen und drehte sich um, um zu beobachten, wie die Sterbliche den Hügel hinaufstapfte.

»Ich schiebe dich, wenn du willst«, bot Evan an, während er leichtfüßig neben ihr herging, als würden sie nur spazieren gehen.

Die Ärztin schüttelte den Kopf. Sie schien außer Atem zu sein, ihr Gesicht war rot und vom Regen durchnässt.

»Okay, dann werde ich dich unterhalten«, versprach Evan gutmütig. »Apropos Engländer. Ein Engländer, ein Ire und ein Schotte sitzen in einer Bar. Sie haben jeder ein Bier und drei Fliegen landen in jedem Glas.«

»Zur gleichen Zeit?«, erkundigte sich Tiffannee zwischen angestrengten Atemzügen. »Es ist unwahrscheinlich, dass drei Fliegen gleichzeitig in drei Bieren landen.«

»Das sagt schon wieder viel über dich aus«, meinte Sophia trocken und schaute über ihre Schulter, um die Gegend zu untersuchen.

»Wie auch immer«, fuhr Evan fort. »Der Engländer schiebt das Bier weg, völlig abgestoßen. Der Ire fischt die Fliege aus seinem Glas und schnippt sie weg. Der Schotte nimmt die Fliege, hält sie über sein Glas und befiehlt: ›Spuck es aus, aber alles!‹«

Sophia konnte sich ein Lachen nicht verkneifen. Sie fand es ziemlich liebenswert, dass Evan so sehr versuchte, die Sterbliche zu unterhalten, um sie von der anstrengenden Wanderung abzulenken. Doktor Freud schien seine

Bemühungen jedoch nicht so sehr zu würdigen. Sie grunzte nur als Antwort auf den Scherz.

Der Regen hörte plötzlich auf, als Sophia das Buch mit den *Verborgenen Orten* herauszog, wofür sie dankbar war. Der Zeitpunkt, an dem der Regen aufhörte, gerade als sie den Gipfel des Holyrood Hill erreichten, war ironisch, wie es in Sophias Welt üblich war.

Die Distel auf der Karte leuchtete kurz auf, gefolgt von den Worten ›Blathers Platz‹. Nach allem, was Sophia erkennen konnte, befanden sie sich genau über der Stelle. Sie schaute sich um und suchte nach einer Distel oder diesem Blathers. Nasses Gras und Steine bedeckten den Hügel, aber keine Blumen. Ein großer, säulenartiger Felsen in der Mitte wirkte auf eigenartige Weise fehl am Platz.

Sophia ging zu ihm hinüber und ließ Evan bei Tiffannee zurück, die es bis zum Gipfel des Hügels geschafft hatte und nach Luft japste.

»Das ist seltsam«, meinte Sophia hauptsächlich zu sich selbst, als sie bemerkte, dass der Felsbrocken einer Tür ähnelte. Als sie näherkam, erkannte sie, dass ein kleiner Teil tatsächlich wie eine Tür aussah und in der Mitte befand sich etwas, das zweifellos einen Türgriff und ein Schloss darstellte.

Instinktiv streckte sie die Hand aus, versuchte, den Griff nach unten zu drücken und die Tür zu öffnen, doch sie rührte sich nicht. Sie war verschlossen, was bedeutete, dass es irgendwo auf dem Holyrood Hill einen Schlüssel geben musste. Sie mussten ihn nur finden.

Kapitel 31

as meinst du damit, wir brauchen einen Schlüssel?«, fragte Tiffannee, als Sophia erklärte, was ihrer Meinung nach vor sich ging.

»Das ist eine Tür«, teilte Sophia mit und beobachtete, wie die Sterbliche den Felsen umkreiste.

»Aber sie kann nirgendwo hinführen.« Doktor Freud klang verwirrt, als sie auf die andere Seite kam. »Dieser Stein ist nur etwa einen halben Meter breit.«

»Türen in der magischen Welt sind eher Portale«, erklärte Evan, während er sich dabei lässig gegen den Felsen lehnte.

»Ich würde vermuten, dass sie wahrscheinlich zu diesem Blathers führt«, überlegte Sophia.

»Und der wäre?«, wollte Tiffannee wissen.

Sophia zuckte mit den Schultern. »Wer weiß?«

Die Psychiaterin warf ihr einen genervten Blick zu. »Wie kannst du nicht wissen, wonach du suchst?«

»Ich weiß selten die Antwort auf diese Dinge.« Sophia lachte. »Ein Drachenreiter zu sein, bedeutet vor allem, viel blindes Vertrauen zu haben.«

Evan warf den Kopf in Richtung der Tür, an der er lehnte. »Also, dieser Schlüssel. Was denkst du, wo er sein kann?«

Sophia drehte sich im Kreis und betrachtete den Rest des Hügels, auf dem sie standen. Außer dem Felsbrocken gab es dort nicht viel. »Ich habe meinen Metalldetektor in der Burg vergessen.«

»Woher weißt du, dass wir durch diese Tür gehen müssen?« Tiffannee drückte das überschüssige Wasser aus ihrem Haar.

Sophia bemerkte etwas, das in der Ferne über den Bergrücken kam, konnte es aber nicht ganz erkennen, weil es noch ein gutes Stück entfernt war und ein wenig mit dem Steinpfad in der Umgebung verschmolz. »Weil wir an der richtigen Stelle sind und das unsere einzige Möglichkeit ist.«

»Ich könnte meine Fähigkeiten als Schlossknacker einmal ausprobieren«, bot Evan an.

Sophia schüttelte den Kopf und konzentrierte sich weiter auf das große Ding, das sich näherte. Es wurde immer größer, je weiter es in Sichtweite kam. »Das hat bei den letzten Malen nicht funktioniert, also denke ich, du musst deine Verluste begrenzen und andere Fähigkeiten verbessern, wie Tischmanieren und wie man still ist.«

Evan spottete. »Das klingt langweilig. Ich werde meine kostbare Zeit damit verbringen, meine Nunchuck-Fähigkeiten, meine Bogenjagd-Fähigkeiten und meine Computer-Hacking-Fähigkeiten zu verbessern. Du weißt doch, dass Frauen nur einen Mann wollen, der gute Fähigkeiten hat, stimmt's, Tiff?«

»Nenn mich Doktor Freud«, fauchte sie trocken.

»Wie romantisch«, scherzte Evan. »Du kannst mich Mister Evan nennen, denn ich möchte nicht, dass meine Frau sich mit zu vielen Formalitäten herumschlagen muss.«

»Ihr zwei seid eine Romanze für die Märchenbücher.« Sophia trat vor, als die Hörner des großen Hochlandrindes in der Ferne auf der anderen Seite des Hügels in Sicht kamen. Die Kühe waren hauptsächlich braun, mit langem, zotteligem Haar und dafür bekannt, dass sie gutmütig waren. Aus diesem Grund beunruhigte sie der Anblick des Rindes, das sich im schnellen Trab näherte, zunächst nicht. Als das Tier zum Sprint ansetzte und auf sie zuraste, als wollte es sie umrennen, wurde Sophia leicht nervös.

Kapitel 32

Die Augen des Hochlandrindes blitzten rot auf, als es in ihre Richtung rannte. Sophia war klar, dass das Tier etwas Ungewöhnliches an sich hatte. Es war definitiv übernatürlich, denn es bewegte sich viel schneller, als es bei seiner Größe möglich sein sollte.

Sophia reagierte schnell, schob Tiffannee hinter den großen Felsbrocken und sprang davor. Ihre Hände griffen nach oben und mit einer schnellen Bewegung schwang sie ihre Beine hinauf und kletterte auf den Felsen.

Evan entschied sich nicht für die Methode ›höher hinaus‹. Stattdessen bevorzugte er ›renn wie der Teufel‹. Zum Glück war er schneller als das Rindvieh, das mit gesenktem Kopf und langen, spitzen Hörnern direkt auf den Hintern des Drachenreiters zustürmte.

Glücklicherweise war Evan in der Lage, dem angreifenden Wiederkäuer voraus zu sein, indem er hin und her hüpfte, sodass das weniger flinke Tier Mühe hatte, Schritt zu halten. Sie rannten auf die andere Seite des Hügels, was gut war, weil es das Rind von Tiffannee entfernte, die mit dem Rücken gegen den Felsen gepresst auf dem Boden saß. Sie schien zu hyperventilieren.

»Was zum Teufel ist mit dem Ding los?«, fragte die Ärztin zwischen schnellen Atemzügen.

Sophia schaute auf das rasende Rind und studierte es. »Ich bin mir nicht sicher, aber es kann kein Zufall sein.«

»Zufall!«, rief Tiffannee aus. »Wie kann ein gestörter Bulle kein Zufall sein?«

Sophia ignorierte die aufgebrachte Therapeutin und behielt das Tier im Auge, während es Evan folgte und in ihre Richtung zurücklief. Seine Arme flogen schnell neben seinem Körper hin und her, sein Kinn war erhoben und seine Füße berührten kaum den Boden, als er vorbeisprintete.

»Hilf mir mal!«, rief er Sophia auf dem Vorbeiweg zu und flitzte in die Richtung, aus der das Rind gekommen war.

Als sie vorbeiliefen, entdeckte Sophia etwas um den Hals der Hochlandkuh. Es war nur ein metallischer Schimmer, aber genug, dass sie zu wissen glaubte, was es sein könnte.

»Führe das Tier in meine Richtung zurück!«, rief sie Evan zu.

»Meinst du das ernst?«, fragte Evan über seine Schulter. »Ich versuche, meinen Hintern zu retten und du willst, dass ich das Monster zu dir bringe?«

»Ich muss mir das genauer ansehen!«

»Mach ein Foto!«, schrie Evan. »Davon hast du dann länger etwas! Vor allem, weil ich das Ding gleich durchschneiden werde!«

»Nein!«, brüllte Sophia. »Ich finde, wir sollten ihm nicht wehtun!«

Aus ihrer Erfahrung heraus war es am besten, die Kreatur, die sie als Hindernis überwinden sollten, nicht zu verletzen, auch wenn sie sich inmitten dieser rätselhaften Situationen befanden. Ihr Verdacht sagte ihr, dass dieses gestörte Hochlandrind ein wichtiger Teil der Gleichung war.

»Das Vieh will mir wehtun!«, beschwerte sich Evan von der anderen Seite des Hügels. »Ich schneide es durch.«

»Bring es hierher!«, schrie Sophia ihn an.

»Nein!«, entgegnete Tiffannee mit ihrer schrillen Stimme.

»Bleib, wo du bist«, befahl Sophia über ihre Schulter. »Evan wird es vorbeiführen, damit ich es mir näher ansehen kann. Nach da drüben wird es nicht kommen.«

»Woher weißt du das?«, jammerte Tiffannee.

Das war die Sache. Sophia wusste es nicht. Aber sie musste sich das Tier genauer ansehen, um ihren Verdacht zu bestätigen. Dann konnte sie einen Plan ausarbeiten.

Sie schenkte der Sterblichen einen beruhigenden Blick. »Mach dir keine Sorgen. Evan ist gut. Er wird das Rind von dir fernhalten.«

Tiffannee wirkte nicht sonderlich überzeugt, nickte aber, als Sophia ihre Aufmerksamkeit wieder dem Rind zuwandte, das Evan hinterherrannte und in ihre Richtung kam.

»Hier hast du deine Kuh!«, prustete Evan, als er vorbeikam. »Hol dir jetzt deinen Milchshake, denn mir geht langsam die Puste aus!«

Sophias Augen richteten sich auf den Gegenstand, der um den Hals des Rindes baumelte. Es war das, was sie vermutet hatte. Es war genau das, was sie brauchten! Jetzt musste sie nur noch herausfinden, wie sie es bekommen konnte.

Es war der Schlüssel zu der Tür im Felsen.

Kapitel 33

Bring das Tier hierher zurück!«, schrie Sophia, als Evan vorbeipreschte.

»Bist du wahnsinnig?«, rief Evan über seine Schulter. »Ich mache das nicht zu deinem Vergnügen.«

»Tu es einfach!«, befahl Sophia. »Bring Angus so nah wie möglich an diesen Felsen heran!«

»Nein!«, beschwerte sich Tiffannee wieder.

Sophia schüttelte ungehalten den Kopf. »Das muss sein. Bleib dort hinten, dann wird dir nichts passieren. Evan wird das Tier an die Vorderseite des Steins bringen.«

»Evan macht alles!«, rief er und machte einen weiten Bogen, um nicht mit dem Hochlandrind zusammenzustoßen. »Wann willst du uns helfen, Prinzessin Pink?«

»Sobald du Angus hierhergebracht hast.« Sophia ging in die Hocke und bereitete sich im Geiste auf das vor, was sie als Nächstes tun wollte. So etwas konnte nur jemand tun, der den Verstand völlig verloren hatte. Oder verzweifelt war. Oder in ihrem Fall, beides. Aber Sophia sah keine andere Möglichkeit.

Sie hatte versucht, den Schlüssel mit einem Telekinese-Zauber von Angus' Hals zu lösen, aber es hatte nicht funktioniert. Er war offensichtlich geschützt und musste von Hand abgenommen werden.

Die Kuh donnerte in ihre Richtung und holte Evan ein. Der Drachenreiter verlor an Geschwindigkeit, nachdem er die ganze Zeit über Vollgas gegeben hatte. Zum Glück schien auch Angus langsamer zu werden, aber er konnte noch viel mehr Boden schnell zurücklegen.

Wie läuft's denn so?, fragte Lunis in Sophias Kopf, sein Timing war wie immer perfekt.

Sophia seufzte und dachte, dass sie mit dieser gut getimten Unterbrechung hätte rechnen müssen.

Ich bin beschäftigt.

Ich auch, meinte Lunis. *Ich fülle ein Dating-Profil in einer App aus, die ich auf deinem Gerät ausprobiere.*

Oh gut, murrte Sophia. *Das musst du Wilder erklären, wenn er fragt.*

Sophias Augen weiteten sich, als Evan näher kam. »Du bist nicht nah genug!«

Er schüttelte den Kopf. »Tut mir leid, Eure Hoheit. Ich versuche, am Leben zu bleiben und diese Kuh befolgt Anweisungen nicht so gut.«

»Hör auf, im Zickzack zu laufen«, verlangte Sophia, als Evan in die entgegengesetzte Richtung spurtete. Sie beobachtete, wie er erst in die eine, dann in die andere Richtung zischte, was Angus dazu brachte, hin und her zu laufen. Deshalb war das Hochlandrind zu weit von dem Felsen entfernt gewesen, auf dem sie stand.

»Dein Feedback ist wertvoll für mich!« Evan klang ein bisschen atemlos.

»Bring Angus wieder in diese Richtung und diesmal nah an den Felsen heran«, forderte Sophia.

»Nein!«, plärrte Tiffannee.

Das war anscheinend das Einzige, was sie sagen konnte, während sie sich an die Seite des Steins klammerte, um ihr Leben zu retten.

»Du ... schuldest ... mir ... so ... viel ...«, stotterte Evan zwischen zwei Atemzügen.

»Notiert!«, antwortete Sophia und ging in die Hocke, während sie zählte, um sicherzustellen, dass das Timing perfekt war. Sie hatte nur eine Chance und ein Fehler hätte für sie einen fatalen Ausgang.

Wie klingt das?, begann Lunis in ihrem Kopf, nachdem er sich geräuspert hatte.

Kein guter Zeitpunkt, informierte sie ihren Drachen verärgert.

Das muss jetzt sein, denn diese blöde App hat mich schon einmal rausgeworfen, weil ich so lange gebraucht habe, erklärte Lunis und räusperte sich erneut, als wollte er eine Rede halten. *Vergiss nicht, das ist für eine Dating-App.*

Wann hast du beschlossen, dich zu verabreden? Sophia beobachtete, wie Evan und Angus sich zurückzogen, damit sie Zeit hatte, ihren nächsten Schritt vorzubereiten.

Die ist nicht für mich. Ich versuche, die weiblichen Drachenkinder aus dem Nest zu holen, um wieder Ruhe und Frieden zu haben. Sie schuppen sich ständig und quatschen über Teenagerdramen.

Sophia nickte. *Der beste Weg, das zu tun, ist, ihnen Dates zu besorgen? Dieser Plan hat offensichtlich keine Fehler.*

Überhaupt nicht. Lunis räusperte sich erneut. *Okay, los geht's. Hier ist ein Lebenslauf für eines der Mädchen. Hi. Weiblicher Drachenteenie auf der Suche nach einem Freund. Ich bin selbständig und suche einen heißen Kerl. Reptilienblut ist ein Muss. Manche nennen mich kaltblütig, aber ich sage immer, wie es ist. Ich liebe Wüstenrennmäuse. Sie sind köstlich. Ich suche nach meinem Jim Halpert. Wisch nach rechts und lass uns so schnell wie möglich Netflixen und Chillen.*

Ich weiß gar nicht, wo ich anfangen soll, meinte Sophia trocken. *Wie sollen die Drachenmädchen diese Dates bekommen, wenn sie nicht in der App sind?*

Ich werde mit dem Entwickler zusammenarbeiten, um die App für sie zum Laufen zu bringen. Sie ist dann speziell für Drachen, erklärte Lunis. *Sie hat noch ein paar Bugs, deshalb auch die Zeitüberschreitung. Sobald sie fertig ist, werden alle Drachen darauf zugreifen können und dann sind sie wieder aus meinen Hörnern heraus.*

Eine Dating-App für Drachen, stellte Sophia fest, während sie beobachtete, wie Evan sich umdrehte und einen weiteren großen Bogen machte, Angus dicht auf den Fersen.

Ja, ich nenne es Cinder. Oder vielleicht Heiße Möglichkeiten. Oder Heiße Flügel. Oh und wie wäre es mit …

Mitten in der Arbeit, unterbrach Sophia. *Lass uns das später klären.*

Gut, seufzte Lunis. *Oh und viel Glück mit Angus. Er ist ein süßer Kerl. Ich wette, er riecht furchtbar.*

Sophia nickte. *Das werde ich gleich herausfinden*, informierte sie ihn, als sich das Hochlandrind näherte.

Evan schaffte es dieses Mal viel besser, Angus an den Felsen zu bringen. Der Drachenreiter stieß fast gegen den Stein, als er vorbeidüste. Das Rind war nicht so nah, aber nah genug.

Sophia holte tief Luft, sprang vom Stein und flog durch die Luft, während Angus an ihr vorbeikam und ihre Hände nach seinem zotteligen Fell griffen.

Kapitel 34

Das Tier reagierte sofort, bockte und versuchte, Sophia abzuwerfen. Sie schlang ihre Arme um Angus' Hals und hielt sich fest, während sie ihren Kopf in seinem langen Haar vergrub. Das Rind stank *wirklich* fürchterlich.

Angesichts der neuen Komplikation hörte Angus auf, Evan zu jagen und gönnte ihm endlich eine Pause. Stattdessen schlug das Tier mit seinen Hinterbeinen aus und sorgte dafür, dass Sophia sich wie ein Rodeo-Clown fühlte, während sie sich festklammerte und den schlimmsten Ritt ihres Lebens hinnehmen musste.

»Wie läuft's denn jetzt?«, rief Evan ihr lachend zu und fuchtelte mit den Armen herum. »Kannst du Angus in diese Richtung lenken? Oder in die Richtung?«

Sophia warf einen Blick in die Richtung des anderen Drachenreiters, ohne zu bemerken, dass er lässig an der Steinsäule stand und sie und das Hochlandrind mit großem Vergnügen beobachtete. »Wenn ich das überlebe, bringe ich dich um!«, schrie Sophia zwischen Angus' Versuchen, sie abzuwerfen.

Evan schüttelte den Kopf. »Das wäre vorsätzlich. Ich habe auch eine Zeugin. Tiff, du hast das gehört?«

»Sprich nicht mit mir!«, beschwerte sich die Sterbliche. »Halte das Ding fern.«

»Mach ich, Schatz«, versprach Evan süffisant.

Sophia hatte ihre Finger in das lange Haar der Hochlandkuh gezwirbelt, was es schwierig machte, den Schlüssel um seinen Hals zu greifen. »Ich finde nichts«, rief sie und dann wurde ihr fast der Wind aus den Segeln genommen, weil Angus' sich auf den Hinterbeinen aufbäumte und fast rückwärts umfiel. Das konnte Sophia zweifellos zerquetschen.

Sie rutschte zur Seite und obwohl sie nahe an den Beinen des Tieres war, konnte sie einen Blick auf den Schlüssel erhaschen. So schnell sie konnte, griff sie nach dem Gegenstand und riss ihn vom Hals des Tieres.

Wie wäre es mit Chi-Harmonie als Name für die Dating-App?, fragte Lunis in Sophias Kopf.

Du rangierst dich an zweiter Stelle auf meiner Liste der geplanten vorsätzlichen Morde, drohte Sophia.

Du magst den Namen also nicht. Lunis klang besiegt. *Nun, es gibt auch noch Geflügelte Partner, Glut für die Ewigkeit oder Feueratmer. Gefällt dir einer davon?*

Verschwinde!, schrie Sophia in ihrem Kopf.

Gut, dann gehe ich zurück ans Zeichenbrett. Der Name muss perfekt sein.

Den Schlüssel fest in ihre Handfläche gepresst, drückte sich Sophia ein wenig nach oben, um zu überlegen, wie sie das Monster loswerden konnte. Sie musste so weit wie möglich von Angus wegspringen und hoffen, dass das wuchtige Tier sie nicht gleich danach zertrampelte.

Das größte Problem war, dass das Abnehmen des Schlüssels vom Hals das Rind noch wütender gemacht hatte und Angus noch unberechenbarer bockte als zuvor.

»Ich glaube, Angus ist nicht glücklich mit dir«, bemerkte Evan beiläufig. »Ich denke, du solltest ihn in Ruhe lassen.«

»Danke«, zischte Sophia. Nach dieser Erfahrung hatte sie sicher ein Schleudertrauma. Sie wollte nie und nimmer an einem Rodeo teilnehmen, aber nach dieser Erfahrung brauchte sie definitiv ein riesiges Steak.

Als Angus das nächste Mal bockte, stieß er Sophia fast herunter und sorgte dafür, dass sich eine ihrer Hände von seinem Hals löste. Sie spannte sich an, flog zur Seite und sah die Unterseite der Kuh.

Das konnte nicht mehr lange so weitergehen.

»Das sieht unangenehm aus.« Evan stand immer noch daneben, wirkte aber nicht nervös trotz ihrer misslichen Lage.

»Es ist nicht der beste Ort, an dem ich je war«, schaffte es Sophia zu sagen.

Da der Boden von ihrer jetzigen Position aus immer näher in Sichtweite kam, beschloss Sophia, dass es an der Zeit war, sich zu bewegen. Sie drückte ihre Stiefel in den Rücken der Hochlandkuh und arbeitete daran, sie so weit wie möglich unter sich zu bringen. Als Angus sich das nächste Mal aufbäumte, wartete sie, bis er wieder Richtung Boden donnerte, bevor sie in die entgegengesetzte Richtung absprang.

Hoffentlich bekam sie für die Länge ihres Sprunges Punkte, auch wenn seine Ausführung und Anmut bei der technischen Bewertung Abzüge verhieß. Sophia rollte kopfüber, gönnte sich aber keinen Moment der Ruhe. Stattdessen sprang sie auf und sprintete in die entgegengesetzte Richtung von Angus, für den Fall, dass die Bestie sich rächen und den Schlüssel zurückholen wollte.

Als sie einen Blick über die Schulter warf, stellte Sophia erleichtert fest, dass Angus ohne sie auf dem Rücken den Rückzug angetreten hatte und den Weg zurückging, den er gekommen war.

Als die Erschöpfung schließlich die Oberhand gewann, sank Sophia auf die Knie und rollte sich auf den Rücken, ohne sich darum zu kümmern, dass der Boden aufgeweicht war. Ihr Herz raste wie wild.

Kapitel 35

it dem blauen Himmel über ihr versuchte Sophia, sich zu beruhigen, während ihr Atem stoßweise ging.

Wie wäre es, begann Lunis in ihrem Kopf mit einer singenden Stimme, *mit Funken als Name für die Drachen-Dating-App? Oder Drachenherzen? Schuppentreffen?*

Mir geht es gut, antwortete Sophia. *Danke der Nachfrage.*

Gut, dann unterbrich mich nicht, es sei denn, du blutest und vielleicht nicht einmal dann, schimpfte Lunis.

Ich glaube, ich blute innerlich, scherzte Sophia, rollte sich auf alle Viere und wollte aufstehen.

Du wirst es überleben. Oh und ich mag die Namen Herzsaiten oder Glimmende Herzen.

Ich habe das Gefühl, dass dieses ganze Unterfangen eine Verschwendung deiner Zeit und meiner Gehirnzellen ist. Sophia ruhte sich weiter auf ihren Händen und Knien aus.

Sag mir, ob diese Biografie gut für die freche, rote Drachendame ist, die im Schlaf redet, bat Lunis und ignorierte Sophia ganz offensichtlich. Er räusperte sich. *Ich bin ganz und gar nicht bodenständig. Obwohl ich noch keinen Namen habe, weil ich mich bisher noch nicht an einen Reiter gebunden habe und es wahrscheinlich auch nicht tun werde, weil ich die ultimativ Schlechteste bin. Ich bin die Art von Mädchen, die dich mitten in der Nacht anruft und über etwas jammert, das in der Schule passiert ist. Oh und ich verabscheue Fahrräder, Sonnenuntergänge, den Strand, Parks und so ziemlich alles, was anderen Freude bereitet. Und Weihnachten. Ich kann Weihnachten nicht ausstehen.*

Sophia seufzte, als sie endlich wieder zu Atem kam. *Ich glaube, die Biografie muss noch ein bisschen überarbeitet werden.*

Ja, du hast recht. Ich habe den Teil gestrichen, in dem es darum geht, dass sie immer Dreck unter den Krallen hat, es hasst zu reisen und niemals die kalte Enge meiner bescheidenen Behausung verlässt. Meinst du, ich sollte ihn wieder einfügen?

Ich denke, du solltest an deiner Biografie arbeiten, antwortete Sophia. *Ich muss einfach erst einmal hören, wie du dich selbst beschreibst.*

Ich bin schon dabei. Ich muss ihr nur noch den letzten Schliff verpassen, dann ist sie bereit für dein Hörvergnügen. Kurze Frage: Soll ich Super-geniales-außerordentlich-höfliches-Geschenk-für-jeden mit Bindestrich schreiben?

Sag du es mir, du Genie!, feuerte Sophia zurück, als sie sich aufrichtete, an ihrem Umhang schnupperte und feststellte, dass sie jetzt nach Angus roch. Sie zog eine Grimasse wegen des Gestanks.

Evan warf ihr einen wissenden Blick zu. »Wenn du denkst, dass du schlecht riechst, solltest du vorher sehen, wie du aussiehst.«

»Danke.« Sophia schob sich die Haare aus dem Gesicht und sah sich nach Tiffannee um. »Doktor Freud, du kannst jetzt rauskommen. Die Bestie ist weg.«

»Ich habe sie dir zu Ehren erschlagen«, log Evan.

»Er ist schneller gelaufen, als ich ihn je habe laufen sehen«, korrigierte Sophia.

»Du meinst, wie ein Leichtathletikprofi«, stellte Evan klar.

Die Sterbliche spähte um den Felsen herum, ihr Gesicht war bleich und ihre Augen vor Schreck weit aufgerissen. »I-I-Ist es wirklich weg?«

»Ja, Liebling«, bestätigte Evan nachdenklich, seine Stimme war gefühlvoll. Er drehte sich um und riss Sophia den Schlüssel aus der Hand. »Ich habe den Schlüssel für diese Tür erarbeitet, während Prinzessin Pink geschlafen hat.«

Sie tat so, als würde sie gähnen. »Du weißt, wie ich mich verhalte, wenn Gefahr droht.«

»Sie legt sich hin«, bemerkte Evan, nickte dann und zeigte auf Sophias Hintern. »Du bist so schlammig wie ein Schwein, das sich im Dreck gewälzt hat.«

Sophia nickte und spürte, wie ihr die Kälte den Rücken hochkroch. Sie nahm den Schlüssel von Evan zurück und ging zu der Steinsäule hinüber. Das kleine Metallinstrument passte perfekt in das Schloss der Tür und ließ sich problemlos drehen. Sie griff nach der Türklinke, drückte sie herunter und lehnte sich gegen die Tür.

Es passierte nichts.

Dann zog sie daran.

Wieder rührte sich die in den Stein eingelassene Tür nicht.

Sophia lehnte sich zurück, betrachtete sie und fragte sich, was sie übersah.

»Hast du mich umsonst mit einem Hochlandrind herumlaufen lassen?« Evan schlich sich neben sie.

»Ich glaube, du, Mister Feigling, hast das aus reinem Selbsterhaltungstrieb getan.« Sophia kaute auf ihrer Lippe und dachte nach. Sie wollte gerade wieder zur Tür gehen, als etwas passierte.

Licht drang von der anderen Seite durch den Türspalt und beleuchtete den Rahmen.

Kapitel 36

Bleib zurück, meine Liebe.« Evan streckte eine schützende Hand aus, um Tiffannee zu ermutigen, von der glühenden Tür zurückzutreten. Mit der anderen Hand schob er Sophia vorwärts. »Prinzessin Pink, die uns in diesen Schlamassel hineingeritten hat, übernimmt das jetzt.«

Sophia verdrehte die Augen und schüttelte den Kopf. »Ich bin mir sicher, dass es keinen Grund zur Sorge gibt. Ich wette, ich kann die Tür jetzt öffnen.«

Bevor sie eine Chance hatte, wurde der Türgriff nach unten gedrückt und das steinerne Bauwerk öffnete sich nach außen, sodass das helle Licht auf den Hügel fiel, auf dem sie standen.

Alle drei schützten ihre Gesichter vor dem gleißenden Licht, das plötzlich von einem hohen, durchdringenden Ton begleitet wurde. Es war so laut, dass es Sophia in den Ohren wehtat, aber zum Glück verschwand es, als die Tür wieder zuschlug und das helle Licht mit sich nahm.

Sophia nahm ihre Hände von den Augen und sah, dass ein Mann durch die Tür getreten war. Er trug einen blaugrünen Kilt, ein weißes Schnürhemd, Kniestrümpfe und Wanderschuhe.

Ganz bescheiden neigte der Mann, der weder alt noch jung war und große Würde in sich trug, den Kopf und legte seine Hand auf die Brust. »Blathers zu euren Diensten. Ich werde euer Fremdenführer sein und euch auf euren Reisen begleiten. Was sucht ihr?«

Kapitel 37

»Wahnsinn, ich hatte auf einen Schluck Whiskey gehofft«, mischte sich Evan ein, bevor Sophia etwas sagen konnte. »Weißt du, wo wir in dieser Gegend welchen finden können? Ich habe gehört, dass die, die wissen, wo sie suchen müssen, überall in den Highlands eine Flasche finden können.«

Blathers öffnete den Mund, um zu antworten, aber Sophia unterbrach ihn, als sie um Evan herumtrat. »Was wir wirklich brauchen, ist eine ganz besondere Distel. Nur ein verheiratetes Paar kann sie pflücken und sie hat besondere magische Eigenschaften.«

»Danach brauchen wir einen Whiskey«, fügte Evan hinzu und drückte sich an Sophia, als ob er sie einschüchtern wollte.

Sie rollte mit den Augen. »Du bekommst deinen Whiskey, sobald du die Distel gepflückt hast.«

Evan zeigte mit seinem Daumen auf sie, während er Blathers anschaute. »Die Distel wäre mein Tod, habe ich recht?«

Der einheimische Fremdenführer – ein Gillie – schenkte ihm ein herzliches Lächeln. »Ich kann dir helfen, die Glenlivet-Distel zu finden«, begann Blathers mit dem gleichen schottischen Akzent, den auch Hiker klar und deutlich erklingen ließ. »Es gibt nur eine auf dem Hügel, wo sie gefunden werden kann und du hast nur eine Chance, sie zu pflücken. Seid ihr das Ehepaar?« Er deutete auf Sophia und Evan.

Sie lachten beide als Antwort.

»Nein«, antwortete Evan. »Ich lasse mir von meiner Frau keine Frechheiten gefallen.«

»Seine Frau will auch nicht mit ihm zusammen sein«, stichelte Sophia und deutete auf Tiffannee, die mit großen Augen hinter ihnen stand. »Das ist Evans Frau, die ihn nur aus Pflichtgefühl geheiratet hat und es kaum erwarten kann, ihn loszuwerden.«

Blathers nickte liebevoll. »Ja, das klingt wie bei mir zu Hause.«

Tiffannee schaute sich nach dem Felsen um, als hätte sie erwartet, dass er jetzt größer war. »Du bist aus dem Felsen herausgekommen …«

»Woher ich komme, ist egal«, unterbrach Blathers sie und verbeugte sich leicht. »Die Aufgabe eines Gillies ist es, den Weg zu weisen und zu helfen. Wenn das erledigt ist, werde ich mich wieder zurückziehen.«

»Danke.« Sophia lächelte. »Ist es weit zur Glenlivet-Distel?«

Blathers blickte den sanften Hügel hinauf, die Hände hinter dem Rücken verschränkt, die Brust vorgestreckt. »Sie ist weit und nah zugleich. Sie ist leicht zu erreichen, aber es ist auch ein anstrengender Weg. Ob wir sie schnell finden, hängt von den Mitgliedern unserer Gruppe ab, denn auf jeder Reise kommt es mehr darauf an, mit wem du zusammen bist, als darauf, wohin du unterwegs bist.«

»Oje«, seufzte Evan. »Disteln suchen macht Spaß.«

»Wie viele Distelwitze willst du denn noch erzählen?«, fragte Sophia ihn trocken.

»Ich werde sie alle erzählen«, erwiderte Evan. »Alle Witze.«

Tiffannee stürmte nach vorne und schien es plötzlich sehr eilig zu haben. »Kannst du uns so *schnell wie möglich* zu dieser Distel bringen? Ich muss eine Ehe annullieren lassen.«

Kapitel 38

»Weißt du, mit dir verheiratet zu sein, ist auch kein Zuckerschlecken«, murrte Evan und sein üblicher Schalk verflog, weil er sich mit Tiffannees Einstellung auseinandersetzen musste. *Man kann nur begrenzt Negativität ertragen*, überlegte Sophia. »Du begrüßt mich nie mit einem Lächeln und einer Schleife im Haar, wenn ich von einem stressigen Arbeitstag nach Hause komme.«

»Wir leben nicht zusammen«, antwortete Tiffannee knapp.

»Da ist das Problem *numero uno*«, schoss Evan zurück. »Eine gute Ehefrau würde mit ihrem Mann zusammenleben, ein Glas Whiskey in der Hand haben, wenn er von der Rettung der Welt zurückkommt und ihm anbieten, ihm nach einem anstrengenden Tag die Stiefel auszuziehen und ihn zu entspannen.«

Die Sterbliche warf Sophia einen genervten Blick zu. »Wie lange kann er diese Scharade noch aufrechterhalten?«

»Nach meiner Erfahrung«, begann sie lachend, »auf unbestimmte Zeit.«

Blathers blieb plötzlich stehen und schaute sich mit einem kritischen Blick um.

»Sind wir in der Nähe?«, fragte Sophia.

Er schüttelte den Kopf. »Das ist schwer zu sagen. Aber wir nähern uns einigen Tieren, die uns Probleme machen und vor die eine oder andere Herausforderung stellen könnten.«

»Doch keine Hochlandrinder, oder?« Sophia suchte die Gegend nach Angus ab.

»Das glaube ich nicht.« Blathers warf ihr einen nachdenklichen Blick zu. »Du hatteſt recht damit, das Rind nicht zu verletzen. Das Ziel iſt immer, den Schlüssel zu bekommen, um mich zu befreien.«

»Ich hab's dir ja gesagt«, prahlte Sophia mit einem schnellen Blick auf Evan.

»Entschuldige, dass ich eher zu Gewalt greife, wenn ein gehörntes Bieſt hinter mir her iſt«, entgegnete Evan.

»Iſt es etwas Gefährliches? Was könnte es sein?«, fragte Tiffannee den Gillie. Die Angſt ließ ihre Stimme hörbar zittern.

Blathers holte tief Luft. »Das kann ich wirklich noch nicht sagen. Wir müssen weiterlaufen und wachsam bleiben.«

Evan rieb seine Hände eifrig aneinander. »Ein wilder Haggis iſt in unserer Mitte, nicht wahr?«

Sophia konnte sich das Lachen kaum verkneifen, vor allem als Tiffannees Augen sich weiteten.

»Ein was?«, fragte die Sterbliche. »Sind sie gefährlich? Wie sehen sie aus?«

Evans Gesicht verfinſterte sich. »Die schwer fassbaren Haggis wurden selten von Personen gesehen. Sie haben Zähne, bewegen sich schnell und machen ein furchtbares Getöse, wenn sie ihre Beute angreifen.«

Doktor Freud huschte näher an Blathers heran und zitterte vor Angſt. »Vielleicht sollten wir umkehren.«

Blathers schien über den Streich nicht amüsiert, aber er wollte es Evan nicht verderben. Er schüttelte einfach den Kopf. »Wir gehen weiter. Was auch immer da draußen iſt, hat unsere Fährte bereits aufgenommen und wäre so oder so hinter uns her.«

Tiffannee schüttelte sich vor Angst, als sie den Abhang eines Hügels hinuntergingen und auf dem offenen Gelände keine Tiere zu sehen waren. In der Ferne befand sich ein Teich, der recht ruhig wirkte, aber Sophia wusste aus Erfahrung, dass das nichts zu bedeuten hatte. Das konnte sich sehr schnell ändern, wenn ein riesiges Seeungeheuer aus dem Teich auftauchte und versuchte, sie anzugreifen.

Selbst in Schottland, das angeblich frei von tödlichen Kreaturen wie Großkatzen, Wölfen und Schlangen war, gab es immer irgendein magisches, gefährliches Tier, das Sophia verfolgte. Wie zum Beispiel das Hochlandrind, die normalerweise dafür bekannt waren, passiv und friedlich zu sein. Natürlich war es Sophia, die das eine gestörte Rind fand, das sie und Evan niedermähen wollte.

Mehr potenzielle Namen für die Dating-App. Lunis meldete sich wieder in Sophias Kopf.

Sie lachte fast über die überraschende Unterbrechung. *Ich versuche, wachsam zu sein, weil uns eine gefährliche Kreatur verfolgt.*

Ich werde dir helfen, die Augen offen zu halten, schlug Lunis vor. *In der Zwischenzeit kann ich dir die Vorschläge für den Namen nennen. Er muss aussagekräftig sein.*

So ähnlich geht es mir gerade mit deinem Gesicht, neckte Sophia. *Das macht mir Lust auf einen Schlag.*

Ha ha, lachte Lunis tonlos. *Okay, wie wäre es mit diesen Namen? Fliegende Dates? Geflügelte Liebe? Horn-Heiligenschein? Oder Drachen-Style?*

Nö, nö, nö und doppelt nö, antwortete Sophia.

Als sie sich dem Teich näherten, erblickte Sophia einen Schwarm Schwäne am Rande des stillen Wassers, die im niedrigen Gras nach Samen und Käfern pickten. Bei ihrem Anblick verkrampfte sie sich.

»Oh, sind die nicht schön«, sang Tiffannee und zeigte auf sie.

Die Sterbliche war überrascht, als der Gillie anhielt und schützend einen Arm ausstreckte, um sie zurückzuhalten. »Geht vorsichtig weiter. Wir müssen an den Schwänen vorbei.«

Tiffannee lachte, was die Aufmerksamkeit aller Schwäne auf sich zog, die sie noch nicht bemerkt hatten. Alle auf einmal reckten ihre Hälse in die Luft wie Synchronschwimmer und ihre glänzenden Augen richteten sich auf die Gruppe. »Das sind Schwäne. Das können nicht die gefährlichen Tiere sein, die du gespürt hast.«

Blathers warf ihr einen Seitenblick zu, der seine Unsicherheit zeigte. »Es ist wichtig, dass man in den Highlands nie etwas unterschätzt, vor allem nicht auf einer Reise wie dieser. Die Jagd nach der Glenlivet-Distel bringt Gefahren zum Vorschein, die wir normalerweise ignorieren würden. So schützt sich die Distel selbst und wird nur von denen gepflückt, die ihrer Macht würdig sind.«

»Müssen wir an denen vorbei?« Sophia zeigte auf die andere Seite des Teiches. »Könnten wir nicht da lang gehen?«

»Ich fürchte nicht«, antwortete Blathers. »Mein Instinkt sagt mir, dass deine Distel genau auf dem Hügel auf der anderen Seite östlich vom Teich wächst.«

Sophia nickte. »Das scheint richtig zu sein.«

»Oh, hör auf mit deiner ›Das Universum versucht immer, mich zu Fall zu bringen‹-Einstellung.« Evan stürmte an ihr vorbei. »Das Universum versucht, uns auf Trab zu halten, was bedeutet, dass es keine Pausen gibt, Prinzessin Pink. Wir machen alles auf die harte Tour, weil wir die Drachenelite sind.«

»Vielleicht«, entgegnete Sophia und beeilte sich, mit ihm Schritt zu halten, während Blathers ebenfalls loslief. Tiffannee folgte ihm zögernd.

»Macht einen großen Bogen um den Schwarm«, warnte Blathers, als sie sich näherten, aber als er das aussprach, bewegten sich die Schwäne schnell in ihre Richtung, als hätten sie alle Fischfilets in ihren Taschen.

»Sie sind so hübsch«, bemerkte Tiffannee.

»Ihre Hälse sind stark genug, um einem Mann ganz leicht die Knochen zu brechen«, teilte Blathers mit.

»Ja, nur weil etwas schön ist, heißt das nicht, dass es nicht gefährlich ist. Schau mich an.« Evans Andeutung war deutlich in seiner Stimme zu hören.

Die Sterbliche verdrehte einfach ihre Augen.

Okay, ich habe ein paar neue Namensvorschläge, stieß Lunis in Sophias Kopf hervor, als die Schwäne in ihre Richtung flogen.

Ich bin beschäftigt, antwortete Sophia.

Du bist immer beschäftigt, merkte Lunis an. *Oh und die Tiere, auf die du achten musst, sind eine Schar Schwäne.*

Danke, erwiderte sie sanft. *Du bist eine große Hilfe.*

Das bin ich, bestätigte Lunis. *Jetzt bist du an der Reihe, den Gefallen zu erwidern. Was hältst du von diesen Namen? Flammende Herzen, Liebeswaage, Großes Herz oder Saurierliebe?*

Die Vögel breiteten ihre Flügel aus und schlugen mit ihnen, als sie in ihre Richtung eilten.

Die Glocken der Hölle, bemerkte Sophia als Antwort auf den bevorstehenden Angriff.

Das ist ein guter Titel für eine Dating-App für Dämonen, aber diese hier ist für die Engelsdrachen gedacht, antwortete Lunis.

Sie schüttelte den Kopf, amüsiert über ihren Drachen, obwohl sein Timing schrecklich war.

»Zieht eure Waffen«, forderte Blathers mit einem scharfen Ton in seiner Stimme.

»Ich dachte, die Kreaturen zu verletzen …«

»Manchmal heißt es töten oder getötet werden«, unterbrach der Gillie. »Außerdem glaube ich nicht, dass sie echt sind.« Er zog eine Pistole aus einem Holster an seiner Hüfte, das Sophia vorher nicht bemerkt hatte.

Er zielte auf den nächstgelegenen Schwan und schoss mit einem geschlossenen Auge. Die Kugel traf den Vogel in die Brust und eine Rauchwolke verdeckte die Sicht. Der Schwan war verschwunden.

»Oh, cool.« Evan zog seine Axt aus dem Halfter. »Das alte Spiel mit dem verschwindenden Schwan. Das wird ein Spaß.«

»Sei vorsichtig«, warnte Blathers. »Wenn sie dich zwicken, dann fürchte ich, dass es tödlich sein könnte.«

Tiffannee wich bei dieser Warnung einige Schritte zurück, aber Sophia machte kehrt, um der Sterblichen den Weg abzuschneiden, denn die Schwäne hatten sich verteilt und einige näherten sich von der anderen Seite. Sie wurden umzingelt – und zwar schnell.

Kapitel 39

Sophia sah kurz, wie Blathers seine Ein-Schuss-Pistole nachlud, während Evan sich an die Arbeit machte und seine Axt schwang. Rauchwolken schossen in die Luft und mit einem lauten *Knall* verschwanden die Schwäne nach den Angriffen. Evan könnte jedoch bald überwältigt werden, wenn sie nicht alle zusammenarbeiten würden. Es waren zu viele Schwäne und ihre Flügel machten es schwer, nah heranzukommen und anzugreifen.

Während sie rannte, riss Sophia Inexorabilis aus der Scheide und trat Tiffannee in den Weg. Die Sterbliche drehte sich und stellte fest, dass die Schwäne sie umzingelt und festgenagelt hatten.

Sophia schwang ihr Schwert, als sich einer der Schwäne auf die Ärztin stürzte und spürte, wie die Klinge den Hals sauber durchtrennte, als würde sie eine Melone und kein Tier durchschneiden.

Eine Rauchwolke schoss in die Luft und verbreitete sich in der Gegend, sodass alles schwer zu erkennen war.

»Stell dich hinter mich!«, befahl sie Tiffannee, während sie zur Seite wich und den Platz direkt vor der Sterblichen einnahm.

Während sie Inexorabilis einsetzte, schlug Sophia die Köpfe der drei nächsten Schwäne ab, die sich zu einem Angriff zusammenschlossen. Sie stellte fest, dass sie nicht wirklich etwas abgeschlagen hatte, obwohl es so aussah. Das fehlende Blut der getöteten Tiere beruhigte sie ungemein.

Diese guten Gefühle hielten jedoch nicht lange an, denn Tiffannee schrie hinter ihr und packte Sophia an den Schultern, als wollte sie ihr auf den Rücken springen, um sich in Sicherheit zu bringen.

Sophia wirbelte herum, als sich einer der größten Schwäne auf sie stürzte, dessen Hals genauso lang war wie seine ausgebreiteten Flügel. Sein Schnabel war geöffnet und Sophia hatte nur den Bruchteil einer Sekunde Zeit zu reagieren. Sie war zu nah dran, um ihr Schwert zu benutzen, also holte sie mit ihrem Bein zu einem Roundhouse-Kick aus, der damit endete, dass ihr Stiefel gegen den Hals des Vogels prallte.

Der Vogel explodierte und verschwand sofort, als hätte sie ihre Waffe eingesetzt.

Zum Glück war Tiffannee nicht völlig hilflos. Sie hatte ein paar Steine aufgesammelt und warf sie auf die Vögel. Die meisten ihrer Versuche gingen daneben, aber ein paar trafen die aggressiven Schwäne und ließen sie verschwinden.

Die Gegend war in Rauch gehüllt, sodass es schwer zu sagen war, wie viele Schwäne noch übrig waren. Sophia achtete darauf, einen sicheren Abstand zu der Sterblichen zu halten, während sie Inexorabilis in einem vollständigen Kreis durch die Luft schwang. Sie traf zwei Objekte und schlitzte sie sauber auf, obwohl sie wegen des Rauchs nichts sehen konnte.

So schnell, wie es angefangen hatte, herrschte plötzlich völlige Stille, als die vier sich umsahen, nur ihre Köpfe waren durch den Qualm um sie herum sichtbar. Er bewegte sich langsam über den Teich und löste sich auf, um zu zeigen, dass es zum Glück keine angreifenden Schwäne mehr gab.

Gemeinsam hatten sie sie alle besiegt.

Kapitel 40

»Das hat Spaß gemacht.« Evan jubelte und wedelte mit seiner Hand durch die Luft, um den Dunst zu vertreiben.

Tiffannee schnitt eine Grimasse. »Das war überhaupt nicht lustig. Das war die gruseligste Erfahrung meines Lebens.«

Er gluckste. »Das ist der Grund, warum das mit unserer Ehe nicht klappen wird. Für mich war das eine richtige Party. Was deine Angst angeht: Stell dir mal vor, von einer verrückten Kuh mit spitzen Hörnern gejagt zu werden. Aber das ist noch nicht das Unheimlichste, was mir heute passiert ist. Prinzessin Pink kam heute Morgen ungeschminkt zum Frühstück.«

Sophia schüttelte genervt den Kopf wegen Evan, der mehr und mehr zu dem kleinen Bruder wurde, den sie nie hatte oder wollte. »Sie sind weg. Geht es allen gut? Wurde jemand gebissen?« Sie steckte ihr Schwert in die Scheide.

Tiffannee überprüfte ihre Gliedmaßen, aber die anderen nickten nur.

»Das wüsstest du, wenn du gezwickt worden wärst«, erwiderte Blathers, drehte sich um und schlug den Weg ein, den sie gehen sollten. Er stapfte geradewegs einen steilen Hügel hinauf. Die Vermutung lag nahe, dass sie möglicherweise ihre Hände benutzen mussten, um die steilste Stelle zu überwinden.

»Sollen wir hier weitergehen?« Sophia lief neben dem Gillie her.

»Ja und wir sollten uns beeilen«, meinte Blathers. »Ich habe das Gefühl, dass wir, wenn die Tiere weg sind, nur noch wenig Zeit haben, um die Glenlivet-Distel zu pflücken. So läuft das normalerweise, wenn wir das letzte Hindernis überwunden haben.«

»Okay, dann los.« Sophia machte sich schnell auf den Weg, aber ihr war klar, dass weder sie noch Evan oder Blathers sie ausbremsen würden. Deshalb deutete sie diskret hinter sich und belegte Doktor Freud mit einem Geschwindigkeitszauber.

Sie war dankbar zu sehen, dass der Zauber seine Wirkung sofort entfaltete, denn Tiffannee überholte die Gruppe sofort, übernahm die Führung und sprintete fast den Hügel hinauf.

»Wow, da hat jemand heute Morgen sein Müsli gegessen«, bemerkte Evan und warf Sophia einen beeindruckten Blick zu, als sie Seite an Seite hochkletterten und den Schluss bildeten.

Sie hob ihren Finger und zwinkerte ihm zu.

Er verstand sofort, was sie getan hatte und nickte anerkennend. »Kannst du sie auch mit einem Knebelzauber belegen?«

»Was war das?«, fragte Tiffannee über ihre Schulter, als sie einen Moment innehielt.

»Nichts, Liebes«, flötete Evan. »Ich habe Prinzessin Pink gesagt, dass sie hinterherhinkt.«

Sophia schüttelte den Kopf, lächelte aber.

Ich habe meine Biografie ausgearbeitet, teilte Lunis in Sophias Kopf mit, während sie mit ihren Begleitern den Hügel hinaufwanderte. Bei dem anstrengenden Marsch schwiegen alle. Es tat gut, Lunis zur Unterhaltung zu haben.

Oh, das kann ja heiter werden, lachte sie leise.

Das ist es auch, stimmte er zu. *Aber es war unglaublich schwer, nicht zu prahlen.*
Ich bin sicher, dass es für dich unerträglich war.
Ich habe mir überlegt, hauptsächlich über meine Fehler zu sprechen. Du weißt schon, um das auszugleichen.
Die da sind?, wagte Sophia zu fragen.
Ich sorge mich zu sehr. Ich bin ein Perfektionist. Ich bin extrem pünktlich, übermäßig erpicht darauf, es allen recht zu machen und spende fast alles, was ich habe, sodass mir kaum etwas bleibt.
Deine Bescheidenheit kennt absolut keine Grenzen, fügte Sophia hinzu, während sie sich nach vorne beugte und ihre Hände benutzte, um das Gleichgewicht zu halten, weil der Hügel steil nach oben führte.
Riiiiiiichtig. Lunis zog das Wort in die Länge. *Ich bin so bescheiden.*
Okay, lass mich diese zweifellos ungenaue und total beleidigende Biografie für deine Drachen-Dating-App hören. Sophia war froh über die Unterhaltung in ihrem Kopf, die sie von der Tatsache ablenkte, dass ihre Waden brannten und die Luft dünner wurde
Meine Damen, eure Suche ist beendet, begann Lunis in einem herrschaftlichen Tonfall, der so klang, als würde er eine Rede halten. *Der perfekte Fang ist genau hier, aber du musst dich anstrengen, um mich zu beeindrucken. Ich habe himmelhohe Erwartungen, die du sicher nie erfüllen kannst, aber weil ich so verständnisvoll bin, werde ich über deine vielen Fehler hinwegsehen.*
Das ist sogar noch besser, als ich es mir hätte vorstellen können. Sophia schüttelte den Kopf darüber, wie lächerlich ihr Drache doch war.
Unterbrich mich nicht, schimpfte Lunis. *Ich komme jetzt zum besten Teil.*

Oje. Das war nicht der beste Teil?

Über mich, fuhr Lunis fort. *Ich bin ein großer Trinkgeldgeber, ein Draufgänger, ein Dichter und lasse John Snow wie ein Baby aussehen. Ich habe stahlharte Bauchmuskeln, liebe Konzerte, werde dich aber wahrscheinlich auf keines mitnehmen, weil das ein hervorragender Ort ist, um Mädels aufzureißen. Ich habe das Internet, Klebeband und Fruit Loops erfunden. Stell mich deiner Familie vor. Sie werden mich zweifellos lieben. Ich bin mir sicher, dass sie mich dir vorziehen werden. Wenn du bereit bist, dein Leben zu verbessern, melde dich bei mir. P. S. Ich reise mit Gepäck. Es heißt Sophia, aber wir werden uns lustige neue Spitznamen für sie einfallen lassen.*

Sophia konnte nicht anders, als laut zu lachen, nachdem Lunis geendet hatte.

Evan schaute sie an. »Erzählen die Stimmen in deinem Kopf wieder Witze?«

»Du weißt es«, antwortete sie.

»Vielleicht solltest du einen Termin bei mir vereinbaren«, mischte sich Tiffannee über ihre Schulter ein. »Ich bin auf Schizophrenie spezialisiert.«

Sophia winkte ab. »Meine einzige Geisteskrankheit ist die Gesellschaft, die ich habe.«

Hat es dir gefallen?, fragte Lunis in Gedanken.

Gefallen ist nicht wirklich das richtige Wort dafür, antwortete Sophia.

Glaubst du, dass ich mit so einem schicken Dating-Profil eine heiße Braut abbekomme?

Du wirst schon sehen, antwortete Sophia, als sie sich dem Gipfel des Hügels näherten. Sie waren so hoch, dass sie die Wolken fast berühren konnten.

Großartig. Ich werde mit einem Entwickler zusammenarbeiten, um diese Dating-App auf den Weg zu bringen, erklärte Lunis. *Wir sehen uns später. Viel Glück beim Blumenpflücken. Vielleicht kannst du als Nächstes ein paar Körbe flechten und danach ein paar Aquarellbilder für mich malen.*

Ich kümmere mich gleich darum, erwiderte Sophia, als Tiffannee und Blathers vor ihr stehenblieben. Sie waren oben angelangt.

»Oh mein Gott!«, rief die Sterbliche aus. »Das ist ein kompletter Albtraum.«

Sophia schaute sich um, um zu sehen, worauf sie sich bezog. Sie blinzelte angesichts der violetten Farbe, die den Hügel überdeckte und alles Grün verdrängte.

Über den gesamten Gipfel des Hügels erstreckten sich Reihen über Reihen von violetten Disteln – Abertausende.

Kapitel 41

»Wir haben ein Zeitlimit, sagst du?«, fragte Evan Blathers und schaute dann auf sein Handgelenk, als ob er eine Uhr trüge. Das tat er aber nicht.

»Ja und das macht die Sache sehr kompliziert.« Der Gillie strich sich mit den Fingern über sein Kinn, während er nachdachte.

»Oh, wow«, staunte Sophia. »Hättest du ahnen können, dass es so viele Disteln geben sollte?«

»Die Ereignisse rund um die Herausforderung sind immer anders«, erklärte er. »Also, nein, das hätte ich nicht. Ich vermute, dass es nur eine Glenlivet-Distel auf diesem Hügel gibt. Sie sind zu mächtig, als dass es mehr als eine geben könnte.«

Evan warf einen Seitenblick auf Tiffannee. »Okay, lass uns mit dem Pflücken anfangen.«

Sophia trat vor und hinderte Evan daran, sich zu bewegen. »Dafür haben wir keine Zeit.«

»Ganz zu schweigen davon, dass ich glaube, dass das deine Chancen ruinieren würde, dass du die richtige findest«, fügte Blathers hinzu.

»Wie sollen wir denn die richtige finden?« Tiffannee klang irritiert, während sie wegen des kalten Windes, der über den Hügel fegte, fröstelte.

»Der Grund, warum ein verheiratetes Paar die Glenlivet-Distel wählen muss«, begann Blathers, »ist, weil sie für die Liebe steht und für die Kraft, die sie besitzt, um die schlimmsten Situationen zu überstehen und zu lindern.«

Sophia dachte einen Moment lang nach, als ihr etwas klar wurde. »Auf unserer Wanderung wurde sie von Kreaturen beschützt, die wir normalerweise als friedlich und als Vertreter der Liebe ansehen.«

»Das ist richtig«, bestätigte Blathers.

»Hochlandrinder gelten als friedlich«, fuhr sie fort. »Schwäne bleiben ein Leben lang zusammen und sind ein allgemeines Symbol für die Liebe.«

»Für mich sind sie jetzt ein Symbol für Wahnsinn«, scherzte Evan. »Ich weiß, was es heute Abend zum Essen gibt.«

»Einen Schwan kann man nicht essen«, bemerkte Sophia.

»Ich kann tun, was ich will«, entgegnete Evan. »Du bist nicht meine Alte. Meine jetzige wird bald entsorgt, also bin ich ein freier Mann und kann tun, was ich will.«

»Mit dieser Einstellung wird Doktor Freud deine erste und einzige Frau bleiben«, schoss Sophia zurück, bevor sie sich wieder Blathers zuwandte. »Was schlägst du also vor? Um die Glenlivet-Distel zu finden, muss es Liebe geben?«

»Aber wir lieben uns nicht wirklich.« Evan drehte sich zwischen ihr und der Psychiaterin um. »Unsere Ehe war nur ein Trick, um den Assistenten von Vater Zeit zu heilen.«

»Das spielt keine Rolle«, meinte Blathers. »Die Ehe ist immer noch eine heilige Institution, die euch zwei verbindet.«

Evan schürzte seine Lippen und warf Sophia einen vernichtenden Blick zu. »Siehst du? Du bringst mich dazu, eine heilige Institution zu schänden.«

Sie lachte ihn an. »Ja, weil du das nicht von allein machen würdest.«

»Wahrscheinlich schon, aber dann hätte ich wenigstens eine skandalöse Hochzeit in Las Vegas gehabt und nicht nur einen Quickie mit einem Winzling«, maulte Evan.

»Ich habe dich geheiratet.« Tiffannee sah ihn mit zusammengekniffenen Augen an.

»Genau!«

»Wie auch immer«, versuchte Sophia, das Gespräch wieder in die richtigen Bahnen zu lenken. Ihnen lief die Zeit davon. »Blathers, wie können wir die Glenlivet-Distel mit diesen beiden finden?« Sophia deutete auf Evan und Tiffannee.

»Ich glaube«, sinnierte er, seine Worte kamen sehr zögerlich. »Wenn sie sich wirklich auf die Gefühle der Liebe konzentrieren, vielleicht nicht füreinander, aber auf die allgemeinen Gefühle, die damit verbunden sind, dann würden sie von der richtigen Distel angezogen. Aber ich weise euch ausdrücklich darauf hin, dass ihr euch beide darauf konzentrieren müsst. Wenn einer von euch nicht in der richtigen Verfassung ist, dann wird es nicht funktionieren.«

»Wird es sie in die richtige Richtung ziehen?«, fragte Sophia. »Wie die Hände auf einem Ouija-Brett?«

»Ja«, bekräftigte er. »Ich denke, es sollte funktionieren, wenn ihr euch beide konzentriert und alles ausblendet, was sich nicht nach Liebe anfühlt.«

»Okay, das kann ich machen«, bestätigte Evan selbstbewusst. »Ich bin ein Liebes-Experte. Meine Frau, nun ja, sie ist eine verrückte Ärztin.«

Tiffannee verengte ihre Augen.

»Wie wäre es, wenn wir uns darauf konzentrieren, nett zueinander zu sein, um gute, liebevolle Gefühle zu erzeugen?«, schlug Sophia vor.

»Ja, das ist eine gute Idee«, nickte Blathers. »Eine weitere Kleinigkeit ist vonnöten, damit es funktioniert.«

Alle Augen waren gespannt auf den Gillie gerichtet.

»Welche?«, fragte Evan mit einem scharfen Ton in der Stimme.

Blathers Gesicht blieb sehr ernst. »Ihr beide müsst Händchen halten.«

Kapitel 42

Evan hielt Tiffannee seine Hand hin. »Na gut, Puppe. Gib mir deine Hand und lass uns einen Spaziergang durch den Liebesgarten machen.«

Die Sterbliche beäugte seine Hand, als wäre sie giftig. Ehrlich gesagt, Sophia würde eine Menge Geld darauf wetten, dass Evan sich seit Jahren, vielleicht Jahrzehnten, die Hände nicht mehr gewaschen hatte.

Tiffannee gab schließlich nach und legte ihre zierliche Hand in die von Evan, zog sie aber sofort wieder weg. »Oh, wie eklig. Die ist verschwitzt.«

Evan schüttelte den Kopf. »Ja, erinnerst du dich an die Hand, die eine Axt schwang, um die verrückten Schwäne abzuschlachten? Ich bin dabei ganz schön ins Schwitzen gekommen. Das wird dich aber nicht umbringen.« Er deutete auf Sophia. »Nach ihrem Gesichtsausdruck zu urteilen, könnte sie das aber, wenn wir uns nicht mit diesem Liebeskram beeilen.«

Sophia bemerkte, dass sie ihren irritierten Gesichtsausdruck nicht verbergen konnte. »Es ist wahr. Ich könnte euch beide umbringen, wenn wir so weit gekommen sind und unsere Chance doch verpassen. Haltet euch an den Händen. Tut so, als würdet ihr euch lieben und seid von Liebe erfüllt. Dann pflückt mir eine magische Distel. Ich habe ein Feen-College zu retten.«

Evan warf Tiffannee einen mitfühlenden Blick zu. »Sie ist keine besonders gute Anführerin, oder? Sie motiviert ihre Leute nicht unbedingt ausreichend.«

»Evan!«, schrie Sophia und hielt sich zurück, ihn zu treten, wie sie es mit einem Schwan getan hatte.

Er packte Tiffannee an der Hand und zerrte sie in die entgegengesetzte Richtung. »Wir gehen schon! Wir sind unterwegs! Beruhige dich doch.«

Sophia verschränkte die Arme vor der Brust und sah zu, wie die beiden davongingen. Evan summte eine Melodie, die sich sehr nach *Lovesong* von The Cure anhörte.

»Ich kann mich nicht konzentrieren, wenn du singst«, beschwerte sich Tiffannee.

»Das Singen von Liebesliedern hilft mir, mich auf die Gefühle der Liebe zu konzentrieren«, erklärte Evan.

Sophia seufzte. »Das läuft doch gut.«

Blathers stand neben ihr wie ein Baum, ruhig und präsent, ohne ein Urteil zu fällen, während er die beiden in der Ferne streiten sah.

»*It's a little bit funny, this feeling inside*«, sang Evan aus *Your Song* von Elton John.

»Ich mag das Lied«, bestätigte Tiffannee plötzlich und versuchte nicht mehr, ihre Hand aus Evans wegzuziehen.

»*I'm not one of those who can easily hide*«, fuhr Evan fort.

Sophia war überrascht, dass er eine angenehme Gesangsstimme hatte und dem Lied seine persönliche Note verpasste. Seit er sein Handy hatte, gehörte Evan zu den Drachenreitern, denen die moderne Kultur am leichtesten fiel, wahrscheinlich weil er der Jüngste von ihnen war. Sophia hatte ihm einen Spotify-Account eingerichtet und er durchstöberte oft die Charts nach neuer Musik.

»Wie wäre es mit dem hier?« Evan tanzte ein wenig und bewegte seine Schultern hin und her. »*I-I-I love you like a love song, Baby. And I keep hitting re-re-repeat.*«

Zu Sophias großer Verwunderung sang Tiffannee mit und schwang dabei ihre Hüften hin und her.

Die Gesangsstimme der Sterblichen war auch nicht übel. »*No one compares. You stand alone, to every record I own Music to my heart; that's what you are. A song that goes on and on.*«

Evan hielt Tiffannee immer noch an der Hand und wirbelte sie herum, bevor er sie weiter über das Feld führte. Sophia machte sich Sorgen, dass sie sich nicht leiten ließen, aber als sie Blathers anschaute, schenkte er ihr einen beruhigenden Blick.

»Es läuft gut«, bestätigte er mit leiser Stimme.

Sie nickte und richtete ihre Aufmerksamkeit wieder auf die beiden, die jetzt auf der anderen Seite des Hügels waren und sich immer noch abwechselnd Liebeslieder vorsangen und tanzten. Sie waren zu einem Lied der Wings übergegangen, das *Silly Love Songs* hieß.

Tiffannee bewegte ihre Schultern und tanzte dicht neben Evan. Er lächelte und beugte sich zu ihr.

»Was passiert hier?«, fragte Sophia laut. Sie begann zu glauben, dass die beiden unter Drogen standen.

»Sie tun, was sie tun müssen«, erklärte Blathers. »Der Hügel und die Kraft der Glenlivet-Distel ermutigen sie dazu. Du hast gute Freunde.«

Sophia lächelte und nickte. »Ja, das habe ich wirklich.«

Als sie zurückschaute, war sie überrascht, dass die beiden knieten und mit ihren freien Händen nach einer einzelnen Distel griffen. Wie zwei Menschen, die einen Tanz einstudiert hatten, schlossen sie ihre Finger um den stacheligen Stängel und zogen ihn aus der Erde.

Er kam sauber heraus. Sophia hielt den Atem an und hoffte, dass sie nicht die falsche Distel erwischt hatten. Sie wusste nicht, wann und wie sie die Bestätigung bekommen hatten.

Doch dann fegte ein Wind über den Hügel und alle anderen lilafarbenen Disteln verschwanden wie die Schwäne, nur ohne den Qualm. Evan und Tiffannee standen da und hielten die einzige Distel in Sichtweite in ihren Händen, mit einem breiten Grinsen auf ihren Gesichtern.

Kapitel 43

Das scheinbar glückliche Paar kam zurück zu Sophia und Blathers und trug die Glenlivet-Distel, die in ihren beiden Händen sehr stabil wirkte. Sie leuchtete in einem schimmernden Goldton, der Sophia bestätigte, dass es die richtige Distel war.

Als Evan und Tiffannee Sophia die Pflanze reichten, zögerte sie, denn sie wollte sie nicht verschwinden lassen, nur weil sie sie berührte. Ihr Blick traf auf Blathers und er nickte ihr beruhigend zu.

»Es ist in Ordnung, sie jetzt zu nehmen«, gab er von sich. »Jetzt, wo sie gepflückt wurde, kann sie jeder anfassen, der will.«

Sophia holte tief Luft und nahm die Distel, wobei sie darauf achtete, die stacheligen Stellen zu vermeiden. Sie leuchtete eine Sekunde lang hell auf, dann verblasste sie und sah aus wie eine normale Distel. Sie riss den Kopf hoch und sah den Gillie an, aber er lächelte nur.

»Es ist in Ordnung«, beruhigte er sie. »Nicht alle Dinge können immer hell schimmern. Die kraftvolle Energie der Distel steckt noch in der Blüte. Das verspreche ich dir.«

Sophia nickte und steckte die Blume in die Tasche ihres Umhangs, um sie sicher aufzubewahren.

»Hier verlasse ich euch.« Blathers blickte zu der Steinsäule, von der er gekommen war. »Es war mir ein Vergnügen, euch zu helfen. Solltet ihr jemals einen Gillie für eure Reisen durch die Highlands brauchen, wisst ihr, wo ihr mich findet.«

»Wenn ich wieder von Angus gejagt werde, bin ich raus«, antwortete Evan.

»Nun, wahrscheinlich schon«, erwiderte Blathers. »Wenn dein Bedarf groß genug ist, könnte es sich für dich lohnen.«

Er schenkte den dreien ein freundliches Lächeln, bevor er sich auf den Weg machte und den Hügel hinuntermarschierte, genau die Strecke, die er gekommen war.

»Der Typ hat es mir irgendwie angetan«, gab Evan zu. »Er ist unaufdringlich und ein bisschen geheimnisvoll.«

»Er kam aus einem Felsbrocken heraus«, stellte Sophia klar. »Er ist nicht nur ein bisschen geheimnisvoll.«

Evan zuckte mit den Schultern. »Ich lebe in einer Burg und reite auf einem Drachen. Meine Schwelle für diese Dinge ist eine andere als deine.«

»Ich lebe dort mit dir«, erwiderte Sophia. »Und reite auch auf einem Drachen.«

»Ein Babydrache und du wohnst im Bedienstetenflügel«, stichelte Evan.

Sophia verdrehte die Augen und lief den Hügel hinunter. »Tiffannee, ich danke dir für deine Hilfe. Ich sorge dafür, dass du sicher nach Hause kommst und dass du für deine Zeit und Mühe entschädigt wirst. Wir können die Ehe sofort annullieren.«

»Ja, das würde ich begrüßen«, antwortete Tiffannee in einem vorsichtigen Tonfall. »Aber eine Entschädigung ist nicht wirklich nötig. Es war mir eine Ehre, bei einer so wichtigen Sache helfen zu dürfen.«

Sophia lächelte und war dankbar, dass die Sterbliche am Ende doch noch vernünftig war. Sie konnte Doktor Freud für ihre Haltung bei den verschiedenen Missionen keinen Vorwurf machen. Das war nicht die Art von Ereignissen, an die die meisten gewöhnt waren – wirklich nicht. Im Großen und Ganzen hatte Tiffannee alles richtig gemacht.

Als sie die Barriere erreichten und einen Ort, an dem Sophia ein Portal für Tiffannee zurück nach Baton Rouge schaffen konnte, drehte sie sich um und sah einen Blick des Bedauerns und des Zögerns auf dem Gesicht der Sterblichen.

»Ist alles in Ordnung?«, erkundigte sich Sophia.

Tiffannee nickte. »Ja, es ist in Ordnung. Es wird sich komisch anfühlen, in mein normales Leben zurückzukehren. Ich bin mir nicht sicher, ob mir jemand glauben würde, wenn ich ihm alles erzähle, was während meiner Abwesenheit passiert ist.«

»Sie werden bestimmt nicht glauben, dass du einen schneidigen, jungen Drachenreiter heiraten konntest«, prahlte Evan.

»Du bist einhundert Jahre alt«, korrigierte Sophia.

»Du bist hundert Jahre alt?«, wiederholte Tiffannee ungläubig.

»Ich weiß«, erwiderte Sophia. »Man sollte erwarten, dass er ein bisschen reifer wäre. Vielleicht in ein paar hundert Jahren.«

»Dir war nicht klar, dass dein Mann so viel älter ist, oder?« Evan strich sich mit der Hand über den Kopf. »Du kannst dich jetzt wieder mit jungen und unerfahrenen Sterblichen treffen, Schatz.«

»Ich denke immer noch, wir sollten die Ehe annullieren lassen«, begann Tiffannee. »Aber ich habe nachgedacht, die Sache auf dem Hügel. Es war schön und …« Ihr Blick wanderte zu Evan, bevor er nervös zu Sophia glitt.

Sophia spürte, dass sie an einem persönlichen Moment teilnahm, drehte sich um und eilte davon. »Oh, ich muss das Portal öffnen. Ich bin gleich da drüben.«

Tiffannee seufzte. »Ich weiß, dass wir sehr unterschiedlich sind, aber du scheinst nicht so … nun, mein erstes Urteil über dich könnte falsch gewesen sein, Evan.«

Sophia machte sich an die Arbeit, das Portal zu öffnen und tat so, als könnte sie nichts hören. Doktor Freud konnte nicht wissen, dass Drachenreiter ein besseres Gehör hatten und sie waren sowieso nicht weit entfernt.

»Ich wusste, dass das passieren würde.« Evan atmete aus. »So sehr ich es auch versucht habe, am Ende hast du dich doch in mich verliebt. Bedauerlicherweise muss ich dich gehen lassen. Wir sind nicht füreinander geschaffen.«

»Das habe ich auch gedacht«, meinte Tiffannee. »Aber es gab eine Verbindung auf dem Hügel. Ich dachte, dass wir vielleicht wenigstens …«

»Schhhh«, unterbrach Evan sie. Aus dem Augenwinkel sah Sophia, wie er der Sterblichen einen einzelnen Finger auf die Lippen drückte. »Das würde nie funktionieren. Ich bin ein Drachenreiter. Du bist ein Seelenklempner. Ich mag Brünette. Außerdem habe ich bereits Gefühle für jemand anderen.«

»Du hast was?«, meldeten sich Sophia und Tiffannee unisono.

Evan warf Sophia einen genervten Blick zu. »Ja, du Lauscherin. Nein, das bist nicht du. Es sieht also so aus, als müsste ich heute zwei Herzen brechen.«

Sophia schüttelte den Kopf. »Irgendwie werde ich einen Weg finden, mein gebrochenes Herz zu flicken und weiterzumachen.«

»Jemand anderes …«, murmelte Tiffannee, als würde sie versuchen, diese neue Information zu verdauen. »Ja, natürlich. Nun, Evan, ich wünsche dir das Beste.«

Evan grinste. »Ich dir auch, obwohl ich weiß, dass dir dein Leben von jetzt an trostlos erscheinen wird. Vielleicht findest du einen guten Therapeuten, der dir hilft.«

Sophia tippte mit dem Fuß und wies auf das Portal. »Obwohl ich zwei sich trennende Liebende nur ungern antreibe, muss ich wirklich darauf bestehen. Das Portal zu lange offen zu halten, ist anstrengend und ich muss die Distel zur Zaubertrankexpertin bringen.«

»Genau.« Tiffannee ging los, ihren Blick sehnsüchtig auf Evan gerichtet. Im letzten Moment drehte sie sich um und als wollte sie sich selbst unter Druck setzen, bevor sie ihre Meinung änderte, eilte sie durch das Portal und verschwand.

Sophia schloss es sofort und schüttelte den Kopf wegen Evan. »Was zum Teufel sollte das denn?«

Er grinste und zwinkerte ihr zu. »Ich bin unwiderstehlich. Du siehst es nicht, weil ich dich nicht in meinen Bann ziehe.«

»Ich glaube, selbst wenn du es tätest, wäre ich immun«, lachte Sophia.

Kapitel 44

Sophia duschte kurz, um den Gestank von Angus loszuwerden und eilte dann zur Roya Lane, um Bep die magische Distel zu überbringen.

Sie rannte in die Rosen-Apotheke, aber dann fiel ihr ein, dass sie in ihrer Eile womöglich in den falschen Laden gestürmt war. Sophia drehte sich noch einmal um und überprüfte den Standort und das Schild. Über ihr stand ›Rosen-Apotheke‹, aber das ergab keinen Sinn.

Warum wurde der Tränkeladen mitten am Nachmittag in eine Karaoke-Bar verwandelt?

Sie steckte zaghaft ihren Kopf in den Laden und entdeckte Tische mit verschiedenen magischen Wesen, die Getränke hinunterkippten und die Person auf der Bühne anfeuerten, die eine sehr gute Interpretation von *If I Had a Million Dollars* von den Barenaked Ladies sang. Es war ein Lied, das Liv Sophia immer vorgesungen hatte und das sie zum Lachen brachte, wenn sie über die albernen Anspielungen und die Dinge lachte, die ihre Schwester für sie kaufte, wie zum Beispiel jede Menge Makkaroni und Käse oder einen Affen.

»Du bist hier schon richtig.« Bep kam von der Seite und trug ein Tablett mit Getränken, die dampften und mit seltsamer grüner Flüssigkeit in Martinigläsern gefüllt waren. »Es ist Karaoke-Abend.«

Sophia schaute auf ihr Handgelenk. Wie Evan trug sie keine Uhr. »Es ist Nachmittag.«

»Wir fangen früh an, weil es am Ende immer spät wird«, erklärte Bep. »Sobald die Riesen ihre Stimmbänder gut geölt haben, übernehmen sie die Bühne und hören bis zum Morgen nicht mehr auf. Sie lieben es, im Duett zu singen, wenn du das glauben kannst.«

»Das kann ich wirklich nicht«, murmelte Sophia, als sie eines der Getränke vom Tablett nahm, dann zögerte sie. »Kann man das trinken?«

»Natürlich.« Bep lächelte.

Sophia, die vor lauter Duschen vergessen hatte, etwas zu essen, stürzte das Getränk hinunter in der Hoffnung, ihre Reserven aufzufüllen. Sie wischte sich mit der Hand über den Mund, denn sie hatte nicht erwartet, dass es so stark wäre. Es schmeckte wie Whiskey und sah aus wie Midori-Melonenlikör.

»Übrigens kannst du dieses Getränk auch zum Reinigen von Toiletten oder für den Kalk an deinen Badezimmerwänden benutzen«, verriet Bep.

Plötzlich hatte Sophia das Gefühl, sich hinlegen zu müssen, stellte das Glas zurück auf das Tablett und atmete tief ein. »Wie charmant. Ich habe das Gefühl, du hättest mit dieser Information auch vorher rausrücken können.«

»Cola kann das Gleiche bewirken, also ist es absolut sicher«, erklärte Bep. »Welches Lied möchtest du jetzt singen?«

Sophia lachte, während sie die aktuelle Version von *If I Had a Million Dollars* genoss. Der Gnom sang es bis zu dem Teil mit dem Pelzmantel.

»*If I had a Million Dollars*«, plärrte der kleine Kerl. »*Well, I'd buy you a fur coat.*«

»*But not a real fur coat, that's cruel*«, sang Sophia leise und schüttelte den Kopf. »Ich bin leider nicht hier, um an den Feierlichkeiten teilzunehmen. Ich brauche einen Snack und wahrscheinlich ein Nickerchen. Ich habe eine Kuh geritten und auf Frischvermählte aufgepasst.«

Bep nickte, als wären das ganz normale Aktivitäten. »Ich habe kostenlose Steakburger und auch Pommes frites, allerdings zum Verkauf.«

Sophia sah die Frau stirnrunzelnd an. »Ich will niemandem vorschreiben, wie er sein Geschäft zu führen hat, aber ich habe das Gefühl, dass du das Falsche verrätst.«

»Niemand mag einen Burger ohne Pommes«, wusste Bep. »Ich verkaufe die Beilagen mit einem großen Aufschlag und verdiene mehr als genug, um den Verlustbringer zu decken.«

Sophia schüttelte den Kopf über die Tränke-Expertin. »Du solltest vielleicht anfangen, Wirtschaftskurse am Gute-Feen-College zu geben. Oh, wo wir gerade dabei sind, ich habe die magische Distel.« Sie griff in die Tasche ihres Umhangs und zerrte das Unkraut hervor, das auch eine Blume war.

»Oh, sieh einer an.« Bep klang beeindruckt. »Du hast es geschafft, die seltene und schwer zu bekommende Glenlivet-Distel zu besorgen. Das mit der Kuh ergibt jetzt mehr Sinn, wenn ich mich an den Auftrag erinnere, auf den ich dich geschickt habe. Ich schätze, du hast Blathers getroffen. Ein netter Kerl, oder?«

Sophia senkte ihr Kinn. »Lauter Informationen, die du hättest liefern können, um mir die Arbeit ein wenig zu erleichtern.«

»Wäre aber weniger interessant«, entgegnete Bep, während sie die Distel inspizierte.

»Mein Job bleibt schon interessant genug, auch wenn alle meine sogenannten Freunde mir vor meinen Reisen hilfreiche Informationen geben«, erwiderte Sophia, während die Tränke-Expertin weiter das Unkraut studierte.

Sophia summte den Song der Barenaked Ladies vor sich hin und wartete geduldig. Als der Gnom auf der Bühne dann zu ihrer Lieblingsstelle kam, stimmte sie mit ein. *»If I had a Million Dollars. If I had a Million Dollars … I would buy you a green dress. But not a real green dress, that's cruel.«*

Beps Augen wurden riesig und sie hob eine Augenbraue. »Du solltest dir überlegen, doch ein Lied zu singen. Du hast eine schöne Stimme. Vielleicht ein Lied von Stevie Nicks oder etwas von den Wings.«

»Oder etwas aus diesem Jahrhundert«, stichelte Sophia. »Vielleicht. Die Burger riechen gut. Wie lange dauert der Trank für das Happily-Ever-After-College?«

»Es wird noch ein bisschen dauern«, antwortete Bep. »Ich melde mich bei dir, wenn er fertig ist. Setz dich doch schon mal und nimm dir etwas zu essen. Ich trage dich für ein Lied ein und du kannst dir etwas aussuchen, das dir gefällt. Kein Rap oder Country oder zu volkstümlich.«

»Gut, dass du keine Vorlieben hast«, kommentierte Sophia und machte sich auf den Weg zu einem Tisch.

Sie wollte sich gerade hinsetzen und einen Kellner heranwinken, als Lunis in ihrem Kopf ertönte. *Hey, wir haben ein Problem.*

Oh? Noch mehr Bugs in der Drachen-Dating-App?

Du hast ja keine Ahnung, stellte Lunis fest. *Aber nein, das ist es nicht.*

Sophia schnappte sich einen Burger vom Tablett eines vorbeigehenden Kellners und nahm sofort einen Bissen, als der Gnom das Lied beendete, in die Luft sprang und eindrucksvoll in einem Spagat auf der Bühne landete. *Was ist denn das Problem?*

Ich habe von Simi gehört.

Es dauerte einen Moment, bis sie das realisierte. Wie sie und Lunis konnten auch die anderen Drachen untereinander manchmal telepathisch kommunizieren, wenn die Umstände es erforderten. *Was hatte Simi zu sagen?* Sie nahm einen weiteren Bissen, kaute ihn aber kaum.

Es geht um Wilder, antwortete Lunis. *Er kann dich nicht erreichen, aber er steckt in Schwierigkeiten. Die Halunkenreiter haben ihn gefangen genommen.*

Kapitel 45

»Dir ist klar, dass du meine Gutmütigkeit ausnutzt, oder?« Evan leerte sein Glas Whiskey am Tisch im Speisesaal der Gullington.

»Du kennst Wilder schon länger als ich«, merkte Sophia mit gesenktem Kinn an, während ihre Nervosität wegen Wilders Sicherheit wuchs. Offensichtlich ging es ihm gut, er wurde laut Simis Mitteilung nur festgehalten, aber das war Sophia trotzdem unangenehm. Sie wollte ihn so schnell wie möglich befreien und sicher nach Hause bringen.

»Stimmt.« Evan neigte seinen Kopf hin und her, als würde er seine Optionen abwägen. »Aber ich erhole mich gerade von einer Trennung und du weißt, wie sehr das einen Menschen belastet.«

»Woher soll ich das wissen?« Sophias Hand bewegte sich neben ihrem Schwert.

»Weil du offensichtlich schon so oft sitzen gelassen wurdest«, antwortete Evan. »Obwohl ich es war, der mit Tiffannee Schluss gemacht hat, dauert es immer noch eine Weile, bis man darüber hinwegkommt.«

Trin trabte mit einem Tablett mit Tee aus der Küche und eilte herbei. Weil sie immer flink auf den Beinen war, kippte sie nach einem Stolpern den gesamten Inhalt auf Evans Schoß. Die Aktion war so geschickt, dass sie geplant aussah.

»Hey!« Evan rappelte sich auf und wischte sich den heißen Tee ab, so gut er konnte.

Trins Augen trafen sich mit denen von Sophia. Sie musste das Misstrauen bemerkt haben, denn die Cyborg schüttelte leicht den Kopf, als wollte sie die junge Drachenreiterin ermutigen, nichts zu sagen.

»Hör auf, diese Scheinehe und die Trennung auszuschlachten und hilf mir«, bat Sophia Evan. »Hiker ist mit Drachenelite-Dingen beschäftigt. Mahkah arbeitet an einem Fall und ich brauche Unterstützung.«

Evan warf einen Seitenblick auf Trin, die dabei war, den verschütteten Tee aufzuwischen. »Sieh mal, wer mich braucht. Es ist Prinzessin Pink.«

»Erinnere mich daran, dich zu töten, wenn wir Wilder gerettet haben«, meinte Sophia trocken. »Wirst du mir nun helfen oder nicht? Wenn du die Sache in die Länge ziehst, wird mir meine Schwester helfen. Im Moment wäre sogar der König der Fae hilfreicher als du.«

Evan kreischte, als ob er verwundet worden wäre. »Wie kannst du es wagen? Ich bin viel hilfreicher. Ich habe dir gerade erst geholfen.«

»Du hast ein Unkraut gepflückt«, erinnerte Sophia ihn. »Wir haben keine Ahnung, worauf wir uns einlassen und müssen Wilder vor brandneuen, unerprobten Drachenreitern retten, die teuflisch und risikofreudig sind.«

»Und?«, fragte Evan.

»Also lass dich nicht umbringen«, mischte sich Trin ein. Sie hatte das Tablett mit den Sachen, die sie fallen gelassen hatte, beladen. Sie ging zurück in die Küche. »Oder lass dich umbringen. Nun, nicht du, Sophia. Ich würde dich vermissen, wenn dir etwas zustoßen würde.«

»Danke«, rief Sophia der Haushälterin hinterher.

»Was ist ihr Problem?« Evan zog eine Grimasse.

»Für den Anfang«, begann Sophia, »ist ihr Gehör wahrscheinlich besser als unseres.« Sie senkte ihre Stimme. »Zweitens, wenn du sie magst, dann hör auf, dich wie ein Trottel zu benehmen. Obwohl mir klar ist, wie unglaublich schwer das für dich wäre.«

Evan schluckte, sah zur Seite und errötete. »I-I-Ich … ist das so offensichtlich?«

»Bei euch beiden«, bestätigte Sophia. »Also müsst ihr beide aufhören, dumm zu sein. Aber zuerst müssen wir Wilder retten.«

»Okay, cool.« Evan streckte sich. »Lass mich erst duschen und ein Nickerchen machen. In ein paar Stunden bin ich soweit.«

Sophia schüttelte den Kopf und machte sich auf den Weg zum Eingang der Burg. »Lunis und ich sind in zehn Minuten startklar. Sei da, sonst lasse ich Quiet dein Zimmer in der Burg entfernen.«

Evans Füße schlurften über den Boden, weil er sie nicht anhob. »Gut, ich komme mit. Aber du bist mir so viel schuldig.«

»Ich glaube, du zahlst mir immer noch zurück, dass ich dir so oft den Arsch gerettet habe.« Sophia drehte sich um und ging rückwärts. »Nicht, dass ich mitzählen würde oder so.«

Kapitel 46

Laut Lunis befand sich Simi auf der anderen Seite der Insel, wo die Dämonendrachenreiter Wilder gefangen hielten. Sie hatten den weißen Drachen noch nicht entdeckt und ihre Tarnung als altes Boot war noch intakt. Die Halunkenreiter hatten es irgendwie geschafft, Wilder zu enttarnen und ihn gefangen genommen.

Wilder und Simi waren in der Unterzahl, deshalb hatte sie sich zurückgezogen, die Dinge im Auge behalten und Lunis auf das Problem aufmerksam gemacht. Sophia und Evan mussten sich erst einen Überblick über die Lage verschaffen, bevor sie einen Plan festlegen konnten.

Auch sie waren in der Unterzahl, aber hoffentlich konnten sie sich darauf verlassen, dass sie geschickter und strategischer vorgingen. Die Halunkenreiter schienen sehr reaktionär zu sein. Ihr Machtrausch hatte ihr Ego aufgebläht, was bedeutete, dass sie sich selbst überschätzten – etwas, das die Drachenelite zu ihrem Vorteil nutzen konnte.

Sophia war angespannt, als Lunis schnell loslief und achtete genau auf seine Schritte, um festzustellen, ob sein Bein immer noch ein Problem für ihn darstellte. Er hatte nichts gesagt, als sie nachfragte, was fast noch schlimmer war, als wenn er gestanden hätte, dass es immer noch schwierig war. Sie hatte gehofft, dass seine Zeit in Gullington ihn vollständig heilen konnte, aber laut Mahkah dauerte das eine Weile, da die Verletzung so schwerwiegend war.

Sophia spürte, wie ihr Drache leicht zögerte, als sie die Absicht äußerte, dass sie vom Boden abheben und in die Luft gehen sollten, Evan und Coral voraus. Sie hatten die Barriere bereits durchquert. Der andere Drachenreiter würde denken, dass das daran lag, dass er ein besserer Reiter und schneller war, als sie und Lunis.

Was auch immer er zu denken glaubt. Lunis sprang in die Luft, seine Flügel arbeiteten doppelt so schnell, um den Beinahe-Fehlschlag beim Absprung auszugleichen. Sein Bauch streifte das Gras auf dem Hochland und seine Krallen kratzten am Boden. Zur Erleichterung von Sophia schaffte es Lunis jedoch trotz des holprigen Starts in die Luft.

Sobald er oben war, musste sich der blaue Drache bis zur Landung nur noch auf seine Flügel und die Kraft seines Reiters verlassen. Zum Glück konnte er auf dem weichen Sand des Strandes oder im Wasser landen, was viel praktischer war als der harte und felsige Boden in Gullington.

Sophia wusste, dass Lunis nicht wollte, dass sie etwas sagte. Sie wusste auch, dass er sehr wohl wusste, dass sie sich des Beinahe-Unfalls beim Start bewusst war. Im Moment war es besser, wenn sie ihm einfach half, sich abzulenken, so wie er es oft für sie tat, wenn sie sich in einer gefährlichen Situation befand, einem Bösewicht oder einer Herausforderung gegenüberstand.

Hast du dich für einen Namen für deine Drachen-Dating-App entschieden?, fragte Sophia ihren Drachen in seinem Kopf.

Ich denke darüber nach, sie ›Einfach spontan‹ zu nennen, erwiderte Lunis mit einer untypischen Schärfe in seiner Stimme.

Das ist ein Name, stichelte Sophia.

Ja. Er klang besiegt. *Wahrscheinlich wird es nicht funktionieren, weil alle Engelsdrachen sich bereits kennen, da sie alle in Gullington leben. Aber genau das ist das Problem.*

Nun, das wird nicht immer so bleiben, überlegte Sophia. *Bald werden einige von ihnen wegfliegen, um sich mit Reitern zu verbinden.*

Oder manchmal sind sie einfach nur neugierig, fügte Lunis hinzu. *Ich sage ihnen immer wieder, dass die Welt da draußen ein wunderbarer Ort voller weicher, flauschiger Wolken ist, den sie erkunden sollten.*

Sophia lachte. *Das klingt überhaupt nicht wie etwas, das du sagen würdest.*

Ja, das haben sie alle auch gesagt und mitbekommen, dass ich versuche, sie loszuwerden, murmelte Lunis verbittert.

Vielleicht kann Quiet eine neue Höhle für dich finden, die dir ganz allein gehört.

Sie folgen mir, wohin ich auch gehe, beschwerte sich Lunis. *Die Drachenkinder wollen nicht mit den Ältesten in der Höhle sein und ich kann es ihnen nicht einmal verdenken, deshalb bin ich ins Nest gezogen.*

Die jungen Drachen wollen in deiner Nähe sein, weil du der hippe, coole Typ bist, oder?

Ich denke schon. Aber ich bin kurz davor, ein mürrischer Klotz am Bein zu werden, wenn sie mich nicht in Ruhe lassen. Red kaut mit offenem Maul und Greenie hat ein Problem mit Starren. Immer, wenn ich ihn ansehe, beobachtet er mich.

Sophia lachte wieder. *Er studiert dich. Das ist schmeichelhaft.*

Das ist Stalking.

Die meisten Drachennamen waren nicht bekannt, bis sie sich an einen Reiter banden, denn das war der letzte Test für das Ganze. Wenn der Reiter zu dem Drachen passte, wusste er instinktiv seinen Namen, der normalerweise Bezug zum Element des Drachen hatte.

Nun, hoffentlich beschließen sie bald, ihre Flügel auszubreiten und aus dem Nest zu fliegen, meinte Sophia.

Ja, aber die Erleichterung wird nur von kurzer Dauer sein, weil sie immer wieder zurückkommen werden, murmelte Lunis.

Dann müssen wir einen Ort für dich finden, der dir gehört und von dem sie nichts wissen. Überlass das mir. Ich werde mit Quiet daran arbeiten.

Ich hätte ein paar Wünsche. Lunis klang jetzt schelmisch.

Wi-Fi, richtig?, riet Sophia.

Möglich, antwortete Lunis. *Aber ich will auch Hartholz. Schluss mit diesen feuchten Höhlenböden. Teppichboden geht gar nicht, weil wir alle wissen, dass er den ganzen Staub und Schmutz sammelt.*

Unwissenheit ist manchmal ein Segen, scherzte Sophia.

Oh und ich brauche hohe Decken, sonst fühle ich mich eingeengt, fuhr Lunis fort, während sie über das üppige Grün von Schottland schwebten.

Kathedralendecken, stimmte Sophia zu. *Nur das Beste für meinen Drachen. Was brauchst du sonst noch?*

Nicht viel, antwortete Lunis. *Lautsprecher für das Heimkinosystem, Smart Home-Funktion, damit ich nicht aufstehen muss, um das Licht auszuschalten und Fußbodenheizung.*

Ist das alles?

Nein, ich bin noch nicht in der Küche angekommen, erwiderte Lunis. *Oh und eine große Badewanne. Für diese Annehmlichkeit opfere ich einige Quadratmeter.*

Das ist ein ganz schönes Upgrade, das du dir da wünschst. Sophia genoss es, in der Luft zu sein. Sie hatten eine gefühlte Ewigkeit am Boden verbracht.

Ich bin es wert, bestätigte Lunis selbstbewusst.

Sophia tätschelte ihren Drachen und lächelte. *Das bist du. Das bist du auf jeden Fall.*

Nachdem sie das Portal zu den hawaiianischen Inseln durchquert hatten, wo die Halunkenreiter Land stahlen und Wilder festhielten, beschleunigten Sophia und Lunis und flogen neben Evan her. Sie tarnte die beiden mit, damit die dämonischen Drachenreiter sie nicht so leicht entdecken konnten.

Sophia zeigte wortlos auf die Insel, auf der sich Simi und Wilder befanden und deutete auf die Stelle, an welcher der weiße Drache stationiert war.

Evan nickte mit entschlossenem Gesichtsausdruck, während sie und Lunis die Führung übernahmen.

Kapitel 47

Das Wasser des Ozeans verbarg Lunis' Landung, weil er über die Wellen glitt und am Strand ankam wie ein Boot, das ans Ufer herantrieb. Sophia spürte immer noch sein Unbehagen, aber sie wusste, dass sein Ego unangetastet blieb, was für ihn das Wichtigste war.

Sobald sie festen Boden unter den Füßen hatten, stieg sie aus dem Sattel und sah sich nach Anzeichen von Simi um. Zum Glück war dieser Teil der Insel nicht bewohnt, denn er war von Dschungel überwuchert.

»Hier sind also die neuen Bösewichte zu Hause.« Evan sah sich um und zog eine Grimasse. »Ich meine, das Strandleben wäre schön für einen Urlaub, aber der Sand wird schnell langweilig. Bei meiner nächsten Hochzeit werde ich wohl an einem tropischen Ort flittern.«

»Planst du schon das nächste Mal, hm?«, fragte Sophia. »Hast du den Papierkram erledigt, um die erste Ehe abzuschließen?«

»Tiff sagt, sie kümmert sich darum, weil sie mir anscheinend nicht vertraut. Das war ein Teil des Problems. Es gab kein Vertrauen.«

Sophia lachte, als sie auf der Suche nach Simi zu den Bäumen liefen. »Das war das Problem? Bist du sicher, dass es nicht daran lag, dass es keine Liebe oder ein solides Fundament für die Beziehung gab?«

»Du hast sie am Ende gesehen«, antwortete Evan. »Sie war am Boden zerstört.«

Sophia kratzte sich am Kopf. »Ich versuche immer noch, das zu begreifen.«

»Trotzdem hätte es nie funktioniert«, fuhr Evan fort. »Tiff gehörte zu den Leuten, die Dinge sagten wie: ›Ich bin kein großer Trinker‹ oder ›Ich schaue nicht wirklich fern‹.«

»Sind diese Dinge ein Problem?«

»Und ob sie das sind«, antwortete Evan. »Ich meine, nur eine Schleimerin gibt damit an, dass sie nicht so viel trinkt, während sie gleichzeitig behauptet, dass wir anderen uns ständig betrinken.«

»Du nicht?«, fragte Sophia.

»Natürlich«, erwiderte Evan. »Ich bin beschwipst, während wir uns hier unterhalten.«

»Oh, gut«, entgegnete Sophia trocken. »Ich bin so froh, dass du meine einzige Option für diese Mission warst.«

»Gern geschehen. Im Ernst, es interessiert niemanden, dass jemand kein großer Trinker ist. Genauso wenig wie es uns interessiert, dass jemand Veganer ist.«

»Wilder denkt darüber nach, Veganer zu werden«, fügte Sophia hinzu und erinnerte sich an ihr Gespräch, bevor sie ihn auf der Insel zurückließ.

»Das würde er«, meinte Evan. »Das ist in Ordnung. Dann bleibt mehr von dem guten Zeug für uns übrig.«

Sophia nickte. »Ich fand das auch gut so. Ich teile meine Nachos nicht gerne, weil die meisten Leute nicht wissen, wie man sie richtig isst.«

»Du wirst sein Erdbeereis aus Mandelmilch und Traurigkeit nicht anrühren«, stellte Evan fest.

Sophia schnitt eine Grimasse. »Nein, denn ich mag mein Leben und esse echte Desserts. Schokoladeneis mit Brownies und Sirup.«

Evan nickte und warf ihr einen stolzen Blick zu. »Weißt du, dafür, dass du schrecklich bist und total nervst, bist du gar nicht so übel.«

Sophia zuckte mit den Schultern und tat so, als wäre sie geschmeichelt. »Ich danke dir so sehr. Ich merke, dass du das wirklich ernst meinst.«

»Jederzeit«, zwitscherte Evan. »Apropos schrecklich, ja, Tiff hat keinen Fernseher, weil sie behauptet, dass fernsehen dein Gehirn verrotten lässt. Als ob sie das wüsste.«

»Ihr Spezialgebiet war die Psychoanalyse ... also das Gehirn«, erklärte Sophia.

»Problem *Nummer 3*«, teilte Evan mit. »Als ob ich jemanden bräuchte, der jeden meiner Schritte analysiert. Ich weiß nicht, warum ich die Hälfte der Dinge tue, die ich tue. Das Letzte, was ich brauche, ist jemand, der versucht, es herauszufinden.«

»Nein, was du brauchst, ist eine äußerst tolerante Person. Jemanden, der über all deine vielen, vielen Fehler hinwegsehen kann und dich trotzdem liebt.«

»Aber nicht jeder hat so viel Glück wie du«, stichelte Evan. »Manchmal frage ich mich, ob mit Wilders Gedankengängen alles in Ordnung ist.«

Sophia konnte sich ein Lachen nicht verkneifen. »Nun, ich wünsche dir das Beste bei deinen Bemühungen, eine Romanze zu finden. Es ist mir eigentlich egal, ob du glücklich bist oder nicht, aber es wäre cool, wenn du jemanden hättest, mit dem du Zeit verbringen könntest, damit du nicht die ganze Zeit auf der Burg herumhängst und nach ihr riechst.«

Evan lächelte sie liebevoll an. »Tut mir leid, dass ich dich enttäuschen muss, aber ich glaube, wir wissen beide, dass ich viel mehr in der Burg wäre, wenn alles klappen sollte.«

Sie zwinkerte ihm zu und genoss es, dass sie diskret über Trin sprachen. Sophia hatte das nicht kommen sehen und wusste nicht, ob es funktionieren könnte, aber es ergab Sinn. Sie wusste, dass die Haushälterin ständig mit der Tatsache zu kämpfen hatte, dass sie für immer ein Cyborg bleiben musste und nie normal sein konnte. Niemandem schien das so wenig auszumachen wie Evan, der seinen Cyborg-Hund NO10JO von Anfang an akzeptiert hatte und das Tier wegen dem, was es war, liebte und nicht trotz dessen.

So war das mit der Liebe. Es ging nicht darum, die Fehler einer anderen Person zu übersehen. Es ging darum, sie anzunehmen. Schließlich hatte jeder Mensch seine Fehler und diese Fehler führten zu Wachstum und Entwicklung. Welchen Sinn hatte dieses Leben, wenn nicht den, zu wachsen?

Sophias Augen brauchten einen Moment, um sich an den dunklen Dschungel zu gewöhnen, als sie eintraten. Sie gingen nur ein paar Schritte, bevor sie fand, wonach sie suchten.

»Oh, da stelle ich mein Boot also unter«, bemerkte Evan, der den Zauber, den Sophia auf Simi gelegt hatte, nicht durchschaute. Deshalb erschrak er und stolperte fast über seine Füße, als das alte Boot plötzlich zur Seite schwang und Feuer in seine Richtung spuckte.

197

Kapitel 48

Sophia überschlug sich vor Lachen, als sie Simi die Tarnung abnahm, bevor Evan mit einem Angriff reagierte. Da der weiße Drache normalerweise keine Streiche spielte, hatte sie wohl nicht bemerkt, wer sie waren, als sie sich näherten, denn sie war auf der Hut, weil Wilder gefangen war.

»Oh, du bist das.« Evans Brust hob und senkte sich hektisch, während er sich sammelte. »Prinzessin Pink, du hättest mir sagen können, dass du Simi als Boot getarnt hast.«

Sophia lachte immer noch und schüttelte den Kopf. »Wo wäre denn da der Spaß geblieben?«

»Zu meiner nächsten Hochzeit wirst du nicht mehr eingeladen«, drohte Evan.

»Ich wette, du wirst deine Meinung ändern, wenn du einen Trauzeugen brauchst«, stichelte Sophia.

»Nö«, zwitscherte Evan. »Du darfst mich nur einmal verheiraten.«

Sophia ging zu Simi hinüber, die immer noch entnervt wirkte und schenkte ihr ein sanftes Lächeln. »Geht es dir gut? Konntest du hier etwas zu essen finden?«

»Mir geht es gut.« Der Drache sah plötzlich würdevoll aus. »Das sollte nicht deine Sorge sein.«

»Sophia ist es gewohnt, ihrem Drachen den Hintern abzuwischen, deshalb denkt sie daran, nach diesen Dingen zu fragen«, bemerkte Evan.

»Sei vorsichtig. Dein Drache könnte dich einen Witz machen hören und sich übergeben«, schoss Sophia zurück. »Du weißt doch, dass Coral allergisch gegen Humor ist.«

»Ha ha. Sie hat einen feinen Sinn für Humor und macht keine komischen Witze wie Lunis«, stichelte Evan.

»Wenn ihr euch konzentrieren würdet, würde ich gerne Wilder retten«, knurrte Simi mit hocherhobenem Kopf, der fast aus den Baumkronen ragte.

»Ja, natürlich.« Sophia fing sich sofort und schämte sich dafür, dass sie Witze machten, während Wilder in Gefangenschaft war. »Geht es ihm gut?«

Der weiße Drache nickte. »Ja, soweit ich das beurteilen kann, obwohl ich mir nicht sicher bin, ob er mir etwas anderes mitteilen würde. Er bat mich, den Ort nicht zu wechseln, da er dachte, dass die Halunkenreiter nach mir suchen könnten. Sie haben ihn als Mitglied der Drachenelite erkannt und werden nach seinem Drachen suchen.«

Sophia nickte. »Das war schlau. Wohin haben sie ihn gebracht?«

»Er ist in der Mitte des Dorfes auf der anderen Seite der Insel«, antwortete Simi. »Sie halten ihn in einer Grube, die durch Magie verstärkt wurde. Anscheinend sperren sie dort ihre Drachen ein, wenn sie sie bestrafen wollen.«

Evan schnitt angewidert eine Grimasse. »Ihre Drachen bestrafen?«

Simi nickte und teilte diese Meinung. »Ja, ihre Partnerschaften unterscheiden sich sehr von unseren, nach dem, was ich durch Wilders Wahrnehmung beobachtet habe. Sie bewachen ihn mit mindestens drei oder vier Drachenreitern gleichzeitig.«

»Das klingt, als würden sie uns erwarten«, murmelte Sophia, während sie nachdachte.

»Sie rechnen wahrscheinlich damit, dass wir eine ähnliche Taktik wie sie anwenden werden«, erkannte Evan bitter. »Wir stürmen mit allem los, was wir haben.«

Sophia nickte. »Das heißt, wir werden eine Strategie anwenden.«

»Was hast du vor?«, wollte Evan wissen.

Ein Lächeln erhellte Sophias Gesicht. »Wir werden ein Ablenkungsmanöver starten.«

Er seufzte. »Das ist der älteste Trick, den es gibt und sie werden ihn erwarten. Wahrscheinlich ahnen sie, was wir vorhaben.«

»Ich erinnere dich daran, dass die ältesten Tricks aus einem bestimmten Grund die ältesten sind«, kommentierte Sophia. »Sie funktionieren und dieser wird es auch, denn wir werden ein Ablenkungsmanöver anwenden, das sie nicht ignorieren können und das eine Menge Drachenkraft erfordert.«

Evan klatschte in die Hände und sah begeistert aus. »Klingt faszinierend. Was machen wir denn jetzt?«

Sophias Grinsen wurde breiter. »Du meinst, was du tun wirst?«

Kapitel 49

un, es ist offiziell«, verkündete Evan, nachdem er Sophias Plan vernommen hatte. »Du hast deinen verdammten Verstand verloren.«

»Es wird funktionieren«, betonte Sophia.

»Bist du sicher, dass du nicht von einem der Schwäne gezwickt worden bist und das Gift in deinen Kopf gelangt ist?« Er sah sie von der Seite an, als wollte er herausfinden, ob sie krank war.

»Mir geht's gut. Im Ernst, gib dem Plan eine Chance.«

»Was mir Sorgen macht«, begann Evan, »ist, dass der Plan zu meiner Beerdigung führen könnte.«

»Ich werde da sein, auch wenn du mich bei deiner nächsten Hochzeit nicht dabeihaben möchtest«, scherzte Sophia.

»Ich denke, der Plan hat seine Berechtigung«, bestätigte Simi in einem neutralen Tonfall.

»Das liegt daran, dass nicht du es bist, der eine leichte Beute für wütende Drachenreiter spielen muss«, beschwerte sich Evan.

»Du musst dich doch nicht ausrauben lassen«, entgegnete Sophia. »Du wirst ein Ablenkungsmanöver starten, das sie nicht ignorieren können und sie von Wilder weglocken. Dann können Lunis, Simi und ich hereinstürmen und ihn retten.«

Evan blieb einen Moment stehen und dachte darüber nach, dann nickte er widerwillig. »Gut, ich mache es, aber ihr solltet euch beeilen.«

Sophia warf ihm einen herausfordernden Blick zu. »Du machst dir doch nicht etwa Sorgen darüber, was diese Anfänger von Dämonendrachenreitern tun werden, oder? Ich dachte, ihre Fähigkeiten wären deinen nicht gewachsen.«

Evan schüttelte den Kopf, plötzlich ganz ernst. »Manchmal geht es nicht um Können, Prinzessin Pink. In ihrem Fall geht es darum, dass sie sich nicht an Grenzen halten. Wir wissen beide, dass es bestimmte Dinge gibt, die du und ich im Kampf niemals tun würden. Das sind die Regeln des Krieges, die wir als Drachenelite respektieren. Es hört sich so an, als ob diese Drachenreiter, die ihre Drachen bestrafen, die eigentlich ihre gleichberechtigten Partner sein sollten, sich nicht um solche Dinge scheren – was sie unglaublich gefährlich macht.«

Sophia nickte. Sie wusste genau, was Evan meinte. Sie kämpften fair. Die Drachenelite würde niemals einem Feind in den Rücken fallen oder einen Mann töten, wenn er am Boden lag. An diesem Punkt gab es einfach eine moralische Grenze, die sie nicht überschritten. Die Halunkenreiter hatten nicht denselben moralischen Kompass, der ihren Weg bestimmt.

»Denke daran, dass wir uns nicht von dem, was andere tun, ablenken lassen«, meinte Sophia und schlüpfte in ihre Rolle als Anführerin, wenn sie auf Kampfgebiet war. Es fühlte sich wie eine zweite Natur an und sie war dankbar dafür, als sie mit dem viel älteren Drachenreiter sprach. »Es liegt an ihrem Karma, wie sie sich verhalten. Kämpfe fair, egal was passiert und ich glaube, dass wir am Ende erfolgreich sein werden.«

Evan holte mit ernster Miene tief Luft. »Okay. Ich hoffe, du hast recht.«

Kapitel 50

Der Drachenelite-Typ, den sie gefangen genommen hatten, hatte sich ziemlich heftig gewehrt, aber die Halunkenreiter hatten ihn trotzdem überwältigt.

Tanner hatte gerne zugesehen, wie aus dem Typen mit den dunkelbraunen Haaren und dem eingebildeten Lächeln alles herausgeprügelt wurde. Sein Name war Wilder und er war schon einmal hinter Nathaniel her gewesen, um ihn zu überreden, mit nach Gullington zu kommen. Da das nicht geklappt hatte, war er ihnen anscheinend auf die Insel gefolgt, die sie einnahmen. Seitdem er in der Grube eingesperrt war, plapperte er ziemlich viel und versuchte, die anderen gegeneinander aufzuhetzen.

So etwas würde aber nicht funktionieren. *Eine dumme Taktik eines dummen Gutmenschen*, dachte Tanner verbittert. Es war wie damals, als die junge Frau versucht hatte, ihn für die Drachenelite zu rekrutieren. Es gab Dämonendrachenreiter und Engelsdrachenreiter und die beiden passten nicht zusammen. Sie waren zu primitiv und konnten niemals mit der überlegenen Strategie der Halunkenreiter mithalten.

Nathaniel leerte den silbernen Flachmann, den er aus seiner Dolce & Gabbana-Jeans gezogen hatte und schraubte den Deckel auf, bevor er ihn Tanner an die Brust drückte. »Mach ihn voll.«

Tanner warf dem anderen Drachenreiter einen Blick zu. »Mach das selbst. Ich bin nicht dein Diener.«

»Ich bin der Stellvertreter vom Boss, strenggenommen bist du eigentlich schon mein Untergebener.« Nathaniel fuhr sich mit den Fingern durch sein leuchtend orange-rotes Haar. Die tropische Insel war viel besser als die Wüste, in der sie bisher stationiert waren. Sobald die Eingeborenen ihren Unterschlupf gebaut und die Inseln geräumt hatten, könnte es dort hoffentlich schön sein – wie ein Urlaubsort für die Halunkenreiter. Dann könnten sie eine Barriere errichten und Leute wie Wilder fernhalten.

»Lass das einen von den anderen machen.« Tanner deutete auf die beiden Drachenreiter, die auf der anderen Seite der Grube standen und sie bewachten. Der Boss hatte gesagt, dass sie kein Risiko mit dem Mitglied der Drachenelite eingehen durften, also wollte er ihn ständig bewacht haben.

Wilder, der Reiter der Drachenelite, war offensichtlich nicht mit der Taktik der Halunkenreiter einverstanden, Land zu übernehmen und die Einheimischen zu vertreiben. Der Kerl hatte wahrscheinlich etwas vor – eine Möglichkeit, die Dämonenreiter aufzuhalten. Nun, er hatte etwas geplant, aber jetzt saß er im Loch und merkte, dass er sich mit den falschen Leuten angelegt hatte. Dieser Drachenreiter hatte endlich seinen Meister gefunden. Die Drachenelite würde nicht länger herrschen. Es gab jetzt neue Sheriffs auf dem Globus und die spielten nicht nach denselben Regeln.

Pech für den Engelsdrachenreiter. Er konnte nicht auf die Hauptinsel gelangen, wo sich der Boss und die anderen befanden. Dieser Ort war durch eine Barriere gesichert, die nur von einem Halunkenreiter überwunden werden konnte. Bald würde auch diese Insel eine Barriere erhalten. Das würden alle Inseln, wenn sie das Gebiet vollständig übernommen hatten – nachdem alle dummen Elfen vertrieben waren.

Tanner zog den Seelenstein aus seiner Tasche, warf ihn leicht in die Luft und ignorierte Nathaniel. Die hellviolette Farbe fing das Licht ein, als er in seiner Handfläche landete, kalt und glatt.

»Leg das Ding weg«, befahl der Stellvertreter sofort, während sich Wut in seinem Gesicht abzeichnete. »Das ist kein Spielzeug.«

»Sag mir nicht, was ich tun soll«, schoss Tanner zurück.

»Hol mir mein Getränk aus dem Fass«, befahl Nathaniel.

Widerwillig nahm Tanner den Flachmann. »Gut, aber nur, weil ich selber durstig bin.«

Er stampfte um die Grube herum und seine Augen trafen auf den Kerl, der sich in der Grube befand. Er warf ihm einen bissigen Blick zu, während er sich über das geschwollene Auge und die blauen Flecken freute, die sie ihm verpasst hatten.

Das zehn mal zehn Meter große Loch im Boden, in dem der Gefangene festgehalten wurde, war mit Magie an den Wänden und dem Netz, das darüber gespannt war, verstärkt. Trotzdem wollten sie kein Risiko eingehen, zumal sie wussten, dass Wilders Drache noch irgendwo da draußen war. Sie hatten die Insel abgesucht, aber keine Spur des Drachen gefunden, der laut Nathaniel ein weißes, großes Weibchen war.

»Was glotzt du so, Dumpfbacke?«, fragte Tanner den Engelsdrachenreiter, während er zu dem Rumfass ging, das unter einer Palme neben der Grube stand.

Wilder stand auf und marschierte zur hinteren Ecke der Grube, dann sah er Tanner mit einem kritischen Blick in seinen blauen Augen an. »Der schwächste Drachenreiter, den es je auf dieser Erde gab. Es ist ein Wunder, dass du dich überhaupt zu einem Drachen hingezogen fühlst.«

Tanners Finger verkrampften sich um den Flachmann. Der Boss hatte ihnen gesagt, dass sie nicht mehr tun sollten, als das Gesicht dieses Mannes mit blauen Flecken zu verunstalten, da sie ihn als Druckmittel bei der Drachenelite brauchen könnten. Er war ein gutes Druckmittel, um die Macht zu übernehmen und zu sichern. Aber wenn sie so weitermachten, könnte Wilder ernsthaft verletzt werden – vielleicht sogar schlimmer.

Tote konnten nicht reden und niemand würde erfahren, dass es Tanner war, der den Engelsdrachenreiter getötet hatte, dem eine Lektion erteilt werden musste.

Kapitel 51

Bist du sicher, dass dein Drache kein zu groß geratenes Pony ist?« Wilder stachelte Tanner weiter an. »Ich habe gehört, dass man sich manchmal zu Zwergponys hingezogen fühlt. Du weißt schon, in Bezug auf deine Größe.«

»Du hältst besser dein Maul oder ich schlage dir die Zähne aus«, drohte Tanner, während sich Wut in seiner Brust aufbaute. In der Schule nannten sie ihn immer Kümmerling. Manchmal tat Nathaniel das immer noch.

»Ich meine«, fuhr Wilder fort und fuchtelte mit seiner Hand hin und her, »wenn dein Pony in der Luft hüpft, fühlt es sich an, als würde es fliegen.«

»Coal ist ein Drache und viel besser als deiner, du Speichellecker«, feuerte Tanner zurück und errötete, weil er sich blöd vorkam, weil er eine Beleidigung versuchte. Wilder erinnerte ihn an die coolen Jungs in der Schule. Diejenigen, die immer das eine Mädchen bekamen und mit den Sportlern am Tisch saßen. Diejenigen, die Tanner jetzt, wo er ein Drachenreiter war, zur Kasse bitten wollte.

»In Gullington war Coal einer dieser abgelehnten Drachen, die niemand um sich haben wollte«, erklärte Wilder beiläufig. »Wie ich sehe, hat sich daran nichts geändert.«

»Nimm das zurück!« Tanner holte mit seinem Fuß aus und trat gegen die Seite des Rumfasses. Das Holz splitterte an der Delle, die er durch seinen Stahlkappenschuh verursacht hatte.

»Was geht denn da drüben ab?« Nathaniel starrte in Tanners Richtung.

»Nichts«, antwortete er sofort, sein Atem war heiß. »Ich höre mir das unaufhörliche Geschwätz dieser Flachpfeife an.«

»Sprich nicht mit ihm, Kröte«, befahl Nathaniel. »Und hol mir was zu trinken. Ich bin ausgedörrt von dieser Hitze.«

Tanner kniff die Augen zusammen, aber es war das Geräusch der tropfenden Flüssigkeit aus dem Fass, das seine Aufmerksamkeit erregte. »Scheiße«, murmelte er, als er bemerkte, dass er den Behälter beschädigt hatte und das Getränk schnell in den Boden sickerte.

»Dein Chef wird ziemlich sauer sein.« Wilder deutete auf das Fass.

»Er ist nicht mein Chef«, zischte Tanner.

»Oh, du bedienst ihn also von vorne bis hinten, weil? Seid ihr zusammen? Ist er dein fester Freund?«

»Du hast echt Nerven, du Abschaum!«, schrie Tanner.

»Hol meinen Rum und komm her!«, rief Nathaniel, als er erkannte, dass Tanner immer noch mit dem Engelsdrachenreiter sprach.

»Oh Mann, du steckst in echten Schwierigkeiten.« Wilder schüttelte den Kopf und schnalzte mit der Zunge.

»Auf der anderen Seite des Dorfes gibt es noch mehr Rum.« Tanner kniff die Augen zusammen, als ihm klar wurde, dass er dem Kerl nichts zu sagen hatte.

»Wenn der Rothaarige nicht dein Chef ist, warum nimmst du dann Befehle von ihm an?«, fragte Wilder.

»Tue ich nicht«, antwortete Tanner.

»Richtig, als er dir sagte, du sollst deinen kleinen Edelstein wegstecken, warum hast du das dann getan?«

»Das ist kein Edelstein.« Tanner sprach diesmal leise, um Nathaniels Zorn nicht zu provozieren. »Das ist ein Seelenstein und viel wertvoller als alles, was du besitzt.«

»Oh, du hast ihn einem wehrlosen Kind geklaut, ja?«, fragte Wilder. »Etwa so, wie du die Klamotten bekommen hast, indem du einen Jungen auf dem Spielplatz beklaut hast?«

»Ich habe diese Kleidung nicht von einem Kind geklaut«, schoss Tanner zurück. Die Wut ließ seinen Kopf heiß werden. »Und der Boss hat mir meinen Seelenstein gegeben. So haben wir sie alle bekommen, du Strolch.«

Wilder nickte. »Natürlich, denn so kann er dich im Auge behalten.«

Tanner warf ihm einen bissigen Blick zu. »Du hast keine Ahnung und das merkt man. Damit kommen wir durch unsere Barriere ins Hauptquartier.«

»Oh, mit einem hübschen, kleinen Steinchen«, scherzte Wilder. »Wie drollig. Die Drachenelite benutzt echte Magie, aber ich verstehe, dass ihr alle die elementaren Zaubersprüche noch nicht beherrscht.«

Tanner lachte kalt auf. »Ausgerechnet von dem Kerl, den wir eingesperrt haben, klingt das ziemlich lustig.«

»Eingesperrt? Ich habe mich von euch fangen lassen«, prahlte Wilder.

Tanner verengte seine Augen und warf ihm einen bösen Blick zu. »Warum solltest du das tun?«

»Wie könnte ich besser all eure Geheimnisse erfahren?« Wilders Augen glitten zu der Tasche, in der Tanner seinen Seelenstein aufbewahrte.

Der fühlte sich plötzlich unwohl. »Wie auch immer. Das sagst du nur, weil du erwischt wurdest. Ein echter Drachenreiter wäre nicht so dumm.«

Wilder tippte sich an den Kopf und zwinkerte ihm zu. »Genau da liegst du falsch. Unsere Anführer haben uns beigebracht, strategisch zu handeln. Klingt so, als hätte deiner dich gelehrt, sein Diener zu sein.«

»Du hast keine Ahnung!«, brüllte Tanner, was ihm einen verächtlichen Blick von Nathaniel einbrachte. Bevor der Zweite im Bunde noch etwas sagen konnte, eilte Tanner mit dem Flachmann in der Hand davon und fragte sich, ob er nun alles vermasselt hatte.

Das hatte er nicht, redete er sich ein. Wilder war ihr Gefangener und er konnte nirgendwo hingehen, also warum sollte es wichtig sein, was er wusste?

Kapitel 52

Das war es also, dachte Wilder siegessicher. Er hatte endlich herausgefunden, wie er durch die Barriere auf die Insel gelangen konnte. Oder zumindest hatte er eine Spur.

Erwischt zu werden, war nicht unbedingt Teil des Plans gewesen, aber es war auch *nicht kein* Teil des Plans gewesen. Auf der Suche nach Informationen über die Halunkenreiter war er unruhig geworden und das hatte dazu geführt, dass er mutiger wurde. Sobald seine Tarnung abfiel, kam er in Gewahrsam und hatte sich seitdem damit abgefunden. Von seinem Platz bei den dämonischen Drachenreitern, die ihn bewachten, hatte er viel mehr erfahren als bei seinen Spionageversuchen.

Diese Jungs hatten Egos so groß wie Texas und prahlten ständig mit ihren Bemühungen oder ließen Kleinigkeiten durchgehen. Wilder hatte eine Menge erfahren, das er an die anderen Mitglieder der Drachenelite weitergeben konnte. Er musste da raus und nach Gullington, aber Sophia wusste, dass er gefangen genommen wurde, also war es nur eine Frage der Zeit.

Wilder machte es nichts aus, dass seine Freundin kommen und ihn retten musste. Er würde dasselbe für sie tun. Sie waren Partner. Das war der Hauptunterschied zwischen der Drachenelite und den Halunkenreitern. Diese Jungs konkurrierten miteinander um Rang und Ansehen. Wilder konnte nur vermuten, dass dies eine Folge von Führungsqualitäten war. Umgekehrt hatten die Jungs Sophia von Anfang an als Anführerin akzeptiert, aber das änderte nichts an der Beziehung zwischen Wilder und ihr, denn im Grunde respektierten sie sich gegenseitig, was unter Reitern sehr wichtig war. Die Halunkenreiter verstanden das überhaupt nicht.

»Wow!«, rief einer der Dämonendrachenreiter und sprang auf. Sein grauer Drache sprang ebenfalls in die Höhe und erwachte aus seinem Nickerchen. Wilder kannte seinen Namen nicht, nur den zweiten und dritten im Bunde – Nathaniel und Tanner.

»Was zum Teufel ist das?«, stammelte der andere Neuling und ließ den Stock fallen, an dem er schnitzte.

Von der Grube aus konnte Wilder nur schwer erkennen, was sie sahen. Aber er spürte ein Rauschen der Luft, vermischt mit einer leichten Gischt. Es fühlte sich an, als würde ein Sturm aufziehen, aber nach seiner Erfahrung konnte das kein normaler Sturm sein.

Anscheinend dachte Nathaniel dasselbe. »Da stimmt etwas nicht!«

»Es könnte ein Trick sein, Sir«, stieß einer der anderen Dämonendrachenreiter hervor.

»Das könnte sein«, stimmte Nathaniel zu. »Wir müssen herausfinden, was hier vor sich geht. Das Ding könnte die Insel in zwei Hälften reißen.«

»Oder wir gehen zum Hauptquartier«, fügte einer der Jungs hinzu.

»Ja, wir müssen den Chef warnen«, meinte Nathaniel.

»Das Ding ist einfach riesig«, bemerkte ein anderer Drachenreiter voller Ehrfurcht. »Und es wird immer größer.«

Der Wind frischte auf und es hörte sich an, als käme der Sturm immer näher. Wilder erblickte etwas in der Luft, während er rückwärts ging und sein Rückgrat an die

Wand drückte, um sich so viel Perspektive wie möglich zu verschaffen. Weit in der Ferne entdeckte er den Teil einer Wasserhose, der bis zu den bedrohlichen Wolken über ihm reichte und sich zweifellos durch den Ozean schlängelte.

Er grinste vor sich hin, weil er ahnte, dass Hilfe im Anmarsch war.

Kapitel 53

Ich möchte, dass einer von euch mit mir den Wirbelsturm untersucht. Du«, befahl Nathaniel und zeigte auf den Mann mit dem grauen Drachen. »Du wirst den Chef warnen. Es könnte ein Problem sein, aber auch nur eine normale Naturkatastrophe.«

»Was ist mit dem Engelskerl?« Einer der Drachenreiter schaute in die Grube zu Wilder.

»Er kann da nicht raus«, erwiderte Nathaniel. »Magie funktioniert nicht von innen.«

Wilder verdrehte die Augen, denn diese lästige Information hatte er nach vielen Versuchen, das Netz zu entfernen oder die Wände mit Magie zu durchbrechen, selbst herausgefunden. Zum Glück hatte er noch seine telepathische Verbindung zu Simi, über die er Sophia benachrichtigen konnte.

»Ja, aber was ist, wenn das ein Trick ist und die Drachenelite da draußen lauert?«, fragte einer der Lakaien.

»Dann werden wir ihnen eine Lektion erteilen, aber ehrlich gesagt, wenn ich mir die Größe davon ansehe«, überlegte Nathaniel und deutete auf die Wasserhose, »ist es höchst unwahrscheinlich, dass ein Drachenreiter dahintersteckt. Für so etwas braucht man viel Kraft und ich schätze nicht, dass die Drachenelite die hat.«

»Du hast wahrscheinlich recht, Chef«, bestätigte einer der Jungs. »Aber denkst du immer noch, dass es sicher ist, den Schönling zu verlassen?«

»Den Eingeborenen in dieser Gegend kann man nicht trauen«, fügte der andere Mann hinzu.

»Sie sind außerdem genauso nutzlos wie die Drachenelite«, fügte Nathaniel hinzu.

»Aber sie suchen immer wieder nach einem Weg, um zu bleiben«, wusste der Mann mit dem grauen Drachen. »Ich bin froh, wenn sie für immer weg sind und wir den Laden hier im Griff haben.«

»Ja, aber nur als Vorsichtsmaßnahme. Der Boss hätte mich am Arsch, wenn dem Gefangenen etwas passiert.« Nathaniel winkte mit der Hand und eine Feuerwand schoss aus der Grube, die Wilder kurzzeitig blendete und es sofort noch heißer machte.

Das würde die Dinge verkomplizieren, wenn Sophia versuchen wollte, ihn zu retten. Aber wenn jemand herausfinden konnte, wie man die verschiedenen Sicherheitsmaßnahmen der Halunkenreiter umgehen konnte, dann war es Sophia Beaufont.

Kapitel 54

Evan verdankte die beeindruckende Wasserhose, die er und Coral unter Zuhilfenahme ihres Wasserelements erschaffen hatten, seinen jüngsten Nachhilfestunden mit Mama Jamba.

Auch wenn Mutter Natur nicht immer sehr hilfreich war, konnte sie doch ab und zu mit unglaublichem Wissen überraschen, das nur ihr zur Verfügung stand und sie weitergeben konnte. Die Manifestation einer riesigen Wasserspirale, die einem Wirbelsturm im Ozean glich, war für jedermanns Verhältnisse beeindruckend.

Es war eine ziemlich gute Idee von Sophia gewesen, das neue Talent als Ablenkung zu nutzen, aber das durfte Evan der jungen Drachenreiterin nicht sagen, das durfte sie nie erfahren. In Wahrheit machte es ihm Spaß, mit Prinzessin Pink zu arbeiten. Sie war klug im Kampf. Sie war berechnend und zuverlässig. Vor allem aber machte sie mit ihrer Schlagfertigkeit und ihren Streichen Spaß. Alles Dinge, die er auch nicht mit ihr teilen wollte. Es war besser, wenn sie so taten, als könnten sie sich nicht ausstehen.

Von Coral aus genoss Evan den Windstoß, der aus der Wasserhose wehte. Der schmale Zylinder stieg spiralförmig aus dem aufgewühlten Ozean auf und erreichte die sich zusammenbrauenden Wolken über ihm. Er war so breit wie ein großes Gebäude und so hoch wie ein Wolkenkratzer.

Evan schöpfte aus seinen Reserven und jubelte, als er eine weitere Wasserhose erschuf. Wie ein lebendig gewordenes

Monster schoss sie aus dem Ozean empor und wackelte hin und her, bevor sie mit den dicken Wolken über ihm zusammenstieß.

Die Strukturen waren wunderschön, wie saubere Seidenstränge, die sich vom Wasser bis zum Himmel erstreckten. Doch Evan wusste, dass sie aus der Nähe alles andere als schön waren.

Seine kleinen Kreationen waren das leibhaftige Chaos. Sie waren die reine Zerstörungskraft, bereit, sich auf einen Feind zu stürzen. Jetzt musste er nur noch warten, bis der Bösewicht auftauchte. Dann konnte es losgehen.

Kapitel 55

Lunis, Sophia und Simi warteten am äußeren Rand des Dorfes, bis Wilder seinem Drachen mitteilte, dass die Luft rein war. Wie Sophia vermutet hatte, verließen alle Drachenreiter das Dorf wegen der plötzlichen Aufregung um die Wasserhosen.

Sie musste zugeben, dass sie ziemlich beeindruckend wirkten, als sie in die Luft stiegen und schon aus einiger Entfernung zu sehen waren. Einer der wichtigsten Punkte – abgesehen davon, dass sie die Aufmerksamkeit der Halunken auf sich zogen – war, dass die Ablenkung der Insel, die den sanftmütigen Dorfbewohnern gehörte, die schon genug durchgemacht hatten, keinen Schaden zufügte.

Zuerst hatte Sophia erwogen, Evan einen Tsunami oder etwas Ähnliches erzeugen zu lassen. Das hätte die Aufmerksamkeit aus dem Zentrum der Insel auf sich gezogen und eine Gefahr dargestellt, die die dämonischen Drachenreiter nicht ignorieren konnten, aber wenn ein Tsunami kam, würde er die Insel und möglicherweise auch die Nachbarinseln auslöschen.

Sophia hoffte, dass sich die Wasserhosen, wenn die Zeit gekommen war, einfach auflösten – nachdem sie einen Dämonendrachenreiter oder drei oder vier erledigt hatten.

»Wilder sagt, dass alle Wachen weg sind. Sie sind zum Rand der Insel geflogen, um die Wasserhosen zu untersuchen«, berichtete Simi neben Sophia und Lunis, die in den Bäumen warteten.

»Okay, dann lasst uns keine Zeit verlieren.« Sophia wollte unbedingt einen Blick auf Wilder werfen und sich vergewissern, dass es ihm gut ging.

Simi ging voran durch die wuchernde Vegetation im Dschungel. Fliegen wäre zwar der schnellste und direkteste Weg zu Wilder im Dorfzentrum, aber das würde auch den Schurken ihre Anwesenheit verraten, die hoffentlich in die entgegengesetzte Richtung flogen. Sophia hätte sie tarnen können, aber sie war sich bewusst, dass es wichtig war, ihre Magie zurückzuhalten, da sie nicht wusste, welche Hindernisse vor ihnen lagen.

Zum Glück konnten die Drachen einen Verkleinerungszauber benutzen, um sich durch den Wald und um die Bäume herum zu bewegen, wodurch der Weg schneller zu bewältigen war.

Sophia erinnerte sich an die Lage des Dorfgebietes, als sie diesen Tanner ausspioniert hatten, der die Eingeborenen schikanierte. Sie waren nicht weit vom Zentrum entfernt, aber das Gelände war anders, als sie es in Erinnerung hatte. Viele der Hütten und Gebäude waren abgerissen worden und ein Großteil der Enklave lag in Trümmern.

Sophia vermutete, dass viele der Einheimischen nicht gewartet und die Insel bereits verlassen hatten. In ihrer Eile, den bösen Drachenreitern zu entkommen, hatten sie wahrscheinlich ihre Sachen hektisch gepackt und alles zurückgelassen, was sie nicht brauchten.

Trotzdem hatte sie erwartet, ein paar Gesichter zu sehen, als sie durch den Wald liefen, aber er war verlassen. Es musste kurz vor Ablauf der Drei-Tages-Frist sein, die Tanner ihnen für den Aufbruch gewährt hatte. Sophia hatte bei all den Ereignissen das Zeitgefühl verloren.

Rauch waberte durch die Luft, als sie sich dem Zentrum des Dorfes näherten. Zuerst befürchtete Sophia, dass die Halunkenreiter den Ort aus irgendwelchen verrückten Gründen in Brand gesteckt hatten. Doch als sie zu der Lichtung kamen, auf der Wilder gefangen gehalten wird, wurde Sophia klar, dass es weit schlimmer war als das.

Hohe Feuerwände umgaben die Grube, in der Wilder gefangen gehalten wurde und stellten für seine schnelle Befreiung ein großes Hindernis dar. Die Dinge wurden immer noch komplizierter.

Kapitel 56

Die Volltrottel tauchten pünktlich auf, nachdem sie die Einladung erhalten hatten, die Evan ihnen über die Lüfte geschickt hatte. Er gackerte, als die drei Drachenreiter in Sichtweite kamen und über den Dschungel der Insel flogen – und ihn sofort entdeckten.

Evan beugte sich tief über Coral und spürte das Adrenalin des Augenblicks. Ja, sie waren in der Überzahl. Ja, die Halunkenreiter waren unberechenbar. Aber er wusste auch ganz genau, dass diese jungen Drachenreiter Evan MacIntosh noch nie begegnet waren. Sie waren noch nie jemandem wie ihm begegnet und das sollte ihnen zum Verhängnis werden, denn niemand kämpfte wie er, mit so viel Elan.

»Hey, sieh mal einer an, die Wickelkinder sind da!«, jubelte Evan und erzeugte mit Leichtigkeit eine weitere Wasserhose. Für jeden von ihnen gab es nun eine. »Wir wollen ja niemanden zurücksetzen.«

Die dämonischen Drachenreiter stürmten bei seinem Anblick nach vorne, aber sie bewegten sich nicht mit der Leichtigkeit, die man beim Fliegen eines Mitglieds der Drachenelite beobachten konnte. Evan konnte das verstehen, denn sie hatten niemanden, von dem sie hätten lernen können. Diese Jungs flogen alle ohne Unterstützung auf ihren Drachen und hatten nicht die Erfahrung von Mahkah, der von den Ältesten gelernt hatte, bevor er die Geheimnisse der Drachenreiter weitergab.

»Das wird einfacher, als ich dachte«, gluckste Evan, flog zur Seite und schlängelte sich um seine Konstruktionen herum. Dabei brüllte er vor Freude.

An den Gesichtern der Halunkenreiter war zu erkennen, dass sie nicht erwartet hatten, dass ein Drachenreiter Wasserhosen erzeugen konnte. Er konnte es ihnen nicht verdenken. Es war ein echtes Kunststück und hatte eine Menge Magie erfordert. Aber jetzt, wo er die gewaltigen Säulen aufgerichtet hatte, musste er sie nur noch einsetzen, um seine Feinde auszuschalten, was bei ihrer Flugweise gar nicht so schwer sein konnte.

»Alter, ihr wisst doch, wie man auf einem Drachen reitet, oder?«, fragte Evan, als er an dem ersten Reiter auf seinem grauen Drachen vorbeiritt.

Der Typ zog eine Grimasse mit zusammengebissenen Zähnen. »Schnappen wir ihn uns!«

»Erst müsst ihr mich schon fangen«, stichelte Evan, während er tief nach hinten sank und den Kopf zurückwarf, als wollte er einen Stunt machen. In Wirklichkeit gab er nur an und das ärgerte die drei unterfahrenen Reiter nur noch mehr.

Sie verfolgten ihn und klammerten sich unsicher an ihre Drachen.

»Mann, bei euch sieht das Reiten auf einem Drachen tatsächlich schwierig aus«, schimpfte Evan. »Wenn ihr auch nur ein bisschen Erfahrung hättet, wüsstet ihr, dass es Spaß machen und nicht wie eine lästige Pflicht aussehen sollte!«

Der größte der drei Reiter auf dem grünen Drachen hob die Hand und kniff die Augen zusammen. Obwohl Evan sich weder um den grauen noch um den anderen Drachen Gedanken machte, hatte der grüne Reiter etwas an sich, das ihn innehalten ließ.

Dann zuckte ein heller Blitz durch die Luft und blendete Evan beinahe. Er hatte nur einen Moment Zeit, um zu reagieren, denn er wusste genau, was als Nächstes kommen sollte.

Evan tauchte in Richtung Meeresoberfläche ab und versuchte, sich so weit wie möglich vom Himmel zu entfernen, als ein ohrenbetäubender Donnerschlag über ihm ertönte. Er hallte in seinem Kopf wider und ließ seinen Schädel vibrieren.

Er schüttelte den Angriff ab und richtete sich auf. Der grüne Drache hatte also das Element Blitz. Das war ziemlich beeindruckend, aber der Kerl lernte noch, seine Fähigkeiten zu verfeinern, denn er hätte die Elektrizität nutzen können, um Evan und Coral fertigzumachen. Stattdessen nutzte er sie, um ihre Sinne zu verletzen.

Doch er wollte diesen Schurken nicht unterschätzen, denn der verzweifelte Blick des Mannes verriet Evan, dass dieser Kerl nicht aufhören würde, bis er ihn zu Fall gebracht hatte.

Deshalb schnippte Evan mit dem Finger nach der ersten Wasserhose, die dem grauen Drachen am nächsten war. »Jetzt wird's lustig! Es wird gebadet, Baby!«

Kapitel 57

Sophia stürmte auf die Feuerwand zu, flankiert von den Drachen. Wie sie vermutet hatte, konnten sie nicht näher als ein paar Meter herankommen, bevor die Flammen sie zurückdrängten.

»Wilder!«, schrie sie, während sie versuchte, durch die orangefarbene Wand zu sehen, die ihre Augen von dem Rauch und den hohen Temperaturen verbrannte.

Durch die dicken Flammen hindurch konnte sie eine Bewegung in der Grube unter ihr erkennen. »Ich bin hier!«, schrie er, was ihr Herz höherschlagen ließ.

»Wie kommen wir an ihn heran?« Sie schaute zwischen Lunis und Simi hin und her.

»Ich kann über die Feuerwand fliegen«, gab Simi selbstbewusst von sich.

»Wenn es so einfach wäre, dann hätten die Drachenreiter diese Methode nicht angewandt«, überlegte Lunis.

»Er hat recht.« Sophias Puls schlug in ihrem Kopf. »Sie mussten wissen, dass Wilders Drache hier irgendwo ist.«

»Das Netz und die Grube sind magisch geschützt«, rief Wilder aus der Grube. »Selbst wenn du die Flammen überwindest, musst du die Schutzzauber abbauen. Von hier drinnen kann ich keine Magie anwenden, also weiß ich nicht, wie ich es machen soll.«

Sophia seufzte, als sie merkte, dass das absolut Sinn ergab. »Okay, wir löschen zuerst das Feuer. Dann überlegen wir uns etwas wegen der Sicherheitsmaßnahmen.«

»Wenn Evan hier wäre, könnten wir die Flammen vielleicht mit Wasser löschen«, überlegte Lunis.

»Ich glaube, das ist das erste Mal, dass wir Evan hier haben wollen«, scherzte Sophia und schaute über ihre Schulter, wo sie die drei Wasserhosen in der Ferne sehen konnte. Sie wirkten fast lebendig, als sie sich durch die Luft schlängelten und wie eine Peitsche hin und her schlugen.

»Wind«, bot Simi an. »Wir könnten mit unserer Windmagie versuchen, die Flammen auszublasen.«

»Das ist eine gute Idee.« Sophia kaute auf ihrer Lippe. »Aber ich glaube nicht, dass das ausreicht. Wenn es keine starke, entschlossene Bewegung ist, könnte es die Flammen nur anfachen und alles noch schlimmer machen.«

»Ja und da dein Reiter weggesperrt ist, bist du eingeschränkt.« Lunis klang seltsam ernst.

»Wie wäre es, wenn ihr gemeinsam die Flammen löscht, als würdet ihr die Geburtstagskerzen ausblasen?«, überlegte Sophia, während sie die Idee ausarbeitete. »Du könntest deine Elementarmagie einsetzen, Simi, aber Lunis könnte mit seinen Flügeln helfen.«

»Ja, das könnte funktionieren.« Simi stellte sich auf ihre Hinterbeine und breitete ihre Flügel aus. »Wenn wir uns an der richtigen Stelle positionieren und es gemeinsam tun, dann werden die Flammen niedergeschlagen und wir können am nächsten Schritt arbeiten.«

Lunis nickte und stellte sich schnell neben Simi, wobei ihn sein Bein scheinbar überhaupt nicht störte. Er wippte wie sie auf seinen Hinterbeinen und breitete seine langen Flügel aus, dann warf er Sophia einen entschlossenen Blick zu.

»Wir können das«, motivierte Lunis. »Ich bin bereit, wenn du es bist, Simi.«

Kapitel 58

Die erste Wasserhose fiel wie eine Felssäule, die sich auflöste. Der Wasserschwall erwischte den grauen Drachen und seinen Reiter. Sie sahen ihn kommen, bewegten sich aber nicht schnell genug und stürzten in das aufgewühlte Wasser unter ihnen.

Evan brüllte und floh vor dem gelben Drachen und seinem Reiter, die hinter ihm her waren. Es war zu einfach, den Verfolgern auszuweichen, also verlangsamte er sein Tempo, um sie auf Trab zu halten. Die Unerfahrenheit des Reiters zeigte sich und er hatte Probleme, sich bei mehreren Anläufen auf seinem Drachen zu halten, als Evan auf eine Seite auswich und dann die Richtung wieder änderte.

Es war ein einfaches Katz- und Mausspiel. Der junge Dämonendrachenreiter bekam nicht mit, dass er geradewegs in die Flugbahn der nächsten Wasserhose geführt wurde. Auf der weit entfernten anderen Seite schwebte der Typ auf dem grünen Drachen in der Luft und warf Evan einen berechnenden Blick zu. Das war derjenige, der Evan Sorgen bereitete. Er beobachtete, wie sich die Elite bewegte. Evan glaubte zu wissen, was als Nächstes mit dem gelben Reiter passieren würde, aber er ließ es zu – alles nur, damit er beobachten und sich eine Strategie überlegen konnte, wie er sich dem erfahreneren Dämonendrachenreiter nähern konnte.

»Einer nach dem anderen.« Evan schwang sich um die Wasserhose, flog den Kamin hinauf und beobachtete, wie der naive Halunkenreiter ihm folgte.

MUTIG GEREGELT

Evan war langsamer geworden, um den Kerl nahe an Corals Schwanz heranzulassen. Als der gelbe Drache fast bei ihm war, bog er ab und schoss geradewegs nach außen weg. Der Frischling verfolgte ihn, war aber schnell abgehängt. Wie zuvor ließ Evan die Wasserhose zusammenbrechen. Sie fiel zur Seite und rammte den Reiter, der daraufhin in die Tiefe stürzte, wo er und sein Drache sofort untergingen.

Er war nicht tot. Genauso wenig wie der graue Drache und sein Reiter. Das Chi des Drachen war zu stark, um so einfach ausgeschaltet zu werden. Aber sie würden nach den Angriffen noch eine Weile nicht herumfliegen. Ihre Hoffnung musste sein, an die Küste zu treiben, wo sie sich nach der Heilung ihrer vielen Wunden erholen konnten.

Evan wendete und stellte sich dem grünen Drachen und seinem Reiter entgegen. Die verbliebene Wasserhose teilte den Abstand zwischen ihnen.

»Nur du und ich, Rotschopf«, knurrte Evan mit leiser Stimme, während er sich hinunterbeugte und überlegte, wie er dem letzten Halunkenreiter, der ihm im Weg stand, einen wortwörtlichen Curveball servieren konnte.

Kapitel 59

Sophia hatte schon viele unglaubliche Dinge gesehen, die Drachen taten, aber den blauen und weißen Drachen bei ihrer Zusammenarbeit zu beobachten, war wohl eines der Bedeutendsten.

Die Art und Weise, wie sie sich bewegten, beide aufrecht auf ihren Hinterbeinen stehend und mit ausgebreiteten Flügeln, war einfach atemberaubend.

Ihre Augen leuchteten und ihre Mienen waren angespannt, als sie ihre Flügel vorsichtig zurückzogen, als würden sie einen Pfeil in einen Bogen spannen. Mit einem Schweigen, das so viel verriet, gab Simi das Kommando und beide Drachen schlugen ihre Flügel in einer schnellen und kraftvollen Bewegung nach vorne. Es war nur ein einziger Schlag, aber die Kraft, die folgte, heulte durch die Luft und schickte einen heftigen und beeindruckenden Windstoß gegen die Flammenwand.

Das Feuer erlosch genau so, als würde ein Kind die Kerzen auf einem Kuchen auspusten und verschwand fast augenblicklich.

Wenn Sophia das Kind wäre, das die Kerzen ausblies, hätte sie in diesem Moment nur einen Wunsch gehabt, als sie nach vorne stürmte und in die Grube hinunterschaute, in der Wilder stand. Er starrte erleichtert und ängstlich zu ihr hoch.

Kapitel 60

Evan hatte nur noch eine Wasserhose und begrenzte Magiereserven. Als er dem letzten Dämonendrachenreiter gegenüberstand, wusste er, dass er nur eine Chance hatte, ihn mit der Wasserhose auszuschalten und er spürte, dass der Rotschopf das auch wusste.

Der grüne Drache und sein Reiter schwebten einige hundert Meter entfernt auf der anderen Seite des spiralförmigen Gebildes in der Luft. Wenn es um Drachen und das Fliegen ging, war das ein Kinderspiel. Die Dinge konnten sich schnell ändern, besonders wenn es um Feuer und Flügel ging und niemand wusste das besser als Evan.

Er hoffte, dass der Neuling unter den Drachenreitern das nicht wusste, denn es würde ihm einen Vorteil bringen. Er musste den Kerl ausschalten und zu Sophia und Wilder zurückkehren. Evan mochte es um Spaß gehen, aber wenn Wilder etwas zustieß, würde er sich das nie verzeihen. Er war sein bester Kumpel.

Der grüne Drache schlug mit den Flügeln und wirkte auf der anderen Seite des Wassernebels verschwommen. Sie warteten darauf, dass Evan den ersten Schritt tat. Das gefiel ihm nicht.

Dieser Kampf musste zu seinen Bedingungen stattfinden. Er dachte über seine Möglichkeiten nach, während er und Coral weit über der Meeresoberfläche schwebten. Der Dämonendrachenreiter hatte ihn beobachtet. Er kannte seine Taktik mit der Wasserhose. Aber er kannte nicht alle seine Tricks. Evan überlegte, dass er das zu seinem Vorteil nutzen konnte, indem er darauf setzte, was der Kerl vermutete, was er tun würde.

Da der dämonische Drachenreiter Evan hinhielt und ihn zwang, den ersten Schritt zu machen, glaubte er wohl zu wissen, was der Elitereiter vorhatte. Evan verließ sich darauf. Wenn er sich irrte, würde er schwer dafür bezahlen.

Unten im Wasser erblickte Evan die anderen Dämonendrachenreiter, die an der Oberfläche schwammen und versuchten, durch die unruhige See zur nächstgelegenen Insel zu schwimmen. Sie würden es nicht schaffen und obwohl Evan es vorziehen würde, keinen Drachenreiter zu töten, ließen ihm diese Typen keine andere Wahl. Wenn die Halunkenreiter nicht für die Drachenelite waren, dann waren sie gegen sie. Dem Frieden, den die Drachenelite anstrebte, durfte nichts im Wege stehen.

Nachdem er einen tiefen Atemzug genommen hatte, beugte sich Evan zu Coral hinunter und sandte ihr die stille Absicht über seine Pläne. Ihre Bestätigung war ebenfalls wortlos, mehr ein Gefühl als alles andere – so war die Magie zwischen Drache und Reiter.

Kapitel 61

»Welche Art von Schutzmaßnahmen haben sie an dem Netz angebracht?« Sophia versuchte mit allen erdenklichen Zaubern, die Sicherheitsvorkehrungen der Grube zu überwinden, in der Wilder eingesperrt war. Nichts funktionierte und mit jedem Augenblick wuchs die Panik in ihrer Brust.

»Ich weiß es nicht«, antwortete Wilder in einem neutralen Tonfall, obwohl sie wusste, dass es ihm unheimlich schwerfiel, einfach nur dazustehen. Er wollte helfen. Er brauchte sie. »Die dämonischen Drachenreiter haben eine andere Art von Magie, soweit ich das beurteilen kann. Sie benutzen Zaubersprüche, die ich nicht kenne.«

»Ihre Magie fühlt sich schmutzig und doch kompliziert an«, beobachtete Simi.

»Als hätte man eine Beziehung mit einer Prostituierten«, scherzte Lunis.

Sophia riss Inexorabilis aus der Scheide und schüttelte den Kopf über ihren Drachen. »Keine Witze im Moment.«

Er brummte, nickte aber. »Gut. Soll ich versuchen, das Netz abzufackeln? Vielleicht löst es sich dann auf.«

»Ich möchte lieber nicht gebraten werden!«, meldete sich Wilder aus der Grube.

Sein Gesicht war mit blauen Flecken übersät, die Sophias Herz schmerzen ließen. Sie schüttelte es ab und versuchte, sich zu konzentrieren. »Ich glaube, das Netz muss feuerfest sein, sonst hätte die Feuerwand es beschädigt.

»Denk auch daran, dass diese Gruben benutzt werden, um die Dämonendrachen einzusperren«, fügte Simi hinzu.

Sophia nickte, wieder einmal angewidert von der Vorstellung, Drachen auf diese Weise zu behandeln. Sie holte mit ihrem Schwert weit aus und schleuderte es gegen das Netz. Inexorabilis traf auf die faserigen Seile und prallte ab, als hätte es Stein getroffen. Mehr Magie als nur ein feuerhemmender Spruch schützte das Netz.

Erschüttert von der Anstrengung gegen die stählernen Seile zu schlagen, schüttelte Sophia den Kopf und atmete aus.

»Nun, wir haben es zumindest versucht«, stöhnte Lunis. »Ich schätze, hier wohnst du ab sofort, Wilder.«

Sophia warf ihrem Drachen einen genervten Blick zu. »Nicht jetzt«, wiederholte sie.

»Nein, der Humor hält mich bei Verstand«, meinte Wilder.

»Hast du versucht, da rauszukommen?« Lunis beugte seinen Kopf, um die Grube zu untersuchen.

Wilder rollte mit den Augen. »Ach, du liebe Zeit. Ich bin schon seit einem Tag hier. Warum ist mir das nicht eingefallen?«

»Weil du so ein Dummkopf bist«, stichelte Lunis.

Wilder lachte. »Ja, Portalzauberei ist hier deaktiviert. Sie waren schlau genug, daran und an ein paar andere Dinge zu denken, aber ich kann mir die Sicherheitsvorkehrungen nicht erklären. Irgendetwas stimmt mit ihrer Vorgehensweise nicht, das macht mich stutzig.«

»Nein, das können wir nicht zulassen«, forderte Sophia mit Entschlossenheit in ihrer Stimme. »Wir müssen dich da rausholen.«

»Das werden wir. Mach dir keine Sorgen«, erwiderte Wilder. »Wir werden das schon hinkriegen. Wir müssen wie ein böser Magier-Drachenreiter denken. Was für Schutzvorrichtungen würden sie an einer Grube anbringen, um ihre Drachen an einer Flucht zu hindern?«

»So kompliziert ist es nicht«, ertönte eine sanfte Stimme in ihrem Rücken, was Sophia nervös machte. Sie drehte sich um und schwang ihr Schwert, bevor sie ein kleines Mädchen entdeckte, das in der Nähe der Baumgrenze stand. Das Kind war eine der Eingeborenen. Ihr langes, strähniges, schwarzes Haar verdeckte teilweise ihr Gesicht und ihre Kleidung war schlicht und schmutzig.

Kapitel 62

Ohne zu blinzeln und ohne Vorwarnung schickte Evan die Wasserhose zur Seite und direkt auf den Dämonendrachenreiter zu. Aber anders als zuvor ließ er sie nicht zusammenbrechen. Stattdessen hielt er sie aufrecht und schleuderte sie auf den grünen Drachen, als würde ein Wirbelsturm über den Ozean ziehen.

Wie Evan erwartet hatte, flog der Drachenreiter in die entgegengesetzte Richtung und feuerte einen Blitzschlag auf ihn ab. Da der ältere Reiter damit jedoch gerechnet hatte, lenkte er die Wasserhose in die andere Richtung. Sie fing den Blitz ab und verhinderte, dass er Evan und Coral traf.

Die Elektrizität schlängelte sich auf einmal um das Gebilde herum und wurde vom Nebel absorbiert, der den perfekten Leiter für sie darstellte. Das Schauspiel war unglaublich schön – eine spiralförmige Masse aus elektrisch geladenem Wasser.

Jeder Funke breitete sich von der Basis der Wasserhose aus und knisterte meilenweit über die Meeresoberfläche. Evan wusste, dass die Intensität der Elektrizität im Wasser tödlich war. Die Temperatur war heißer als die Oberfläche der Sonne und sie enthielt über hundert Millionen Volt Elektrizität. Kein Mensch, nicht einmal ein Drache oder sein Reiter, konnten das überleben.

Deshalb weigerte sich Evan, nach unten zu schauen, als die Elektrizität über das Wasser floss und die Dämonendrachenreiter verbrannte. Ihm gefiel nicht, was er getan hatte, aber es war der einzige Weg und er wusste es. In Schlachten gab es immer Tote, auch wenn er sie als Mitglied der Drachenelite so gut es ging vermied.

Kapitel 63

as hast du gesagt?« Sophia schaute sich suchend nach den Eltern des Mädchens um und fragte sich, woher sie kam.

»Die Männer, die meine Insel übernommen und deinen Freund gefangen genommen haben, haben keine Magie benutzt, um das Netz zu versiegeln«, erklärte das Mädchen. »Nun, sie haben es verstärkt, aber ich habe von den Bäumen aus gesehen, wie sie den Deckel der Grube geöffnet und geschlossen haben und das war kein Zauber.«

Sophia eilte vorwärts, während ihr Herz wild schlug. Sie kniete vor dem Mädchen nieder und hoffte, dass sie nicht nur harmlos und vertrauenswürdig wirkte. »Kannst du mir sagen, wie man ihn öffnet? Wir wollen helfen, deine Insel und dein Volk zu retten.«

Das Lächeln des Mädchens war schmerzhaft und Sophias Kehle schnürte sich zu. »Ich weiß, dass ihr die guten Drachenreiter seid. Wir haben gesehen, wie euer Freund gefangen genommen wurde und wussten, dass ihr helfen wollt.«

»Gut, gut«, gab Lunis in Sophias Rücken von sich und klang besorgt. »Kannst du die Grube öffnen? Wie wäre das? Dann können wir friedlich herumtanzen.«

Das Mädchen zeigte auf einen hohen Turm, der hinter ihr in die Bäume gebaut war. »Dort oben gibt es einen Knopf. Drachen können wegen der Schutzzäune nicht hinauf, aber ich habe beobachtet, wie die bösen Männer hinaufgeklettert sind und ich glaube, ich weiß, wo der Knopf ist.«

Sophias Augen weiteten sich. Sie konnte nicht glauben, dass es so einfach sein könnte.

»Natürlich«, rief Wilder aus der Grube, weil er sie belauscht hatte. »Wie ihre Seelensteine für die Barriere. Sie können keine Magie benutzen oder nicht viel davon, also sind sie auf sterbliche Methoden angewiesen.«

Sophia warf einen spekulativen Blick über ihre Schulter zu Wilder. »Ich hoffe, du erklärst mir das und noch mehr später.«

»Du weißt, dass ich das werde, Madam«, lächelte er.

Sophia richtete ihre Aufmerksamkeit wieder auf das kleine Mädchen. »Kannst du mir sagen, wo der Knopf ist?«

Ein Grinsen breitete sich auf dem Gesicht des Mädchens aus. »Ich werde es noch besser machen. Ich klettere da hoch und drücke für dich. So kannst du mit deinem Freund abhauen, bevor sie zurückkommen.«

Die Spannung in Sophias Brust ließ nach. »Danke.« Sie schaute Simi neben sich an. »Würdest du sie durch die Bäume begleiten? Nur um sicherzugehen, dass sie in Sicherheit ist. Ich weiß, dass du nicht in die Nähe des Turms kommen kannst, weil sie ihn mit einem Schutzschild versehen haben, damit die Drachen sich nicht gegenseitig befreien können.«

»Ja, natürlich.« Simi schritt vorwärts und senkte den Kopf, um das Mädchen anzuschauen. »Ich werde dich begleiten und dich beschützen, wenn wir in Gefahr geraten.«

Das Mädchen strahlte in Ehrfurcht vor dem weißen Drachen. »Danke. Das wäre großartig.«

Die Eingeborene drehte sich um und eilte mit dem weißen Drachen an ihrer Seite zurück in den Wald.

Sophia fühlte plötzlich Erleichterung in sich aufsteigen. Sie würden Wilder befreien und entkommen. Alles kam zusammen.

»Oh, du schon wieder«, knurrte eine schroffe Stimme in ihrem Rücken. »Dieses Mal kommst du nicht lebend davon.«

Kapitel 64

Evan richtete seine ganze Aufmerksamkeit auf die elektrisch geladene Wasserhose und nutzte sie, um den dämonischen Drachenreiter abzublocken, als er auf ihn zuflog. Das Wasser diente als Barriere, um den fliegenden Drachen aufzuhalten, der auf Evan zustürmte.

Die Breite des Wasserwirbels und die Elektrizität, die von ihm ausging und durch den Nebel um die Säule herum noch verstärkt wurde, machten es unglaublich riskant, ihn zu passieren, selbst in gewisser Entfernung. Der Rotschopf musste das gespürt haben, denn er zögerte mehrmals und wich zurück, wenn die Wassersäule zur Seite oder nach vorne schoss und ihn bedrohte.

Der Dämonendrachenreiter hob seine Hand, zögerte aber, wahrscheinlich weil er wusste, dass Evan den Wasserspeier einfach benutzen würde, um einen weiteren Blitzangriff zu absorbieren. Der unerfahrene Drachenreiter hatte keine andere Wahl und das wussten sie beide. Evan musste ihn aufhalten oder ihn ausschalten. Er hoffte, dass der Drachenreiter sich auf die andere Insel zurückzog, denn sie wussten beide, dass Evan seine Kreation nicht lange aufrechterhalten konnte. Bald würde seine Magie zu Ende gehen und er geriet in Schwierigkeiten.

Kapitel 65

Sophia zuckte zusammen, als sie die Stimme hinter sich erkannte. Sie drehte sich um und sah, dass Lunis eine Abwehrhaltung einnahm, während er dem schwarzen Drachen neben Tanner gegenüberstand, dem Dämonendrachenreiter, den sie in der Wüste getroffen hatte.

Wilder seufzte. »Tritt den Knirps für mich gegen den Kopf, ja? Ich verspreche, dass er dadurch nicht dümmer wird. Das wäre sowieso unmöglich.«

Sophia umklammerte ihr Schwert, das sie immer noch in den Händen hielt. Tanner hielt in der einen Hand einen Flachmann und in der anderen eine Waffe, die sie wiedererkannte. Es war das Schwert von Wilder.

Sophia machte einen Schritt nach vorne und hoffte, dass Tanner das kleine, einheimische Kind nicht bemerkte, das hinter ihr in den Bäumen auf den Turm kletterte. Sie war dankbar, dass sie Simi mit dem Mädchen losgeschickt hatte. Wenn ihr etwas zustoßen sollte, während sie ihnen half, würde es Sophia das Herz brechen.

»Was hast du mit den anderen gemacht?« Tanner schaute sich nach den anderen Dämonendrachenreitern um.

»Sie hat sie getötet«, knurrte Wilder, bevor Sophia antworten konnte. »Jetzt bist du dran, Kleiner. Ich hoffe, du hast dir einen Schuhkarton als Sarg ausgesucht.«

»Ja, klar«, brummte Tanner mit einem falschen Lachen, das seine Unsicherheit verriet, während er sich umsah.

Sophia machte einen weiteren Schritt nach vorne und zur Seite, in der Hoffnung, Tanners Aufmerksamkeit auf sich zu lenken und nicht auf das, was hinter ihr geschah.

Lunis und der schwarze Drache Coal schlichen umeinander herum, mit gesenktem Kopf und drohendem Gesichtsausdruck. Der andere Drache war viel kleiner als Lunis und einer, von dem Sophia wusste, dass er ihn nicht mochte, seit er mit ihm in Gullington nach dem Schlüpfen zusammen war.

»So muss es nicht ablaufen«, warnte sie den Dämonendrachenreiter.

Tanner lachte und schüttelte den Kopf. »Was meinst du? Ich muss nicht mit dir Schluss machen? Doch, ich fürchte, das muss ich. Dann schalte ich den Kerl aus, der seine Klappe nicht halten kann.«

Sophia konnte nur vermuten, dass Wilder diesen Kerl mit vielen witzigen Beleidigungen wütend gemacht hatte. Sie schüttelte den Kopf. »Wir wissen beide, dass du nicht überleben wirst, wenn du mich herausforderst. Ich verstehe, dass du neu in unserer Welt bist, aber du kannst deine Meinung noch ändern. Du kannst dich entscheiden, besser zu werden.«

Tanner verengte seine Augen. »Und was, so sein wie du? Ja, sicher. Das würde mich zu Tode langweilen.«

»Dann solltest du es wirklich versuchen«, stichelte Wilder. »Ich würde gerne sehen, ob solche Dinge deinen Tod verursachen können. Wirklich, ich würde gerne deinen Tod sehen.«

Sophia wusste, was Wilder vorhatte. Er hielt sie hin und hoffte, dass die Einheimische den Knopf drückte und ihn befreite, bevor der Kampf begann. Die junge Drachenreiterin brauchte ihn aber nicht, um für sie zu kämpfen, obwohl Sophia ahnen konnte, wie sehr er die blauen Flecken zurückzahlen wollte.

»Zu dir komme ich gleich«, informierte Tanner Wilder verbittert. »Zuerst werde ich dieser Göre eine Lektion erteilen. Das ist das letzte Mal, dass du so lässig vor mir stehst. Nächstes Mal, wenn es denn eines gäbe, wirst du vor meinen Füßen um Gnade winseln.«

Sophia schüttelte den Kopf und hob Inexorabilis.

»Oje, Tanner. Du willst es ja nicht anders.« Wilder pfiff. »Du wirst noch hässlicher aussehen, wenn sie mit dir fertig ist.«

Kapitel 66

Sophia wusste, dass es besser war, nicht den ersten Schritt zu tun. In solchen Kämpfen war es immer besser, den anderen, schwächeren Gegner zuerst zuschlagen zu lassen, denn dann konnte man ihn beim Angriff beobachten und seine Schwächen gegen ihn verwenden.

Doch bevor Tanner sie angreifen konnte, machte Coal den ersten Schritt.

Sophia vermutete, dass Lunis, ähnlich wie Wilder, den schwarzen Drachen beleidigte und zum Angriff ermutigte. Sie hielt den Atem an, als die ersten Bewegungen zwischen den beiden Drachen stattfanden.

Coal wirbelte herum und schwang seinen Stachelschwanz in Lunis' Richtung. Doch der blaue Drache war schnell. Er reagierte sofort und duckte sich, bevor der Schlag seinen großen Kopf treffen konnte. Der Angriff hatte Coal sofort in einen Nachteil gebracht, da sie Lunis den Rücken zugewandt hatte. Sie war langsamer beim Drehen, vor allem für ihre Größe, nur halb so groß wie Lunis. Das könnte der Grund dafür gewesen sein, dass Coal den ersten Schritt machte, weil sie dachte, sie würde einen Vorteil daraus ziehen. Zum Leidwesen des kleineren Drachen hätte das, was dann passierte, für ihn tödlich ausgehen können.

Lunis hatte seinen gehörnten Kopf nach unten geschwungen, um dem Schwanz von Coal auszuweichen. Jetzt nutzte er den Schwung, um ihn zurückzuschleudern und ihn in ihre Seite zu rammen. Die schiere Kraft hob den schwarzen Drachen von den Beinen und schleuderte ihn gegen einen nahen Baum.

»Coal!«, schrie Tanner, wurde aber von dem Gebrüll übertönt, als der schwarze Drache sich auf die Füße rollte und auf Lunis zustürmte, offenbar unbeeindruckt von dem Angriff.

Sophia spannte sich an und machte sich Sorgen um ihren Drachen und sein verletztes Bein. Mit einer schnellen Bewegung hob er jedoch genau dieses Vorderbein und schleuderte es durch die Luft, als Coal mit ausgestreckten Beinen auf ihn zustürzte, als wollte sie ihn zu Boden kicken. Der schwarze Drache hatte keine Chance, denn Lunis Klauen trafen Coals Gesicht, schleiften darüber und katapultierten sie erneut mit Leichtigkeit zur Seite. Der schwarze Drache überschlug sich mehrmals, bevor er gegen einen Baum prallte, wo er zwar lebendig liegen blieb, aber davon abgehalten wurde, einen weiteren Angriff zu wagen.

Tanners Blick wanderte von seinem Drachen zu Sophia, die er mit purer Rachsucht betrachtete. »Dafür wirst du jetzt bezahlen.«

Kapitel 67

Tanner ließ den Flachmann fallen, nahm den Griff des Schwertes in beide Hände und stürzte sich mit einer Stichbewegung auf Sophia. Sie lachte fast über den Versuch, denn er sah aus wie ein Kind, das mit einem Plastikschwert spielte.

Sie konnte den Angriff leicht abwehren und sprang zur Seite. Tanners Schwung brachte ihn an ihr vorbei und Sophia drehte sich um, hob ihren Ellbogen und schlug ihn auf seinen Rücken, sodass er direkt zu Boden ging.

Tanner fiel flach auf die Brust und das Schwert glitt aus seinen Händen, während er Dreck fraß. Sophia hob einen Fuß, rammte ihren Stiefel in seinen Rücken und drückte ihn herunter, als er versuchte, aufzustehen. Er war nicht wirklich stark und seine Bemühungen waren unfassbar lächerlich.

»Ich habe dir gesagt, dass du es bereuen wirst, sie herausgefordert zu haben«, rief Wilder aus der Grube.

»Das ist noch nicht vorbei«, knurrte Tanner, mit einem Mund voll Dreck, während er versuchte, sich von Sophias Fuß zu befreien. »Ich lasse mich nicht von einem Mädchen schlagen.«

»Du solltest dich geehrt fühlen, von diesem Mädchen besiegt zu werden«, bemerkte Wilder. »Sie ist zäher als die meisten Männer, die ich kenne.«

Sophia zwinkerte Wilder in der Grube zu, packte den Griff ihres Schwertes und bohrte die Spitze in den Dreck, nur wenige Zentimeter von Tanners Gesicht entfernt, das auf den Boden gedrückt war. Er verkrampfte sich. »Ich glaube, wir müssen uns neu einigen, bevor jemand verletzt wird.«

»Oder er pinkelt sich in die Hose«, kommentierte Lunis neben ihr, der die Show offensichtlich genoss.

»Wir müssen uns nicht gegenseitig bekämpfen«, begann Sophia erneut. »Die Halunkenreiter können mit uns auf diesem Planeten leben, aber wir werden nicht zulassen, dass ihr Land einnehmt, das euch nicht gehört. Wir werden nicht zulassen …«

»Sophia! Pass auf!« Wilder schrie auf, als eine bohrende Kraft in Sophias Rücken einschlug und sie über Tanner hinweg auf den Boden schleuderte, wo Coal sich über sie stellte und sie niederdrückte.

Kapitel 68

Coal musste es ausgenutzt haben, dass alle Augen auf Sophia und Tanner gerichtet waren und sich wieder in den Kampf geschlichen haben. Das war etwas, das kein guter Drache oder Reiter tun würde. Erstens griff man eine Person nicht an, wenn sie einem den Rücken zuwandte. Zweitens griffen Drachen keine einzelnen Reiter an, wenn ihr Drache dabei war. Es war allgemein bekannt, dass Drachen und Reiter gegeneinander kämpften oder sie kämpften als Paar, wenn sie ritten. Aber auch hier hatten die Halunkenreiter nicht den gleichen Moralkodex.

Sophias Rücken brannte vor Schmerz, als Coals Krallen sich in ihre Schulter bohrten. Sie trug nicht ihre spezielle, von Jeremy Bearimy angefertigte Rüstung, was sie sofort bereute.

Der Drache hatte ihre Brust gequetscht, als sie übereinander rollten und sein ganzes Gewicht ruhte jetzt auf der Klaue, die auf sie drückte, während sein heißer Atem seitlich auf ihren Kopf traf. Ähnlich wie Tanner lag sie mit dem Gesicht nach unten, die Wange in den Schmutz gedrückt.

Sie hatte Schwierigkeiten zu atmen und würgte, als der schwarze Drache neben ihrem Gesicht knurrte.

Anders als Coal, der angriff, wenn sein Gegner ihm den Rücken zudrehte, würde sich Lunis nicht auf dieses Niveau herablassen. Das Motto der Drachenelite war es, sich Respekt zu verschaffen, auch wenn die Schurken ihn nicht hatten.

Da erklang ein gutturaler Schrei. Ein Reißen. Das Geräusch von Flügeln, die durch die Luft rauschten.

Sophia spürte einen Luftzug und riss ihr Kinn hoch, als sie einen höchst merkwürdigen Anblick erspähte. Lunis stand majestätisch vor ihr, während Tanner kopfüber in seinen Fängen hing und sein Kopf nur wenige Zentimeter über dem Boden baumelte. Ihr Drache hatte sich für die höhere Moral entschieden, aber das bedeutete nicht, dass er Coals Taten einfach so hinnehmen würde.

»Lass sie gehen oder ich zerquetsche ihn!«, befahl Lunis, während seine Augen rot aufleuchteten. »Und dann zerquetsche ich dich, Coal.«

»Woher weiß ich, dass du ihn freilassen wirst?« Coals Stimme klang wie die von Tanner, kalt und knurrend an Sophias Ohr.

»Weil ich nicht so seelenlos bin wie du«, entgegnete Lunis.

Plötzlich gab es ein Knirschen in der Nähe von Sophias Gesicht und sie neigte den Kopf, um zu sehen, wie das Netz zurückrollte. Wilder reagierte sofort und kletterte aus der Grube.

»Lass sie gehen!«, flehte Tanner seinen Drachen an. »Lass uns von hier verschwinden!«

Auf seine Worte hin stürzte Simi von oben herab und landete mit ausgebreiteten Flügeln neben ihrem Reiter.

»Komm schon!«, rief Tanner, während er hin und her schwang. »Beeil dich!«

Da er anscheinend der Meinung war, dass Lunis und die Drachenelite die Oberhand hatten, wich Coal mit ihrem Gewicht von Sophia herunter und trat rückwärts. Die junge Drachenreiterin bewegte sich nicht, atmete aber tief ein und spürte die vielen Risse auf ihrem Rücken, die jede Bewegung zur Qual machten.

Lunis spürte ihren Schmerz und warf Tanner etwa fünfzehn Meter von ihnen weg, wo er, wie sein Drache zuvor, gegen einen Baum prallte.

Mühsam rollte sich Sophia auf den Rücken, um zu sehen, wie Coal durch die Luft flog und neben Tanner landete, der schnell auf ihren Rücken krabbelte. Die beiden ergriffen sofort die Flucht und Tanner schaute mit Angst in den Augen über seine Schulter, als sie sich zum Hauptquartier der Halunkenreiter zurückzogen, wo er sicher wäre ... zumindest für eine Weile.

Kapitel 69

Sophia und die anderen hätten Wilder nicht eine Sekunde später retten dürfen, sonst wäre Evan in großen Schwierigkeiten gewesen. Seine und Corals Magie konnte die Wasserhose nicht länger halten. Deshalb war er erleichtert, als Lunis Coral mitteilte, dass Wilder frei war und sie sofort nach Gullington zurückkehren konnten.

Ein siegreiches Lachen kam aus Evans Mund, als er die elektrifizierte Wasserhose fallen ließ, die leider nicht in die Nähe des grünen Drachen und des Rothaarigen kam. Nachdem das Hindernis beseitigt war, stürmten sie vorwärts und wollten offensichtlich eine Tracht Prügel. Doch das musste warten, denn Evan wusste, dass er nicht mit teuflischen Verrückten kämpfen sollte, wenn seine magischen Reserven fast erschöpft waren.

Echte Drachenreiter wussten, wann sie kämpfen und wann sie sich zurückziehen mussten. Es würde einen weiteren Tag geben, um diesem Kerl eine Lektion zu erteilen. Diese Schlacht war geschlagen, aber der Krieg war noch längst nicht vorbei.

Evan öffnete mit dem letzten Rest seiner magischen Reserven ein Portal nach Hause, denn er wusste, dass er einen Weg zurück finden musste. Er und Coral flogen hindurch und schlossen es sofort wieder. Er beugte sich herunter und streichelte Corals Seite mit einer neuen Wertschätzung für das magische Wesen, das er sein ganzes Leben lang geliebt hatte. Evan konnte sich nicht vorstellen, sie nicht zu respektieren. Nach diesem Kampf war er sogar noch dankbarer dafür, dass sie ihn nie im Stich gelassen hatte.

Das war der Weg der Drachenelite. Sie kümmerten sich um die Welt, weil sie in ihrem Innersten füreinander sorgten – und für sich selbst.

Kapitel 70

»Alles in Ordnung?«, rief Sophia in Wilders Richtung und er stürzte auf sie zu. Er legte seine Arme um sie und drückte sie fest an sich, dann zog er sich reflexartig zurück, als hätte er Angst, die vielen Wunden auf ihrem Rücken noch mehr zu verletzen. Zwischen ihren Atemzügen und dem Wortschwall hatte Sophia auch gehört, wie die Drachen ihren Reitern die gleichen Fragen stellten, aber die beiden Magier hatten in diesem Moment nur Aufmerksamkeit füreinander.

Sophia lehnte sich leicht nach hinten und nahm Wilders Wangen in ihre Hände, während sie die vielen blauen Flecken begutachtete. »Geht es dir wirklich gut?«

Er nickte mit einem zärtlichen Ausdruck auf seinem Gesicht. »Aber dir nicht. Wir müssen zurück. Diese Wunden sind tief.«

Sie schüttelte den Kopf, trat aber noch ein Stückchen zurück. »Mir geht es gut und wir sind hier noch nicht ganz fertig.«

»Er hat recht«, warf Lunis mit strenger Stimme ein. »Drachenangriffe sind schlimm und können viel ernster sein, als du ahnst. Oft sind sie mit Gift versetzt, je nachdem, um welchen Drachen es sich handelt und wie tief der Schnitt ist.«

»Das weiß ich.« Sophia drehte sich um und sah den blauen Drachen an. »Ich danke dir. Du warst brillant.«

Er senkte den Kopf und betrachtete sie mit einem leicht sentimentalen Ausdruck. »Du weißt, dass ich alles für dich tun würde. Ich hätte diesem feigen Drachen nicht den Rücken zuwenden dürfen.«

»Du dachtest, er wäre handlungsunfähig«, wusste Sophia. »Und wir hätten nicht angenommen, dass Coal das so ausnutzen würde.«

»Nun, wir werden diese Schurken und ihren Mangel an moralischer Stärke nicht noch einmal unterschätzen.« Wilder ging zu Simi hinüber und strich seinem Drachen nachdenklich über den Hals. »Danke, dass du in der Nähe geblieben bist und die Jungs gerufen hast.«

Simi senkte ihren Kopf und betrachtete ihn mit purer Liebe und Respekt. »Gern geschehen.«

»Apropos Idioten«, begann Lunis und schaute in die Richtung, wo sich vorhin noch die Wasserhosen befanden. »Evan sagt, er ist die anderen losgeworden und will zurück nach Gullington. Er hat seine Magie verbraucht.«

»Er war unglaublich«, bemerkte Sophia.

Wilder seufzte. »Wir werden immer wieder davon hören ... für immer ... immer und immer wieder.«

Sophia gluckste und nickte. »Wenn sie weg sind, frage ich mich, ob es hier noch mehr Halunkenreiter gibt.«

»Die gibt es nicht«, ertönte die leise Stimme des einheimischen Kindes hinter ihnen. Sie hatte sich wieder an sie herangeschlichen.

Sophia drehte sich um und war ein wenig enttäuscht, dass sie das kleine Mädchen, das ihnen geholfen hatte, kurzzeitig vergessen hatte. Es war so viel los gewesen.

»Vielen Dank für deine Hilfe.« Sophia lächelte das Kind an. Sie wollte sich hinknien und ihre Hand anbieten, aber sie wusste, dass das angesichts ihrer Verletzungen nicht ratsam war.

»Ja, ich danke dir sehr.« Wilder grinste breit, obwohl es angesichts der vielen Schnitte und blauen Flecken in seinem Gesicht weh getan haben muss. »Du warst unglaublich.«

Das Mädchen strahlte. »Ich wusste, dass ich auf die Spitze des Turms klettern kann.«

»Du sagst also, es gibt keine weiteren dämonischen Drachenreiter hier auf der Insel?«, fragte Sophia.

Das Mädchen schüttelte den Kopf, wobei ihr langes, strähniges Haar mit der Bewegung schwankte. »Nein, es waren nur vier. Sie wollten bis heute Abend warten, bis wir alle weg sind. Dann habe ich gehört, dass noch mehr von ihnen kommen würden und sie ein ganzes Lager errichten wollten.«

Sophia sah Wilder eindringlich an. »Kannst du mir helfen, eine Barriere zu errichten? Etwas, das diese Halunken vorübergehend von hier fernhält, bis wir etwas Stärkeres bauen und diesen Ort richtig verteidigen können?«

»Ich bin schon dabei«, bestätigte eine vertraute Stimme aus den Bäumen. Mahkah schritt herbei und sah im Vergleich zu Sophia und Wilder frisch und sehr sauber aus.

»Mahkah!«, rief Sophia. »Woher weißt du Bescheid? Woher kommst du?«

»Evan kam auf der Gullington an und informierte mich«, erklärte Mahkah. »Er glaubte, dass die Insel im Moment von den Halunkenreitern befreit ist, aber dass eure Magie verbraucht sein könnte. Also bin ich mit Tala so schnell wie möglich hergekommen und habe Evans Anweisungen befolgt. Es gibt eine Barriere und ich bleibe hier, um den Dorfbewohnern bei der Rückkehr in ihre Häuser zu helfen und ihnen als jemand zur Seite zu stehen, dem sie vertrauen können.«

Sophia war plötzlich so erleichtert, dass sie weinen wollte. »Evan ist heute über sich hinausgewachsen.«

Wilder verdrehte die Augen. »Ich fürchte, das wird eine sehr lange Nacht voller prahlerischer Erzählungen.«

Sophia glitt neben ihn und genoss seine Wärme. Sie hatte sie so sehr vermisst. »Er hat es verdient und wir können es eine Nacht lang aushalten.«

»Ihr zwei kehrt zur Gullington zurück«, beschloss Mahkah zuversichtlich. »Ich kümmere mich von hier aus um die Dinge.«

Sophia nickte, winkte dem kleinen Mädchen und dann ihrem Drachenreiter-Kollegen zu, während Wilder ein Portal außerhalb der Gullington schuf. »Danke, Mahkah.«

Er nickte. »Gern geschehen. Ich bin froh, dass es euch beiden gut geht.«

Kapitel 71

Es hatte sich noch nie so gut angefühlt, zu Hause zu sein. Sophia lag auf der Couch in Hikers Büro. Sie hatte die meiste Zeit des Tages geschlafen und obwohl es ihr wegen ihrer Verletzungen immer noch schwerfiel, sich zu bewegen, fühlte sie sich schon deutlich besser.

Mama Jamba lümmelte wie immer neben ihr auf der Ledercouch. Die alte Frau stöberte in einem Reisemagazin und leckte sich den Finger ab, während sie die Seiten umblätterte.

Hiker saß hinter seinem Schreibtisch und hatte Ainsleys Rücken im Blick. Die Elfe schaute aus dem Fenster und betrachtete Loch Gullington in der Ferne, während die Sonne höher in den klaren Himmel stieg.

Im Büro saßen auch die anderen drei Drachenreiter. Ähnlich wie bei Sophia waren auch bei Wilder die Verletzungen im Gesicht noch deutlich zu sehen, aber es ging ihm auch schon viel besser. Die Magie der Gullington heilte ihn schnell.

»Bist du ausgeruht?« Ainsley drehte sich zu Wilder um und musterte ihn. Sie hatte sich bereits nach Sophias Wohlbefinden erkundigt, als sie ihr am Morgen das Frühstück brachte. Es war schön, dass die Elfe wieder in der Burg war und sich um die Dinge kümmerte, weil sie es wollte und nicht, weil sie dachte, es sei ihre Aufgabe ... obwohl es das nicht war.

Er nickte. »Ja, ich habe eine gefühlte Ewigkeit geschlafen. Ich hatte die seltsamsten Träume.«

»Ja, die Träume sind immer am seltsamsten, wenn man sich in der Burg erholt«, kommentierte Hiker.

»Auf jeden Fall«, stimmte Wilder zu. »Ich hatte diesen Traum, dass ich eine neue Farbe erfunden habe, aber als ich aufwachte, merkte ich, dass es ein Pigment meiner Fantasie war.«

Alle in Hikers Büro stöhnten wie aufs Stichwort.

»Wow, Kumpel.« Evan schüttelte den Kopf. »Ich glaube, sie haben deinen Sinn für Humor entführt und wir haben ihn nicht gerettet.«

»Es ist ein Wunder, dass mein Humor noch intakt ist, nachdem ich die Possen dieser Männer ertragen musste.« Wilder schüttelte den Kopf. »Die Halunkenreiter haben weder voreinander noch vor sich selbst Respekt.«

»Es sind dämonische Drachenreiter«, stieß Hiker aus, als ob das alles erklären würde. »Sag mir, dass deine Entführung hilfreiche Informationen gebracht hat.«

»Ja, hoffentlich hat es einen Vorteil, wenn du deinen Sinn für Humor schon verloren hast«, stichelte Evan.

»Erinnere mich daran, dir später einen König-Artus-Witz zu erzählen«, meinte Wilder zu seinem Freund und nickte dem Anführer der Drachenelite zu. »Ja, ich habe erfahren, wie die Halunken durch die Barriere kommen, mit der sie uns und alle anderen von der Elfeninsel fernhalten wollen.«

»Eine böse Barriere«, vermutete Evan. »Eine, die spürt, wie böse jemand ist und nur ihn durchlässt.«

»Knapp daneben ist auch vorbei!«, jubelte Wilder. »Sie haben diese Steine, die sie Seelensteine nennen. Anscheinend hat ihr böser Anführer sie ihnen gegeben und nur wer einen hat, kann die Barriere passieren.«

Hiker strich sich mit der Hand über das Kinn. »Ich habe noch nie von so einer Barriere gehört. Du etwa, Mama?«

Sie blickte von ihrer Zeitschrift auf. »Oh, ich bin mir nicht sicher. Barrieren sind nicht mein Ding. Ich reiße lieber Mauern ein, als sie zu errichten.«

»Wir müssen mehr über diese Art von Barriere lernen«, überlegte Hiker. »Die einzige Möglichkeit, die Halunkenreiter aus dem Elfenland zu vertreiben, ist, dass wir zuerst dort hineingelangen. Ich werde nachforschen und herausfinden, wo wir suchen müssen. Es muss doch einen Weg geben, einen dieser Seelensteine zu bekommen.«

»Ja, es könnten einige auf dem Grund des Ozeans liegen, bei den dämonischen Drachenreitern, die ich erledigt habe.« Evan klang sehr sachlich.

»Diese Halunken werden jetzt noch wachsamer sein und nach uns Ausschau halten«, warnte Hiker. »Sie werden erwarten, dass wir zurückkehren, aber das können wir erst tun, wenn wir bereit sind, sie zu vertreiben.«

»Wenigstens konntest du den Dorfbewohnern die kleine Insel zurückgeben«, bemerkte Ainsley und schüttelte dann den Kopf, ihr rotes Haar war elegant über den Rücken geflochten.

»Ja und sie ist jetzt geschützt«, fügte Mahkah hinzu. »Die Eingeborenen wurden gewarnt, sich nicht zu weit von der Küste zu entfernen, um innerhalb der Barriere zu bleiben. Quiet arbeitet daran, die Arbeit, die ich gemacht habe, zu verstärken, weil er es besser kann als ich.«

»Vielleicht weiß Quiet etwas über die Barriere, die die Halunkenreiter benutzen«, überlegte Sophia.

»Und vielleicht kann einer von euch ein Wort von ihm verstehen«, antwortete Evan.

»Vielleicht«, erwiderte Hiker. »Aber auch hier muss ich nachforschen. Irgendetwas sagt mir, dass unsere Barrieren und die der Dämonischen sehr unterschiedlich sind.« Er schaute Wilder von der Seite an. »Hast du sonst noch etwas über diese Drachenreiter erfahren?«

Er nickte. »Sie haben eine ungesunde Angst vor ihrem Anführer. Keiner von ihnen kaut mit geschlossenem Mund. Sie schikanieren und plündern, um alles zu bekommen, was sie wollen. Sie profitieren von der kriminellen Welt.«

Hiker presste die Lippen zusammen und wirkte leicht abgeschreckt. »Ich bin mir nicht sicher, ob das eine neue Information ist.«

»Nun, dann müssen wir sie im Auge behalten und mehr erfahren«, stellte Sophia fest.

»Du tust gar nichts, bevor du nicht vollständig geheilt bist«, befahl Hiker und zeigte auf sie, dann auf Wilder. »Das gilt für euch beide.«

»Ich kann etwas Aufklärung betreiben, da ich mich bei der Rettung des Tages nicht verletzt habe«, bot Evan an.

»Oh, warst du dabei?« Ainsley wirkte sehr ernst. »Ich dachte, du hättest die ganze Woche in deinem Zimmer Videospiele gespielt.«

Evan spottete. »Ich habe den verdammten Tag gerettet. Sophia weinte ununterbrochen und ich sagte: ›Prinzessin, ich sorge für eine massive Ablenkung. Alles, was du tun musst, ist, Wilder aus seinem Käfig zu lassen.‹«

Sophia lachte. »Das ist fast genau so passiert.«

»Danke, dass du mir gezeigt hast, wie man die Wasserhosen macht«, meinte Evan zu Mama Jamba. »Das ist jetzt mein neuester Partytrick.«

»Apropos Party«, schaltete sich Trin ein, als sie ihren Kopf in Hikers Büro steckte und die Besprechung unterbrach, die schon fast vorbei war. »Die Party findet im Speisesaal statt.«

»Party?«, wiederholte Hiker.

»Wahrscheinlich, um mich und meine Tapferkeit zu feiern«, prahlte Evan.

»Das auf jeden Fall«, antwortete Trin. »Ebenso wie Wilders sichere Rückkehr, den Mut und den Erfolg und auch diese andere Sache.«

»Andere Sache?« Evan wölbte eine Augenbraue.

»Nun, deine Scheidung natürlich«, offenbarte Trin, bevor sie sich umdrehte und davon trottete.

»Deine Scheidung, natürlich.« Sophia zwinkerte ihrem Freund zu.

»Natürlich.« Evan wurde rot, als er lächelte.

Kapitel 72

Die Dekoration im Speisesaal war unglaublich. Es schien, dass Trin ihre Rolle als Haushälterin wirklich angenommen hatte. Sie hatte auch eine Vorliebe für den Herbst entwickelt, denn sie hatte überall in dem großen Raum Kürbisse aufgestellt. Orangefarbene, gelbe und rote Blätter lagen über den langen Tisch verstreut und von den Kronleuchtern hingen orangefarbene Lichter.

»Ich komme mir vor wie in einem Kürbisfeld«, staunte Wilder, als sie in den geschmückten Speisesaal der Burg strömten.

Evan gab Ainsley einen spielerischen Klaps auf den Arm. »Sieh mal, das ist es, was festlich ist. Wie viele Jahrhunderte und du hast nicht für einen einzigen Feiertag dekoriert?«

»Ich habe mich immer auf ein Ereignis konzentriert, das nicht eingetreten ist«, erklärte Ainsley mit der Nase in der Luft.

»Oh? Welches denn?« In Evans Augen blitzte Unfug auf.

»Deine Beerdigung«, zwitscherte sie. »Es sollte die üppigste Feier werden.«

Er lachte. »Tja, Pech für dich, das wird so schnell nicht passieren.«

Trin eilte aus der Küche und trug ein Tablett mit mehreren dampfenden Gerichten. Als sie es abstellte, hätte Sophia schwören können, dass ihre Haare ordentlicher waren als sonst, die Drähte nach hinten und an der Seite geflochten. Auch ihr schwarzes Outfit wirkte neu und es sah so aus, als würde sie sich an den Stellen im Gesicht schminken, die nicht von Metall bedeckt waren.

»Was ist das für ein himmlischer Duft?« Wilder wedelte Dampf in Richtung seiner Nase.

»Gebratene Ente in einem Butternutkürbis-Risotto, serviert mit gebratenem Spargel und Currysüßkartoffeln«, antwortete Trin stolz.

»Ich will mich nicht zu sehr darüber freuen, dass ich nach meinem Aufenthalt auf der Insel wieder richtiges Essen zu mir nehmen kann«, begann Wilder, »aber ich war noch nie glücklicher, als jetzt an diesem Tisch zu sitzen.«

»Ich sitze genau hier«, meinte Ainsley trocken von ihrem Platz neben Hiker.

»Sehr gut«, gab Evan in einem babyhaften Ton von sich. »Und ich bin genau hier. Es ist gut, wenn wir bei klarem Verstand sind und wissen, wo wir uns gerade befinden.«

Die Elfe schüttelte den Kopf, lächelte aber zu Trin hoch. »Du kommst jetzt richtig in Schwung.«

Trin machte einen leichten Knicks. »Ich versuche es. Ich dachte, dass es schön wäre, jeden Sieg zu feiern. Ich weiß, dass die Halunken immer noch da draußen sind und ihnen eine Lektion erteilt werden muss, aber es gab einen kleinen Erfolg und ich dachte, dafür habt ihr alle eine Belohnung verdient.«

»Außerdem ist es schön, die Erntezeit zu feiern«, fügte Mahkah hinzu.

»Und die Rückkehr von Wilder.« Sophia lächelte ihn an.

»Und meine Scheidung von dieser schrecklichen Frau, die ich gegen meinen Willen heiraten musste.« Evan zwinkerte Sophia zu.

»Ich bin immer bereit, etwas für das Team zu tun.« Sophia bemerkte, wie Trin leicht aufleuchtete, bevor sie zurück in die Küche ging.

»Lasst noch Platz für den Nachtisch«, meinte die Haushälterin, als sie fast in der Küche war. »Es gibt Kürbiskuchen.«

Wilder schüttelte den Kopf und aß das Currysüßkartoffelpüree. Er beugte sich in Evans Richtung vor. »Kauf den Ring jetzt ...«

Ausnahmsweise schien sich Evan ein wenig unwohl zu fühlen.

Hiker räusperte sich und wirkte auch plötzlich nervös. »Nun, das ist schön und feiern ist eine gute Idee.« Er hob seinen Krug mit Met und hielt ihn hoch. »Lasst uns auf die kleinen Erfolge anstoßen, die uns bald zu den größeren führen werden.«

Alle hoben ihre Krüge und *stießen an*, während sie im Chor ›Prost‹ riefen. Schon bald stürzten sich alle auf das Essen, das mehr als köstlich war. Eine Zeit lang hörte man nur das Schaben der Gabeln auf den Tellern und das Nippen an den Getränken.

»Wie hieß der Typ, der die Tafelrunde von König Artus gebaut hat?«, fragte Wilder aus heiterem Himmel in die Runde.

Sophia presste ihre Hände auf die Augen, denn sie ahnte, worauf das hinauslaufen würde.

Evan lachte. »Wie?«

»Sir Konferenz!«, grölte Wilder.

Sophia zog ihre Hände weg und kicherte. Dann lehnte sie ihren Kopf an Wilders Schulter und war dankbar, dass er wieder da war – auch wenn seine Witze genauso schlecht waren wie die von Lunis und Lee.

Kapitel 73

Nach dem Herbstfest wagte sich Sophia hinaus auf das Hochland und genoss den kühlen Wind, der einen Vorgeschmack auf das nahende kältere Wetter gab. Bald musste sie durch den Schnee stapfen, um zu Loch Gullington zu gelangen, aber das wäre in Ordnung, denn dies war ihr Zuhause und sie genoss alle Jahreszeiten, die sie hier hatten.

Wenn Hiker wüsste, dass Sophia aus der Burg geflohen war und über das Gelände schlenderte, könnte er wütend werden. Zum Glück war er in diesen Tagen abgelenkt und verbrachte einen Großteil seiner Freizeit, die er früher nie genutzt hatte, in Ainsleys Gesellschaft.

Sophia warf einen Blick über die Schulter, als sie sich auf den Weg zur Klippe machte und war nur einen Moment lang besorgt, dass Hiker sie von seinem Bürofenster aus beobachten könnte. Sophia war der Meinung, dass ihr die frische Luft guttat. Außerdem fühlte sie sich nach ihren Verletzungen von Coal besser. Sie wollte auch nicht lange draußen bleiben – genug Zeit, um die frische Luft zu riechen, das Festmahl zu verdauen und nach ihrem Drachen zu sehen.

Lunis landete neben ihr, sobald sie sich neben dem Wasser niedergelassen hatte und ihre Füße über die Klippe baumeln ließ. Er war mit einer solchen Leichtigkeit gelandet, dass sie sich sofort besser fühlte.

»Dein Bein?« Sie ließ die Frage in der Luft hängen.

»Es ist besser«, berichtete Lunis. »Aus irgendeinem Grund hat das Schlagen eines Dämonendrachen es geheilt.«

»Oh, das war dann wohl deine Therapie.« Sophia lachte.

Doch Lunis wurde plötzlich ernst. »Ja, aber ich wäre lieber verletzt, wenn du es nicht wärst.«

Sie schüttelte den Kopf und deutete auf ihren Rücken, der mit Kratzspuren übersät war. »Das sind nur Kratzer.«

»Als ob du nur eine normale, junge Frau wärst«, erwiderte er. »Und eine furchtbare Lügnerin, was eine gute Sache ist. Sei immer eine furchtbare Lügnerin, denn nur die Bösen können ohne Probleme lügen.«

Sophia grinste und nickte. »Abgemacht.«

»Oh, aber ich weiß, wie du dich besser fühlen wirst.« Lunis klang wieder einmal aufgeregt. »Lachen!«

»Das ist die beste Medizin«, stimmte Sophia zu.

»Ich habe einen Witz für dich«, begann Lunis und sah dabei aus wie ein Hundewelpe, der sich einen Knochen holen wollte.

»Aber einen guten, sonst muss ich dir keine Junggesellenbude einrichten«, warnte Sophia.

»Oh, dann macht es vielleicht gar nichts.« Lunis zwinkerte ihr zu.

»Los«, ermutigte Sophia ihn. »Selbst deine schlechten Witze können irgendwie unterhaltsam sein.«

»Okay, es gibt also einen mürrischen Riesen, einen unkooperativen Magier und einen schwerhörigen Elfen. Sie alle arbeiten für einen Vorarbeiter auf einer Baustelle«, begann Lunis.

Sophia nickte. »Ja, das scheint mir eine vernünftige Lösung zu sein.«

»Wie auch immer«, fuhr Lunis fort. »Der Vorarbeiter befiehlt dem Riesen, einen großen Haufen Erde zu bewegen, weil er so stark ist.«

»Sie setzen ihre Muskeln gut ein.« Sophia kickte ihre Beine gegen den Felsen und genoss die Aussicht.

»Dann sagt er dem Magier, er solle alles überwachen und dafür sorgen, dass die Arbeit erledigt wird.«

Sophia nickte. »Ja, wir sind sicher gut im Beaufsichtigen.«

»Schließlich sagte der Vorarbeiter dem Elfen, dass er für das Material zuständig wäre«, erklärte Lunis. »Dann geht der Chef, nachdem er ihnen mitgeteilt hat, dass er in einer Stunde zurück ist und erwartet, dass die Arbeit erledigt wird.«

»Was kann dabei schon schiefgehen?«, überlegte Sophia.

»Als der Vorarbeiter zurückkommt«, erzählte Lunis weiter, »war die Arbeit noch nicht erledigt.«

»Schockierend.«

»Ja, also geht der Vorarbeiter zum Riesen und fragt, warum der große Erdhaufen nicht bewegt wurde. Er sagt ihm, dass der Elf ihm nie das Material besorgt hätte«, erklärte Lunis. »Daraufhin fragte der Vorarbeiter den Magier, was los war. Er erklärte, dass der Elf verschwunden ist und er nicht wüsste, was mit ihm passiert wäre.«

»Das könnte der längste Witz aller Zeiten werden«, kommentierte Sophia.

»Konzentriere dich«, ermutigte Lunis. »Jedenfalls lief der Vorarbeiter auf der Baustelle herum, suchte nach dem Elfen und fragte sich, wo er hin wäre. Er rief nach ihm und wurde von Mal zu Mal wütender. Der Vorarbeiter wollte schon aufgeben, als er den Elfen mit einem länglichen Paket kommen sah. Auf die Frage des Vorarbeiters, wo er denn gewesen sei, meinte er: ›Auf dem Fischmarkt natürlich!‹ und packte seine Errungenschaft aus. Der Vorarbeiter schlug sich mit der Hand an die Stirn: ›Ich sagte Material, nicht matter Aal!‹

Sophia senkte ihr Kinn und betrachtete ihren Drachen, als wollt sie ihn von der Klippe stoßen. Doch unter ihrer vorgetäuschten Fassade, in der sie vorgab, sich über den Scherz zu ärgern, brach ein Lächeln durch.

Lunis lachte und schüttelte den Kopf. »Ziemlich gut, was?«

»So schlecht, dass es gut sein könnte«, korrigierte Sophia und lachte dann mit ihm mit.

Ein kalter Wind fegte über das Wasser und die Oberfläche kräuselte sich. Sophia zitterte leicht, als der kalte Wind sie durchfuhr.

Lunis bemerkte die minimale Reaktion, entfaltete seinen Flügel und schlang ihn um sie. Seine Wärme umgab sie sofort. »Ich bin froh, dass es dir gut geht und du dich erholst, Soph. Wenn dir jemals etwas zustoßen sollte ...«

»Mein Leben ist mit deinem verbunden.« Sophia lehnte ihren Kopf an ihren Drachen. »Wenn mir also etwas zustoßen würde, wäre das dein Ende.«

»Der Grund, warum es bei Drachen und Reitern so ist, ist, dass wir uns entscheiden, eins zu sein, wenn wir uns verbinden«, erklärte Lunis. »Manche, wie die Engel, tun das, weil sie ein reicheres, erfüllteres Leben in Liebe führen wollen. Bei anderen, wie den dämonischen Drachenreitern, ist es, weil sie die Vorteile dieser Vereinigung suchen.«

Sophia nickte. Es ergab Sinn für sie.

»Aber es ist wichtig zu wissen«, fuhr Lunis fort, »dass, selbst wenn diese Gesetze für uns nicht gelten würden, mein Leben immer noch verstümmelt wäre, wenn dir etwas zustoßen würde. Ich liebe dich mehr als das Leben selbst, Sophia. Nicht, weil du meine Reiterin bist, sondern weil du einfach du bist. Ich bin vielleicht voreingenommen, aber ich glaube, ich habe die beste Reiterin da draußen. Ich glaube vor allem, dass ich einen besseren Reiter als Coral habe.«

Sophia kicherte und schmiegte sich enger an ihren Drachen. »Danke, Lun. Ich glaube, wir haben beide einen Volltreffer gelandet, als wir uns miteinander verbunden haben. Wir sind füreinander bestimmt.«

Er beugte seinen Kopf nach unten und schlang seinen Hals um sie, wie in einer Umarmung. Sie lächelte und fühlte sich so glücklich und vollkommen wie schon lange nicht mehr.

Sophia könnte verletzt werden. Die Halunkenreiter könnten immer noch ein Problem darstellen. Aber die Drachenelite hatte, was sie benötigte, um die Zukunft zu sichern und dafür war Sophia unendlich dankbar. Es ging nicht darum, immer zu gewinnen oder immer Frieden zu schaffen. Es ging darum, die Möglichkeit dazu zu haben und Sophia glaubte fest daran, dass das, was als Nächstes geschah, die Welt zu einem besseren Ort machen würde. Um das zu erreichen, mussten sie nur ein paar Schlachten schlagen. Selbst wenn es ein paar hundert Kämpfe brauchte, würde Sophia nicht aufgeben, denn manche Dinge waren es wert, bis zum Ende durchgekämpft zu werden.

FINIS

—

Wie hat Dir das Buch gefallen? Schreib uns eine Rezension oder bewerte uns mit Sternen bei Amazon. Dafür musst Du einfach ganz bis zum Ende dieses Buches gehen, dann sollte Dich Dein Kindle nach einer Bewertung fragen.

Als Indie-Verlag, der den Ertrag weitestgehend in die Übersetzung neuer Serien steckt, haben wir von LMBPN International nicht die Möglichkeit große Werbekampagnen zu starten. Daher sind konstruktive Rezensionen und Sterne-Bewertungen bei Amazon für uns sehr wertvoll, denn damit kannst Du die Sichtbarkeit dieses Buches massiv für neue Leser, die unsere Buchreihen noch nicht kennen, erhöhen. Du ermöglichst uns damit, weitere neue Serien parallel in die deutsche Übersetzung zu nehmen.

Am Ende dieses Buches findest Du eine Liste aller unserer Bücher. Vielleicht ist ja noch eine andere Serie für Dich dabei. Ebenso findest Du da die Adresse unseres Newsletters und unserer Facebook-Seite und Fangruppe – dann verpasst Du kein neues, deutsches Buch von uns mehr.

Wie geht es weiter?

Sophia Beaufonts Abenteuer gehen weiter im zwanzigsten Buch ›Besiegeltes Schicksal‹

›Besiegeltes Schicksal‹
als E-Book jetzt (vor)bestellen.

Sarahs Autorennotizen (02.03.2022)

Danke an dich, Leser, dass du dir die Zeit genommen hast, dieses Buch zu lesen. Deine Unterstützung bedeutet uns allen bei LMBPN sehr viel. Wir hoffen, dass es dir weiterhin gefällt und wir noch mehr Geschichten schreiben können, die dich und dein Leben hoffentlich bereichern und unterhalten. Das ist immer mein Hauptziel als Autorin.

Die zukünftige Sarah ist heute bei dir und schreibt im März 2022 Autorennotizen für ein Buch, das ich im September 2020 geschrieben habe.

Wie du wahrscheinlich schon weißt, wurden diese Bücher in zwei Teilen geschrieben, als ein Buch veröffentlicht und dann aufgeteilt. Deshalb bekommst du Autorennotizen aus der Zukunft. Nicht, weil ich eine Zeitmaschine habe ... noch nicht.

In der Gegenwart habe ich gerade das zweite Buch der übernächsten Serie beendet. Das sind ganze siebzehn Bücher nach diesem. Und eine weitere Beaufont-Serie. Wenn du nicht genug von Lunis bekommen kannst ... keine Sorge. Er ist nicht verschwunden.

Aber jetzt kommt der ›Kneif mich‹-Moment: Wenn du mir gesagt hättest, dass die Liv-Beaufont-Reihe nicht nach vier Büchern endet, sondern die S.-Beaufont-Serie, die Paris-Beaufont-Serie und die Agent-Beaufont-Serie folgen, hätte ich dir nicht geglaubt.

Ich denke, so könnte ich eine Zeitmaschine benutzen. Ich könnte die Zeit zurückdrehen und der Vergangenen Sarah sagen, dass sie sich keine Sorgen machen oder am Erscheinungstag ihre Fingernägel abkauen soll und dass die Beaufonts noch viele weitere Abenteuer erleben werden, anstatt ein One-Hit-Wonder zu sein. Wie wunderbar wäre diese Nachricht, denn bei jedem Buch halte ich den Atem an. Ich mache mir Sorgen. Ich zittere.

Und wir haben gerade das neueste, erste Buch der Agent-Beaufont-Reihe veröffentlicht und ich flippe ein bisschen aus. Das war vor drei Tagen und ich bin immer noch gespannt, wie die ersten Rezensionen ausfallen. Ich wünschte wirklich, wir hätten eine Zeitmaschine, damit Zukunfts-Sarah kommen und mir sagen könnte, dass ich mir keine Sorgen machen muss.

Oder dass ich bei Starbucks eine Bewerbung ausfüllen soll. Das Unwissen ist das Schwierigste. Und der beste Weg, damit umzugehen, ist, mich in das nächste Buch zu stürzen. Und wenn ich zurückblicke und mich daran erinnere, wie viele sinnlose Gedanken ich mir gemacht habe und ihr Leserinnen und Leser die Bücher trotzdem bekommen habt (danke) und sie anscheinend genossen habt (ein noch größeres Dankeschön). Aber ich mag es, bescheiden zu bleiben. Ich bin nichts, wenn ich nicht der bescheidenste Mensch bin, den ich kenne. Ich meine wirklich so bescheiden. Mach Platz für Gandhi.

Ich hoffe, ihr wisst, dass ich nur scherze. Wenn du meine Autorennotizen schon eine Weile liest und meine Geschichte kennst, weißt du, dass ich die Liv-Beaufont-Reihe (40 Bücher in meiner Autorenkarriere) als letzten Versuch geschrieben habe, es in diesem Geschäft zu schaffen. Und dann hielt ich den Atem an. Und ich schrieb die Bücher weiter. Und hielt weiter den Atem an. Und hielt meinen Lebenslauf auf dem neuesten Stand. Und erst nach dem vierten Buch der Serie wussten wir, dass wir einen echten Erfolg hatten. Also ja, ich versuche, bescheiden zu bleiben.

Als ich diese Notizen schrieb, suchte ich nach Zitaten über Demut, um mich zu inspirieren, und fand eines, das hierher passt: ›Ich werde immer bescheiden bleiben, weil ich weiß, dass ich weniger haben könnte. Ich werde immer dankbar sein, weil ich weiß, dass ich weniger gehabt habe.‹ Das kann ich nachvollziehen. Und da ich bei meiner Suche nach diesem Zitat keine Quelle gefunden habe, finde ich es nur angemessen, dass ich es für mich beanspruche. Das ist doch bescheiden, oder?

Ich mache nur Spaß...

Okay, und wenn ich eine Zeitmaschine hätte, um mit der vergangenen Sarah zu sprechen, würde ich ihr sagen, dass sie nicht zu viele Kohlenhydrate essen soll und dass sie sich keine Sorgen machen soll, wenn sie es doch tut. Und bescheiden zu bleiben. Und dass sie Mike sagen soll, dass er Spinat zwischen den Zähnen hat, wenn er die Grundsatzrede auf der nächsten Konferenz hält, während er auf der Bühne steht und vor Tausenden von Zuschauern im Fernsehen spricht.

Das hat er nicht wirklich ... aber ich versuche, ihn bescheiden zu halten. Wir alle wissen, dass MA keinen Spinat isst ;-) .

Viel Liebe und Frieden,
Tiny Ninja

SARAH NOFFKE & MICHAEL ANDERLE

Michaels Autorennotizen (28.02.2022)

Danke, dass du sowohl diese Geschichte als auch die Autorennotizen hier hinten gelesen hast! Da ich keine Noffke Notes™ habe, von denen ich erzählen könnte, werde ich Alfonse, die idiotische KI, über meinen Mitarbeiter befragen, um zu sehen, was er (sie?) über meinen geschätzten (!) Freundin herausfindet.

Ich beschäftige mich schon seit Jahrzehnten mit Technologie und habe unter anderem mit KI-Tools gespielt, die beim Erstellen von Artikeln helfen. Bis jetzt war ich davon nicht beeindruckt. Deshalb habe ich beschlossen, einige meiner Erkenntnisse zu teilen.

›Alfonse, die idiotische KI‹. Teil 05 von – wer weiß?

Untertitel: ›Warum KIs nicht die Welt regieren sollten … noch nicht.‹

Hier ist meine Geschichte bis jetzt:

Eines Tages beschloss ich, zum Großen Orakel (auch bekannt als Alfonse, die idiotische KI) zu gehen und ihm ein paar Fragen zu stellen. Meine Aufgabe ist es, zu entscheiden, ob die Menschheit ihre Koffer packen und in eine andere Welt ziehen sollte, oder ob wir noch ein paar Jahre gut leben können. Außerdem soll ich hoffentlich peinliche Dinge über meinen Mitarbeiter aufdecken.

KIs sind nichts, wenn sie in allem Recht haben, oder? Es gibt ABSOLUT keine Möglichkeit, dass das schief geht. <Kichern>

Nachdem ich den Detektor gegen Künstliche Intelligenz überstanden hatte, wurde ich mit der Möglichkeit belohnt, eine kurze Frage zu stellen … gegen eine hohe Gebühr.

Alfonse ist nichts anderes als ein kommerziell motiviertes künstliches Konstrukt.

Mein Thema: Autorin Sarah Noffke.

Mein Unterthema: Science Fiction.

Hier ist Alfonses Antwort und mein Kommentar in Klammern innerhalb der KI-generierten Antwort.

Michael: Wer ist die Autorin Sarah Noffke, oh großer Alfonse? (Man sagt der KI nicht ins Gesicht, dass sie ein Idiot ist...äh, Kameras. Mikrofone? Vergiss es! Nahe bei ihm (es?)>

Sarah Noffke ist bekannt für ihre Lucidites-Serie und hat einen vielseitigen Hintergrund. <Alfonse hatte (schockierenderweise!) recht.>

Sie hat in der Unternehmenswelt gearbeitet, am MIT studiert und in Hippie-Kommunen auf der ganzen Welt gelebt <BWAHAHAHAHA>.

Du kannst sie in einem Frozen Yogurt Shop finden <Möglich?>, obwohl sie lieber im Büro wäre <Ich glaube, Alfonse hat gerade die absolut falsche Antwort gegeben, es sei denn, er meint, das Büro ist vor dem Computer und schreibt an einem neuen Buch. Aber selbst dann ist es weit hergeholt>.

Ihre Bücher sind in allen großen Buchhandlungen erhältlich <Technisch gesehen stimmt das, aber verdammt, das ist ein bisschen viel Print-on-Demand. Du solltest bedenken, dass Tiny Ninja™ eine Vertretung haben könnte, die sie nicht teilt. Sie ist so hinterhältig>.

Du kannst ihr auch auf Facebook und Twitter folgen. Sie ist ein häufiger Besucher in der SF Bay Area. <Ernsthaft? Da bin ich mir nicht so sicher. Ich weiß, dass ihr Freund WIRKLICH WEIT weg von der SF Bay Area wohnt. Ich glaube, das ist Quatsch.

Sarah Noffke schreibt nicht nur Sci-Fi-Fantasy, sondern ist auch Mutter von drei Töchtern <BWAHAHAHAHA... Das ist lustig! Wenn sie drei (3) Töchter hat, glaube ich, dass

sie ein Paar versteckt, denn ich habe sie immer nur mit einer gesehen. Niemals zwei, niemals drei, sondern nur eine!>.

Sie ist außerdem Podcasterin und Professorin <Oh, Gott, die Kinder!> und sie hat schon überall auf der Welt gelebt. <Wenn Texas und Kalifornien die Welt sind, dann nehme ich an?>

Während sie viel Zeit mit Reisen und Schreiben verbringt <wahr!>, kannst du sie oft in einem Frozen Yogurt Shop finden <Warum zum Teufel ist Alfonse so versessen auf Joghurt? Oder steht Sarah einfach so sehr auf Joghurt, dass er etwas weiß, was ich nicht weiß?> oder in einem Coffee Shop. <Starbucks, vielleicht?>

Ihre Bücher haben ein großes Publikum, und sie lebt mit ihrer Familie in Südkalifornien. <Ja, anscheinend leben ihre drei Töchter alle dort, wobei zwei von ihnen in ihre Fenster schauen und sie mit »Mama?« anreden.>

Früher war sie ein Hippie <ist es meiner Meinung nach immer noch>, ein Unternehmensmanager und eine Lehrerin.

Sie reiste <noch immer>. Sie ist nicht tot, du hyperfuturistischer Eimer voller Bolzen> , und ihre Bücher wurden mit Preisen und Auszeichnungen bedacht. Ihre Romane haben sich auf Amazon millionenfach verkauft und sie hat elf <Was, die ewig-verrückte KI-kann-ihre-digitalen-Finger-und-Zehen-nicht-zählen?> Romane veröffentlicht.

Neben dem Kindle gibt es ihre Bücher auch als Taschenbuch, Hörbuch und auf Spanisch. Sie hat auch einen Newsletter auf Italienisch und Spanisch. < Ich lasse das mal so stehen. Verdammt, ich wusste nicht, dass sie noch mehr Kinder hat, also wer bin ich, zu sagen, dass sie keine spanische Übersetzung hat?>

Sie ist auch gerne bereit, mit Fans über ihre Bücher zu diskutieren.

MUTIG GEREGELT

Alfonse hat mich dazu gebracht, mich zu fragen, wie gut ich meine Mitarbeiterinnen und Mitarbeiter kenne. Da wir alle wissen, dass künstliche Intelligenzen perfekt™ sind, lasse ich diese ›drei Kinder‹-Enthüllung einfach so stehen und schmoren.

Alfonse, du bist eine idiotische KI.

Ich wünsche dir eine tolle Woche oder ein tolles Wochenende. Schließe dich mir im nächsten Buch an, in dem wir mehr mit Alfonse der idiotischen KI™ sprechen.

Ad Aeternitatem,

Michael Anderle

SOZIALE MEDIEN

Möchtest Du mehr?
Abonnier unseren Newsletter, dann bist Du bei neuen Büchern, die veröffentlicht werden, immer auf dem Laufenden:
https://lmbpn.com/de/newsletter/

Tritt der Facebook-Gruppe & der Fanseite hier bei:
https://www.facebook.com/groups/ZeitalterderExpansion/
(Facebook-Gruppe)
https://www.facebook.com/DasKurtherianischeGambit/
https://www.facebook.com/LMBPNde/
(Facebook-Fanseiten)

Die E-Mail-Liste verschickt sporadische E-Mails bei neuen Veröffentlichungen, die Facebook-Gruppe ist für Veröffentlichungen und ›hinter den Kulissen‹-Informationen über das Schreiben der nächsten Geschichten. Sich über die Geschichten zu unterhalten ist sehr erwünscht.

Da ich nicht zusichern kann, dass alles was ich durch mein deutsches Team auf Facebook schreiben lasse, auch bei Dir ankommt, brauche ich die E-Mail-Liste, um alle Fans zu benachrichtigen wenn ein größeres Update erfolgt oder neue Bücher veröffentlicht werden.

Ich hoffe Dir gefallen unsere Buchserien, ich freue mich immer über konstruktive Rezensionen, denn die sorgen für die weitere Sichtbarkeit unserer Bücher und ist für unabhängige Verlage wie unseren die beste Werbung!

Jens Schulze für das Team von LMBPN International

**DEUTSCHE BÜCHER VON
LMBPN INTERNATIONAL FZC**

Kurtherianisches™-Gambit-Universum:

Das kurtherianische™ Gambit
(Michael Anderle – Paranormal Science Fiction)

Erster Zyklus:
Mutter der Nacht (01) · Queen Bitch – Das königliche Biest (02) · Verlorene Liebe (03) · Scheiß drauf! (04) · Niemals aufgegeben (05) · Zu Staub zertreten (06) · Knien oder Sterben (07)

Zweiter Zyklus:
Neue Horizonte (08) · Eine höllisch harte Wahl (09) · Entfesselt die Hunde des Krieges (10) · Nackte Verzweiflung (11) · Unerwünschte Besucher (12) · Eiskalte Überraschung (13) · Mit harten Bandagen (14)

Dritter Zyklus:
Schritt über den Abgrund (15) · Bis zum bitteren Ende (16) · Ewige Feindschaft (17) · Das Recht des Stärkeren (18) · Volle Kraft voraus (19) · Hexenjagd (20) · Die Rückkehr der Matriarchin (21)

Das kurtherianische™ Endspiel:
Die Piraten von High Tortuga (22) · Zwingende Beweise (23) Durch Feuer und Flamme (24)
Im Krieg und beim Blutbad ist alles erlaubt (25)

Kurzgeschichten:
Frank Kurns – Geschichten aus der Unbekannten Welt

In Vorbereitung:
...die restlichen Bücher des Kutherianischen™ Endspiels

**Das zweite Dunkle Zeitalter
(Michael Anderle & Ell Leigh Clarke
– Paranormal Science Fiction)**
Der Dunkle Messias (01) · Die dunkelste Nacht (02)
Dunkelheit vor der Dämmerung (03)
Dämmerung naht (04)

**Die Chroniken der Gerechtigkeit
(Natalie Grey & Michael Anderle
– Paranormal Science Fiction)**
Der Rächer (01) · Der Wächter (02)
Der Hüter (03) · Der Paladin (04)
In Vorbereitung sind die restlichen Bücher bis Band 7.

**Richterin, Geschworene & Vollstreckerin
(Craig Martelle & Michael Anderle
– Juristische Space Opera Science Fiction)**
Du wurdest verurteilt (01)
Zerstöre die Korrupten (02)
Der diplomatische Serienkiller (03)
Dein Leben ist verwirkt (04)
Interstellarer Sklavenhandel (05)
In Vorbereitung sind die restlichen Bücher bis Band 15+.

**Aufstieg der Magie
(CM Raymond, LE Barbant &
Michael Anderle – Fantasy)**
Unterdrückung (01) · Wiedererwachen (02)
Rebellion (03) · Revolution (04)
Die Passage der Ungesetzlichen (05) · Dunkelheit erwacht (06)
Die Götter der Tiefe (07) · Wiedergeboren (08)
In Vorbereitung sind die restlichen Bücher der Serie

Geschichten einer mutigen Druidin
(Candy Crum & Michael Anderle – Fantasy)
Die Druidin von Arcadia (01)
In Vorbereitung sind die restlichen Bücher bis Band 8

Oriceran-Universum:

Die Leira-Chroniken
(Martha Carr & Michael Anderle – Urban Fantasy)
Das Erwecken der Magie (01)
Das Entfesseln der Magie (02)
Der Schutz der Magie (03)
Herrschaft der Magie (04)
Der Handel mit Magie (05)
In Vorbereitung sind die restlichen Bücher der Serie

Der unglaubliche Mr. Brownstone
(Michael Anderle – Urban Fantasy)
Von der Hölle gefürchtet (01) · Vom Himmel verschmäht (02)
Auge um Auge (03) · Zahn um Zahn (04)
Die Witwenmacherin (05) · Wenn Engel weinen (06)
Bekämpfe Feuer mit Feuer (07) · Lang lebe der König (08)
Alison Brownstone (09) · Nur eine schlechte Entscheidung (10)
Fataler Fehler (11) · Karma ist ein Miststück (12)
Vax Humana (13)
In Vorbereitung sind die restlichen Bücher der Serie

Fallakten einer Vorstadt-Hexe
(Martha Carr & Michael Anderle – Cozy Urban Fantasy)
Mom, die Geheimagentin (01) · Die Mom-Identität (02)
In Vorbereitung sind die restlichen Bücher der achtteiligen Serie

Die Kacy-Chroniken

(A.L. Knorr & Martha Carr – Urban Fantasy)
Abkömmling (01) · Aufsteigerin (02)
Kombattantin (03)
In Vorbereitung sind die restlichen Bücher der vierteiligen Serie

**Die Schule der grundlegenden Magie
(Martha Carr & Michael Anderle – Urban Fantasy)**
Dunkel ist ihre Natur (01) · Hell ist ihr Augenlicht (02)
Aufrichtig ist ihre Liebe (03) · Stark ist ihre Hoffnung (04)
In Vorbereitung sind die restlichen Bücher der Serie

**Die Schule der grundlegendsten Magie: Raine Campbell
(Martha Carr & Michael Anderle – Urban Fantasy)**
Mündel des FBI (01) · Magische Berufung (02)
Hexe des FBI (03) · Gefährliches, magisches Spiel (04)
In Vorbereitung sind die restlichen Bücher der Serie

›Das Haus der 14‹-Universum:

**Unzähmbare Liv Beaufont
(Sarah Noffke & Michael Anderle – Urban Fantasy)**
Die rebellische Schwester (01)
Die eigensinnige Kriegerin (02)
Die aufsässige Magierin (03)
Die triumphierende Tochter (04)
Die loyale Freundin (05)
Die dickköpfige Fürsprecherin (06)
Die unbeugsame Kämpferin (07)
Die außergewöhnliche Kraft (08)
Die leidenschaftliche Delegierte (09)
Die unwahrscheinlichsten Helden (10)
Die kreative Strategin (11)
Die geborene Anführerin (12)

**Die einzigartige S. Beaufont
(Sarah Noffke & Michael Anderle – Urban Fantasy)**
Die außergewöhnliche Drachenreiterin (01)
Das Spiel mit der Angst (02)
Verhandlung oder Untergang (03)
Die Würfel sind gefallen (04) · Das Chi des Drachen (05)
Siegeszug für Magitech? (06) · Die neue Drachenelite (07)
Geschichte, neu erzählt (08) · Im Sinne der Fairness (09)
Entscheide über dein Schicksal (10)
Verhandle mit mir oder meinem Drachen (11)
Schluss mit Ungerechtigkeit (12)
Am politischen Himmel (13) · Krieg ist keine Lösung (14)
Die Ethik-Regel (15) · Regeln der Gerechtigkeit (16)
Die neue Generation (17)
Pass dich an oder du bist raus (18)
Mutig geregelt (19)
In Vorbereitung sind die restlichen Bücher bis Band 24

**Eine Beaufont-Geschichte
(Sarah Noffke & Michael Anderle – Urban Fantasy)**
Der geheimnisvolle Plato (01)
Der fantastische Lunis (02)
In Vorbereitung sind die restlichen Bücher bis Band 3

Sonstige Serien

**Die Chroniken des Komplettisten
(Dakota Krout – LitRPG/GameLit)**
Ritualist (01) · Regizid (02) · Rexus (03)
Rückbau (04) · Rücksichtslos (05) · Inferno (06)
In Vorbereitung sind die restlichen Bücher der Serie

Der Hexenmeister der Wolfsmenschen

(James Hunter & Dakota Krout – LitRPG/GameLit)
Bibliomant (01)
In Vorbereitung sind die restlichen Bücher der Serie

Der totale Mörderhobo
(Dakota Krout – LitRPG/GameLit)
Etwas (01)
In Vorbereitung sind die restlichen Bücher der Trilogie

Die Chroniken von KieraFreya
(Michael Anderle – LitRPG/GameLit)
Newbie (01) · Anfängerin (02) · Kriegerin (03) · Heldin (04)
Halbgöttin (05)
In Vorbereitung sind die restlichen Bücher bis Band 6

Die guten Jungs
(Eric Ugland – LitRPG/GameLit)
Noch einmal mit Gefühl (01)
Heute Erbe, morgen Schachfigur (02) · Dungeonschinder (03)
Und täglich droht die Nebenquest (04)
Hochadel für Einsteiger (05)
Eine Belagerung kommt selten allein (06)
In Vorbereitung sind die restlichen Bücher der Serie

Die bösen Jungs
(Eric Ugland – LitRPG/GameLit)
Schurken & Halunken (01) · Der Dieb im ersten Stock (02)
Die Freischaufler (03) · Krieg der Aufschneider (04)
Seeungeheuer und andere Kalamitäten (05)
Unterm Arsch der Welt, und dann links (06)
In Vorbereitung sind die restlichen Bücher der Serie

Die Reiche
(C.M. Carney – LitRPG/GameLit)
Der König des Hügelgrabs (01)

Die verlorene Zwergenstadt (02)
Mörderische Schleife (03) · Geißel der Seelen (04)
Der verlorene Gott (05) · Aufstieg des Chaos (06)
In Vorbereitung sind die restlichen Bücher der Serie

Aufstieg des Großmeisters
(Bradford Bates & Michael Anderle – LitRPG/GameLit)
Heiler auf Abwegen (01)
In Vorbereitung sind die restlichen Bücher bis Band 15

Stahldrache
(Kevin McLaughlin & Michael Anderle –
Urban Fantasy)
Drachenhaut (01) · Drachenaura (02)
Drachenschwingen (03) · Drachenerbe (04)
Dracheneid (05) · Drachenrecht (06)
Drachenparty (07) · Drachenrettung (08)
Drachenermittler (09) · Drachenschwester (10)
Drachenmaske (11) · Drachengefängnis (12)
Drachenschlacht (13) · Drachenverhandlungen (14)
In Vorbereitung sind die restlichen Bücher bis Band 15

So wird man eine knallharte Hexe
(Michael Anderle – Urban Fantasy)
Magie & Marketing (01) · Magie & Freundschaft (02)
Magie & Dating (03) · Magie & Ausbildung (04)
Magie & Verfolgung (05) · Magie & Vertrauen (06)
In Vorbereitung sind die restlichen Bücher bis Band 9

Animus
(Joshua & Michael Anderle – Science Fiction)
Novize (01) · Koop (02) · Deathmatch (03)
Fortschritt (04) · Wiedergänger (05) · Systemfehler (06)
Meister (07) · Infiltration (08) · Raubzug (09)
Invasion (10)
In Vorbereitung sind die restlichen Bücher bis Band 12

Opus X
(Michael Anderle – Science Fiction)
Der Obsidian-Detective (01) · Zerbrochene Wahrheit (02)
Suche nach der Täuschung (03) · Aufgeklärte Ingonoranz (04)
Kabale der Lügen (05) · Mahlstrom des Verrats (06)
Schatten der Überzeugung (07) · Eine dunkle Zukunft (08)
In Vorbereitung sind die restlichen Bücher bis Band 12

Chroniken einer urbanen Druidin
(Auburn Tempest & Michael Anderle – Urban Fantasy)
Ein vergoldeter Käfig (01) · Ein heiliger Hain (02)
Ein Familieneid (03) · Die Rache einer Hexe (04)
Ein gebrochener Schwur (05) · Ein verfluchter Druide (06)
Eines Unsterblichen Schmerz (07)
Eines Schamanen Macht (08)
Ein schicksalhaftes Bündnis (09)
Eines Drachen Wagnis (10) · Eines Gottes Fehler (11)
In Vorbereitung sind die restlichen Bücher bis Band 15

Entfesselte Goth-Drow
(Martha Carr & Michael Anderle – Urban Fantasy)
Eigensinnig und ziemlich ungewöhnlich (01)
Lass die Welt zurück (02) · Reich der unendlichen Nacht (03)
Nur die Starken tragen Schwarz (04)
Agenten der Finsternis (05) · Drow-Magie (06)
Das Schwert und die Drow (07)
Der Lehrer und die Drow (08)
In Vorbereitung sind die restlichen Bücher der Serie

Die Geburt von Heavy Metal
(Michael Anderle – Science Fiction)
Er war nicht vorbereitet (01)
Sie war seine Zeugin (02)
Hinterhältige Hinterlassenschaften (03)

Das Blut meiner Feinde (04)
Geh uns aus dem Weg (05) · Alles total im Arsch (06)
In Vorbereitung sind die restlichen Bücher bis Band 9

Skharr TodEsser
(Michael Anderle – Sword & Sorcery Fantasy)
Das todbringende Verlies (01)
Der Ungebändigte (02)
Der Beschützer des Prinzen (03)
In Vorbereitung sind die restlichen Bücher der Serie

Pain und Agony
(Michael Anderle – Buddy-Comedy-Action)
Gerechtigkeit vor Recht (01)
Entführer und andere Schädlinge (02)
Waffen und die richtige Einstellung (03)
In Vorbereitung sind die restlichen Bücher der Serie

Weihnachts-Kringle
(Michael Anderle –
Action-Adventure-Weihnachtsgeschichten)
Weihnachts-Kringle: Stille Nacht (01)
Der Weihnachts-Kringle kommt in die Stadt (02)